워메이지 War Mage

김재한 퓨전 판타지 소설
FUSION FANTASY STORY

워메이거 7

김재한 퓨전 판타지 소설

초판 1쇄 찍은 날 § 2009년 12월 4일
초판 1쇄 펴낸 날 § 2009년 12월 10일

지은이 § 김재한
펴낸이 § 서경석

편집장 § 문혜영
편집책임 § 서지현
편집 § 주소영

펴낸곳 § 도서출판 청어람
등록번호 § 제1081-1-89호
등록일자 § 1999. 5. 31
어람번호 § 제1-1100호

주소 § 경기도 부천시 원미구 심곡2동 163-2 서경B/D 3F (우) 420-822
전화 § 032-656-4452 팩스 § 032-656-4453
http://www.chungeoram.com
E-mail § eoram99@chollian.net

ISBN 978-89-251-2013-3 04810
ISBN 978-89-251-1897-0 (세트)

FUSION FANTAST STORY

War Mage

워메이지

김재한 퓨전 판타지 소설

7

유년기의 끝

[완결]

*본문에 등장하는 모든 인명, 지명, 단체명은 현실과 관계가 없습니다.

Intermission

누구나 죄를 짓고 살아간다. 모르고 짓는 죄, 알고 짓는 죄를 모두 합쳐 하나씩 쌓아올리면 그 산은 달나라에까지 닿으리라. 겹겹이 쌓인 죄의 기록은 수천억 년의 시간을 증거하고, 한 번 저질러진 죄는 결코 사라지는 일 없이 지구를 더럽혀 간다. 속죄는 인간의 마음이 만들어낸 허울 좋은 핑계에 불과하고, 한 번 저질러진 일은 어떤 수단으로도 되돌릴 수 없다.

파괴된 것은 복원될 수 없다. 산산조각 난 파편들을 모아 본래의 형태로 되돌린다 한들, 그것은 더 이상 파괴되기 전과 같은 존재가 아니다.

과거는 참혹한 파괴로 가득하다. 그리고 미래에는… 더 많은 파괴가 탄생과 재생을 압도하며 펼쳐져 있었다.

'당신은 무엇을 바라나요?'

릴리아나는 무수한 미래의 파편 속을 부유한다. 그곳에서 그녀는 수도 없이 많은 가능성을 예지의 환영이라는 형태로 본다. 어떤 순간에 그녀는 달 위를 걷고 있었고, 어떤 순간에는 척박한 땅에서 굶어 죽어가고 있었으며, 어떤 순간에는 누군가를 살해하고 있었고, 어떤 순간에는 누군가의 사랑을 받고 있었다. 그렇게 수십 억의 환영을 지나 마침내는 아무것도 없는 두려운 허무에 도달한다.

그곳에는 한 남자가 있다. 그 어떤 생명체도 살아남을 수 없을 것 같은 절대진공의 세계 속에서, 어둠이 내려앉은 땅을 걷고 있는 남자가 지구를 굽어보며 웃는다. 그가 바로 허무를 가져온 장본인이라는 것을 릴리아나는 안다.

'인간은 사라지는 건가요?'

릴리아나는 묻는다.

누구에게 묻는 것인지도 모르면서, 그저 묻는다.

천국도, 지옥도 없이 오로지 가련한 영혼들만이 고통받으면서 살아가야 할 연옥만이 존재하는 이 세상에서… 자신이 본 종말의 의미에 답해줄 자를 찾아 헤맨다.

그러나 그녀가 원하는 존재는 없다. 모든 것은 일어나기 전까지는 의문으로 남아 있을 뿐이다. 죽음으로 뒤덮인 황야를 발바닥이 부르트도록 걸어서 도달한 오아시스에는 썩은 시체들의 산과 오염된 폐수만이 기다리고 있었다.

아아, 그래. 사실은 알고 있다, 처음부터 자신의 물음이 공허한 메아리에 불과하다는 것을. 뼈저리게 알고 있었다.

왜냐하면 미래는 현재가 되기 전까지는 그저 수면을 떠다니다 사라지는 그림자 같은 것에 불과하니까. 릴리아나가 유일하게 목소리를 낼 수 있는 이곳에는 그 목소리를 듣고 답해줄 사람은 아무도 없다. 그러니 미래는 대답을 갖고 있지 않고, 릴리아나의 물음은 결코 누구에게도 닿지 않는다.

멸망의 달이 떠오른다.

교교한 빛을 뿌리는 달은 태곳적부터 존재해 온 흑암을 두른 채 아무것도 남지 않는 미래를 기다린다. 그 자신이 지금과는 전혀 다른 목적으로 존재했던 그때를 바라듯이.

'왜 나에게 이런 능력을 주었나요?'

릴리아나는 묻는다. 수도 없이 던졌던 질문을 또다시, 아무런 의미가 없다는 것을 알면서도 미래의 허공에다 대고 던지고 만다.

정말로 신이 존재한다면.

그녀에게 원치 않는 능력을 강매해 연옥에서 살 운명을 떠안긴 신이 존재한다면…….

'당신은 사실… 인간을 증오하는 건가요?'

분명 그것은 인간의 신이 아니리라.

신은 인간을 낳지 않았고, 신의 자식들은 모두 죽었다.

신의 자식들을 살해하고 살아남은 원죄를 짊어진 인류가 지구를 지배하는 시대에… 신이 종말을 선사한다면 그것은 분명 자식을 잃은 부모의 증오이리라.

릴리아나는 거대한 나무가 자라나는 것을 본다. 모든 미래가 공통적으로 그 나무의 존재를 그려내고 있었다. 세상을 비추는 빛을 집어삼키며 자라난 거대한 나무가, 인간의 터전을 파괴하고 대지 위의 모든 것을 빼앗으며 우주에 닿을 것이다.

그리고 인간은 마침내 종말을 알게 될 것이다.

릴리아나는 결코 희망을 보여주지 않는 미래에 절망한다. 어제도, 그제도, 1년 전에도 그러했듯이.

'아일라, 부탁해요.'

그러나 그녀는 포기하지 않는다.

왜냐하면 무수한 예지의 환영 속에서 단 하나의 현재를 두고 그녀와 신이 다툰다면, 분명 그녀 역시 자신이 원하는 미래를 선택해 갈 자격이 있는 것이었으므로.

예지능력자는 절망하고, 희망한다.

그리고 현재를 살아가는 자들이 그 뒤를 쫓아 종말과 싸우고 있었다.

Chapter 22

세계수 강림

김정호 중사는 폐가 타는 것 같은 고통을 느끼면서 달리고 있었다. 손에 들고 있는 소총이 오늘만큼 무겁게 느껴진 것도 처음인 것 같다. 5년 이상 군생활을 하면서 온갖 가혹한 행군을 겪어본 그였지만 지금처럼 힘든 적은 없었다.

왜냐하면 지금은 실전이기 때문이다. 진짜로 실탄을 장전한 총을, 죽여야 할 상대를 향해 겨누고 방아쇠를 당겨야만 하며, 아차 하는 사이 이쪽의 목숨이 날아갈 수도 있는 실전. '죽을 것처럼 힘들다' 와 '죽을지도 모른다' 사이의 거리는 지구와 태양 사이보다도 더 멀었다. 그는 그 사실을 절감했다.

"키에에에에에!"

분대원들을 인솔해서 달리고 있던 그의 앞을 괴물이 가로막았다. 두 개의 머리를 가진 거대한 뱀이다. 게다가 얼굴은 사람의 것을 기괴하게 뒤틀어놓은 듯 역겨운 형상을 하고 있었다.

그는 달리기를 멈추고 곧바로 총구를 괴물에게로 향했다. 그리고 방아쇠를 당긴다.

투두두두두!

새로이 지급받는 소총은 이전에 쓰던 K–2에 비하면 너무나도 조용하다. 서바이벌게임을 할 때 쓰는 전동소총처럼 적당한 소음과 반동만을 남긴 채 총알을 발사한다.

"으아아아아아!"

쌍두사 괴물의 몸에서 피가 튀는 것을 보면서 김정호 중사는 절규했다. 얼굴에 피가 몰리고 심장이 미친 듯이 쿵쾅거린다. 실제로 총을 쏘고, 그것에 맞은 괴물에게서 피보라가 이는 것을 보면서 제정신을 유지할 수가 없었다.

그와 분대원 다섯 명의 집중포화를 받은 쌍두사 괴물이 힘을 잃고 옆으로 쓰러진다. 총격을 멈추고 잠시 한숨 돌리는 순간, 옆에서 섬뜩한 느낌이 엄습해 왔다.

콱!

주차된 차 밑에 드리워진 어둠으로부터 뭔가가 튀어나오더니 분대원 중 하나의 목줄기를 물어뜯었다. 분대원이 비명조차 지르지 못한 채 절명하고 으적거리는 섬뜩한 소리가 울려 퍼졌다.

"태호야!"

김정호 중사가 절규했다. 전장에 돌입하고 나서 지금껏 한 명도 죽지 않고 세 마리를 쓰러뜨리는 전과를 올렸다. 그런데 이렇게 어이없이 한 명이 죽다니.

병사를 절명시킨 것은 족제비 괴물이었다. 파란 눈동자를 가진 족제비 괴물은 비정상적으로 발달한 송곳니를 병사의 시체에 박아 넣은 채 그 피를 빨고 있었고, 꼬리는 검은 불꽃처럼 일렁거리고 있었다.

이성적으로 생각하면 김정호 중사는 이때 병사의 몸에 붙은 괴물을 향해 사격을 가했어야 했다. 그러나 그도, 다른 분대원들도 모두 병사의 시체 때문에 그러질 못하고 있었다. 그 망설임이 족제비 괴물에게 여유를 주고 말았다.

"키키키키킷!"

족제비 괴물이 기괴한 소리를 내면서 움직인다. 불꽃처럼 일렁이는 꼬리가 갑자기 확장되더니 칼날처럼 김정호 중사를 덮쳤다.

카각!

김정호 중사가 반사적으로 소총을 들어 그것을 막았다. 그러나 그 대가로 그의 소총이 두 동강 나고 말았다.

"이, 이런!"

"캬아!"

그리고 족제비 괴물이 벼락처럼 김정호 중사에게 달려들었다. 분대원들이 반사적으로 총구를 겨눴지만 이미 늦었다. 김정호 중사는 절망을 느꼈다.

콰드득!

족제비 괴물이 김정호 중사의 왼쪽 팔뚝을 물어뜯었다. 그래도 반사적으로 팔을 들었기에 목줄기를 물리지 않은 것이다. 그러나 날카로운 이빨이 팔뚝으로 파고드는 감각에 김정호 중사가 비명을 질렀다.

"아악!"

"중사님!"

다른 분대원, 윤정희 일병이 총구를 겨누었다. 그러나 김정호 중사가 맞을까 봐 함부로 쏘지 못하고 거리를 좁혔다. 그것이 실수였다.

스칵!

그의 가슴이 쩍 갈라지며 피가 확 튀었다. 족제비 괴물이 푸른 눈을 요사스럽게 빛내며 꼬리를 전개, 윤정희 일병의 가슴을 베어버린 것이다. 다른 분대원들이 패닉에 빠져 비명을 지르는 사이 김정호 중사가 오른손을 들어 그 작은 머리통을 후려갈겼다.

뜻하지 않은 일격을 받은 족제비 괴물이 비명을 지르며 떨어진다. 김정호 중사는 살점이 왕창 뜯겨 나간 왼팔을 축 늘어뜨린 채 두 동강 난 소총을 들어 족제비 괴물을 후려쳤다. 족제비 괴물이 데굴데굴 굴러서 나가떨어졌다. 하지만 그러면서도 꼬리를 날려서 김정호 중사의 목줄기를 노렸다.

콰각!

그것을 막은 것은 김정호 중사가 아니었다. 김정호 중사는 갑자기 눈앞에 나타난 커다란 그림자에 눈이 휘둥그레졌다.

"흠."

묘하게 느긋한 목소리였다. 그렇게 생각한 순간 그 그림자가 움직였다. 오른손에 들린 검이 번뜩이는가 싶더니 족제비 괴물이 한순간에 다섯 조각으로 갈라져서 날아가 버렸다.

"크, 크윽."

잠시 넋을 잃고 있던 김정호 중사는 뒤늦게 왼팔의 통증을 자각하고 신음했다. 그러자 그 인물이 천천히 뒤를 돌아본다. 김정호 중사는 그제야 그, 아니, 그녀가 키가 자신보다도 훨씬 큰 외국인 여자라는 사실을 알 수 있었다. 균형 잡힌 장신에 단정하게 뒤로 틀어 올려서 비녀를 꽂은 금발, 그리고 무심한 자주색 눈동자를 가진 그녀는 또박또박한 발음의 한국어로 말했다.

"목숨을 건진 것을 다행으로 여기고 이곳을 벗어나. 당신들이 낄 자리가 아니야."

"다, 당신은 누구지?"

김정호 중사의 의문은 타당한 것이었다. 그녀는 군인이 아니다. 그렇다는 것은 민간인이라는 소리다. 하지만 그녀는 괴물들에 대한 대책을 교육받고, 괴물에게 대응하기 위한 무기를 지급받은 군인들보다도 훨씬 더 이 자리에 어울렸다. 어딘가 비현실적인 분위기를 풍긴다는 점이 너무나도 그랬다.

그녀는 대답하지 않았다. 검을 허리에 맨 검집에 집어넣고 그대로 땅을 박차고 사라졌다. 한 번에 수십 미터를 도약하는 그녀의 움직임에 살아남은 군인들은 다들 할말을 잃고 말았다.

"저, 저건 도대체 뭐죠? 미군 특수부대인가?"

한상진 병장이 물었다. 같이 넋을 잃고 있던 김정호는 표정을 악귀처럼 일그러뜨리며 소리쳤다.

"씨발! 지금 그게 중요하냐? 정희 아직 숨 붙어 있으니까 응급처치하고, 빨리 의무병 튀어오라고 무전 쳐!"

*　　*　　*

라리사 고르디바는 눈보라의 영역을 전개한 채 유유히 광화문 시가지를 걷고 있었다. 그녀가 느긋하게 전진하는 것만으로도 그 영역에 휘말린 적들은 하나하나 얼어붙어 버리고, 설인으로 변하고, 그리고 그런 꼴이 되지 않으려고 물러나기에 급급했다.

라리사는 문득 편의점을 발견하고 안으로 들어갔다. 편의점 알바는 이미 도망쳤는지 가게 안에는 아무도 없었다. 그녀는 담배박스를 찾아서 모조리 마법포켓에다 집어넣고는 레종 블루 한 대를 꼬나 물며 중얼거렸다.

"당분간 그 인간 쓰레기한테 신세질 일은 없겠군."

불의 정령 살라만더가 그녀의 담배에 불을 붙여주었다. 그런데 그때였다.

"음?"

그녀는 이상한 감각을 느끼며 편의점 밖으로 나왔다. 주변의 수분이란 수분은 모조리 응결시키며 휘몰아치는 눈보라의 영역에 이상이 발생했다. 이것은 정령술로 이루어진 일종의 결계다. 이동이 가능한 대규모 결계는 그 영역 안에서 수천의 정령들을 불러냄으로써 올바른 자연의 법칙을 무시하고 마법적인 현상을 구현한다.

그런데 그 결계가 귀퉁이부터 무너져 내리고 있었다.

"온 건가, 육도의 본진."

그녀가 히죽 웃었다. 전투에 돌입하기 전까지는 긴장감으로 히스테릭했던 그녀지만 일단 전투에 돌입하고 나면 그런 촌스러운 감정은 온데간데없다. 목표를 모조리 섬멸하고 승리만을 바라며 폭주하는 괴물이 된다.

'하지만 예상보다 좀 지나치게 빠른 것 같은데.'

아직 작전 개시 이후 20분 정도가 지났을 뿐이다. 육도가 언제 이 상황을 예지력으로 잡아냈는지는 모르겠지만, 본진이 도착하기에는 지나치게 빠른 시간이 아닐까?

하지만 그녀의 정령술에 맞설 만한 존재가 육도 외에 또 있을 리가 없다. 아니, 그렇지만도 않은가?

'오지윤 그 애송이를 그 꼴로 만든 적들인가?'

만약 그렇다면 육도 이상으로 주의할 필요가 있다. 그녀의 결계는 저격자의 시야를 가려 저격이 불가능하게 만들지만, 7킬로미터 이상의 거리에서 목표를 저격하는 비정상적인 능력의 소유자라면 무슨 일을 벌일지 알 수 없으니까.

그리고 그녀는 휘몰아치는 눈보라 속에서 배경과 완벽하게 어우러지는 색깔을 가진 존재를 발견했다. 얼어붙은 아스팔트 위를 맨발로 걸어오면서 새하얀 머리칼을 휘날리는 아름다운 소녀가 있었다.

"그워어어어!"

그녀의 주변을 돌아다니던 설인들이 자동적으로 반응했다. 쿵쿵거리면서 육중한 몸으로 달려든다. 그러나 소녀는 눈 하나 깜짝하지 않고 있다가 손을 들어 올렸다.

파밧!

공기가 파열하는 소리가 울렸다. 그리고 동시에 달려들던 설인들의 움직임이 모조리 멈춰 버렸다.

"호오."

라리사가 탄성을 질렀다. 그녀의 일반인은 알 수 없는 과정이 비춰지고 있었다. 얼어붙은 시체에 하위정령들을 집어넣어 설인들의 존재를 유지시키던 마법의 구조가 파괴되고, 그 에너지가 정화되어 자연으로 환원되었다.

쿵! 털썩! 털썩!

요란하게 무너져 내리는 설인들 사이로 소녀가 너무나도 여유롭게 걸어온다. 이윽고 라리사와 대화가 가능한 거리까지 걸어온 멈춰 섰다.

"이거, 당신이 한 거야?"

그녀는 묘하게 맥빠지는 목소리로 물었다. 라리사가 담배연기를 뿜으면서 대답했다.

"그런데?"

"미안하지만 멈출게."

"미안할 것까지는 없는데, 멈추는 게 불가능할 테니까."

소녀의 당돌한 선언에 라리사는 웃었다. 동시에 불어닥치던 눈보라의 기세가 몇 배로 강렬해졌다.

휘오오오오오!

그 속에서 얼음의 정령들이 모습을 드러낸다. 응결된 수분들이 여성의 나신을 조각해 내며 얼음정령들이 투명한 눈으로 소녀를 쏘아보며 입을 벌린다. 얼음동굴을 축소해 놓은 것 같은 그 입 속에서 죽음의 노래가 울려 퍼지고 절대영도에 가까운 냉기가 소녀를 덮쳤다.

쿠콰콰콰콰콰!

새하얀 냉기가 폭발했다. 부서진 얼음의 파편이 흩날리며 아름다운 운무를 흩뿌린다. 라리사는 그 광경을 보며 눈살을 찌푸렸다.

"망할."

믿을 수 없게도 흩어지는 냉기 속에서 소녀가 멀쩡한 모습으로 걸어나오고 있었다. 이곳을 지배하는 냉기 따위는 존재하지도 않는다는 듯, 다리가 훤히 드러나는 짧은 치마에 맨발이라는 점이 너무나도 비현실적이다. 하지만 그보다도 머리 위로 쫑긋 돋아난 두 개의 귀와 엉덩이에서 자라난 아홉 개의 꼬리는 그녀가 어떤 존재인지를 잘 알려주고 있었다.

"난 난슬이야. 당신을 막을 거야."

그녀는 어린애 같은 말투로, 그러나 치기는 조금도 없이 확신을 담아 단언했다. 라리사 고르디바는 그녀를 중심으로 퍼져 나가는 투명한 기운이 자신의 결계를 붕괴시키는 것을 느꼈다.

"1급 지아볼(Дьявол)인가."

러시아에는 구미호의 전승이 존재하지 않지만 수많은 전투를 겪어온 라리사는 한눈에 난슬이 격이 다른 존재임을 간파했다. 왜 대요괴씩이나 되는 존재가, 전혀 요기라고 할 수 없는 깨끗한 기운을 뿜으면서 자신을 가로막는 것인지는 의문이지만 어차피 해야 할 일은 하나뿐이다.

"그래도 결과는 변하지 않아. 딱히 원한이 있는 것은 아니지만, 죽어줘야겠다."

라리사가 담배를 퉤 뱉으면서 손을 들어 올렸다. 정령들이 죽음의 노래를 부르며 진군한다. 기온이 급격하게 내려가면서 불안정해진 대기가 소용돌이친다. 한순간에 물질의 분자결합을 파괴하는 냉기가 거대한 회오리가 되어 난슬에게로 내리꽂혔다.

그러나 그것은 작렬하지 못하고 사라졌다. 난슬이 맨발로 춤을 추듯이 바닥에 어떤 문양을 그려 나가자, 그 위에 아로새겨진 선기(仙氣)가 질주하며 공간을 왜곡시켰기 때문이다. 엉뚱하게 두 블록 떨어진 곳에 있는 트레일러가 그 회오리에 휘말려 폭발했다.

쿠콰콰콰콰!

"…달갑지 않은 싸움이 되겠군."

그 광경을 보며 라리사가 투덜거렸다. 그녀는 정령들이 불러일으킨 바람에 몸을 싣고 하늘로 떠오르며 난슬과 시선을 교차했다. 눈앞에 존재하는 모든 것을 섬멸하는 파괴 의지와 빨려 들어갈 듯이 깊고 순수한 의지가 교차하며, 너무나도 목적이 다른 사람과 요괴선인의 전투가 시작되었다.

2

콰앙!

폭음과 함께 빌딩 벽이 관통되었다. 음속의 다섯 배 이상의 속도로 내리꽂힌 대구경 총탄에 벽이 관통되자 그 주변의 유리창이 모조리 깨져 나간다.

그 충격을 가한 유현은 짜증을 내고 있었다.

"쥐새끼처럼 잘도 도망치는군."

유현과 정도일의 전투는 술래잡기 같은 형국을 띠고 있었다. 정도일은 모습을 감추려 하고 유현은 그것을 찾아내서 저격한다. 동시에 정도일은 어떻게든 유현에게 다가가려 했고 유현은 거기를 둔 채로 그를 저격해서 쓰러뜨리려 하고 있었다.

정도일도 총격을 가하긴 했지만 총기의 성능, 저격 능력 모두 유현 쪽이 앞서 있었다. 암살에 대해서는 신이라 불리며 저격 능력 역시 탁월한 정도일이었지만 유현의 저격 능력은 더욱 압도적이었다.

'정말 많이 컸군!'

정도일은 유현이 더 이상 자신이 알던 존재가 아님을 인정했다. 이전의 짧은 공방 때도 느낀 것이지만, 자신의 특기가 최대한으로 발휘되는 시가전에서도 유현의 공격에 끌려 다닌다는 것은 충격적이기까지 하다.

그는 이어지는 유현의 총격에서 벗어나 건물 안으로 들어갔다. 시야에서 모습을 감추고, 감각에서 기척을 지우고, 마침내 모든 관측 수단으로부터 벗어난 채 적의 허를 찌르는 것이 그의 스타일이다. 한번 이렇게 적의 감각에서 벗어나고 나면 그 때부터는 그의 독무대다.

그렇게 되었어야 했다.

쾅!

"크, 제기랄!"

정도일은 드물게 짜증을 내며 몸을 날렸다. 그가 유현의 눈을 피해 건물 뒤쪽으로 나오는 순간, 귀신같이 그의 움직임을 잡아낸 유현이 저격을 가해온 것이다.

그는 몰랐지만 아무리 모습을 감추고, 기척을 감추어도 유현의 눈으로부터는 벗어날 수 없다. 아예 시야로부터 멀어지면 모를까, 한번 유현의 눈에 포착되고 목표로 지정된 이상 차라리 정면승부를 하는 게 나았다.

'예지력인가? 아니면 내 감각으로는 잡아낼 수 없는 다중시점능력? 어쨌든 벗어날 수 없다. 그렇다면 다른 방법을 쓰는

수밖에.'

그는 다시 건물 안으로 모습을 감추었다. 이대로 이 안에서 시간을 끄는 방법도 있었지만 그래 봤자 의미가 없다. 유현이 그의 위치를 파악하고 공격 수단을 고려하고 있을 때, 뒤쪽에서 접근하는 기척이 느껴졌다.

"크허허헝!"

"이런 수법으로 나올 줄 알았지."

집채만 한 호랑이 요괴가 빌딩 벽을 타고 올라오는 것을 보면서 유현은 슬쩍 눈살만 찌푸렸다. 그리고 궁니르 GTX77을 겨누고 그대로 갈겨 버린다. 20미터의 근거리에서 작렬하는 특수탄 묘르닐이 단번에 호랑이 요괴를 관통해서 숨통을 끊는다.

그 뒤를 이어 까마귀와 인간의 시체가 융합한 기괴한 새 인간 요괴들이 날아들었다. 하지만 유현은 조금도 동요하지 않고 라이플을 들어 하나하나 쏘아 맞힌다. 그러는 동안 정도일이 원래 있던 지점을 벗어나 급속도로 접근해 오는 것도 놓치지 않았다.

'묶어두는 건 슬슬 한계인가.'

되도록 저격으로 끝을 내고 싶었지만 그건 역시 무리였던 모양이다. 정도일이 접근할 시간을 벌어주기 위해 목숨을 아끼지 않고 달려드는 요괴들을 하나하나 죽여 나가면서 유현은 접근전을 준비했다.

그리고 곧 피보라를 뿌리면서 쓰러지는 왕뱀 요괴 너머에서 정도일이 달려들었다.

차앙!

유현은 기다리고 있었다는 듯 장군검을 뽑아 그와 격돌했다. 완벽하게 기척을 감추고, 유현의 호흡을 계산해 달려들었는데도 이렇게 손쉽게 막아내자 정도일의 표정이 일그러졌다.

유현의 서늘한 눈빛과 정도일의 뜨거운 눈빛이 교차했다. 다음 순간 유현의 검이 빛으로 화하며 에너지가 폭발했다.

파창!

정도일은 간발의 차로 검을 놓으며 물러났다. 동시에 쌍권총을 꺼내서 난사한다.

그러나 유현은 이미 염동역장을 펼쳐 두고 있었다. 쌍권총이 토해낸 총탄들이 거짓말처럼 허공에서 정지해 버리고 유현은 그 사이를 유유히 걸어오면서 마법포켓을 열었다. 그로부터 여섯 자루의 검이 튀어나와서 3미터짜리 빛의 칼날로 화했다.

'마검(魔劍) 나찰(羅刹).'

유현은 마검술을 전개하면서 여섯 자루의 검을 날렸다. 거대한 빛의 칼날들이 복잡한 궤적을 그려내며 음속에 가까운 속도로 정도일을 노린다.

그러나 한순간 정도일의 기척이 사라졌다. 바로 눈앞에 있는데도 허상에 불과한 것처럼, 너무나도 정밀한 감각의 허를 찌르는 공허가 그 자리에 나타나며 빛의 칼날들을 유도했다.

물론 그곳에는 아무것도 없다. 정도일은 자신의 그림자를 공격에 내주고 벼락처럼 달려들어서 검격을 날렸다.

츠팡!

두 자루의 검이 충돌하면서 푸른 스파크가 터졌다. 동시에 검풍이 휘몰아치면서 수십 합의 충돌이 일어났다.

"크!"

유현은 한순간이지만 자신의 감각이 혼선을 일으켰다는 사실에 경악했다. 분명 그의 눈은 그 어떤 존재의 움직임도 놓치지 않고, 그 정보를 꿰뚫어볼 수 있을 텐데도 정도일은 그의 시각 외의 다른 감각을 혼란시켜 공격이 빗나가게 만든 것이다.

"정말 즐겁게 해주는구나!"

정도일은 사나운 미소를 지으며 연속적으로 검격을 날렸다. 쌍검이 춤추며 허와 실이 섞여 어느 쪽도 치명적인 이빨을 드러내는 독특한 검격이 연속적으로 날아든다. 정밀기계처럼 정확하게 맞물리는 유현의 감각을 흐트러뜨리면서 기관총처럼 작렬하는 검술은 분명 인상적이었다.

그 검술은 이전에 맛보았던 것과는 또 달랐다. 현란한 변화를 일으키는 검술이 유현의 감각을 교란시키며 쏟아졌고 유현은 철저히 중심을 지키며 그것을 받아냈다.

어느 순간 유현의 리듬이 변했다. 정도일은 점차로 느려지는 유현의 움직임에 자신이 말려들어 가는 것을 깨닫고 불길함을 느꼈다.

'이런!'

그가 유현이 자신을 끌어들이고 있다는 사실을 알아차린 순간, 유현의 눈에 위험한 빛이 스쳐 지나갔다. 거의 일반인도 알아볼 수 있을 정도로 느려졌던 유현의 움직임이 갑자기 가속했다. 마치 정지화면에서 3배속 재생으로 옮겨가는 듯한 급가속이었다. 느릿한 리듬에 젖어 있던 정도일은 반응하지 못하고 어깨를 내주었다.

파창!

왼쪽 어깨를 감싸고 있던 나노 플라스틱 파츠가 산산조각 나서 흩어졌다. 그러나 정도일은 재빨리 몸을 틀어 그것을 막아내며, 어느새 왼손에 검 대신 권총을 들고 있었다. 유현이 마술 같은 그 전환을 알아보는 순간, 방아쇠가 당겨지며 지근거리에서 총탄이 작렬했다.

투두두두!

자동권총이 3초 만에 열한 발의 총탄을 쏘아냈다.

유현은 급하게 염동역장을 전개했지만 거리가 너무 짧았다. 퍼져 가는 염동역장을 꿰뚫고 총탄이 몸에 작렬한다. 방탄복 위로 충격이 가해지면서 유현이 비틀거렸다. 그리고 그 위로 정도일의 우검(右劍)이 내려쳐졌다.

차앙!

아슬아슬하게 막아냈지만 그것이 끝이 아니다. 유현이 빈틈을 보이는 순간, 정도일의 왼발이 기이한 궤도를 그리며 시야의 사각으로부터 맹습, 유현의 뒷목을 후려갈겼다. 흔들리는 유현의 가슴에 오른 팔꿈치가 작렬, 곧바로 뛰어오르며 왼 무릎으로 턱을 후려갈기고 그대로 춤을 추듯 회전하면서 검격을 날린다.

파각!

방금 전에 당한 것을 되갚아주듯 유현의 왼쪽 어깨 파츠가 산산조각 났다. 그 순간에도 유현이 몸을 틀어서 검격을 피해낸 것이다. 정도일은 혀를 차며 무기를 바꾸었다. 0.1초도 안되는 한순간에 검이 사라지고 대신 대전차 라이플이 나타난다. 조준을 할 것도 없이 총구가 불을 뿜었다.

쾅!

유현의 염동역장은 아직 전개되어 있는 채였다. 그러나 지근거리에서 단발모드로 발사된 대전차 라이플은 그것을 꿰뚫고 유현의 몸에 명중했다. 유현의 마력이 깃든 방탄복은 찢겨지지는 않았지만, 그 위로 가해진 충격이 유현의 내장을 뒤흔들고 그 몸을 뒤로 날려 버렸다.

'젠장. 그걸 맞고도 안 죽나?'

5미터 이내에서 대전차 라이플을 갈겼는데 염동역장으로 대부분의 위력을 상쇄, 방탄복의 강도를 강화시켜서 관통당하지 않고 버텨내다니, 이건 말도 안 되는 괴물이다. 정도일은 그렇게 생각하며 다시 한 번 방아쇠를 당겼다.

쾅!

다음 순간 그의 눈이 부릅떠졌다. 그가 방아쇠를 당기는 것과 완벽하게 동시에 유현이 회피를 시도, 염동역장을 이용해서 총알을 비껴내면서 옆으로 구르는 게 아닌가?

하지만 그게 한계였다. 대전차 라이플을 맞은 유현은 갈비

뼈에 금이 가고 내장도 상해 있었다. 내부로부터 비롯된 통증에 균형을 잡지 못하고 쓰러졌다.

그런 유현에게로 정도일이 지체없이 달려든다. 지금의 유현은 확실히 인간의 모습을 한 괴물이다. 승기를 잡았을 때 몰아쳐야지, 한순간이라도 틈을 줬다간 이쪽이 당하게 된다.

그러나 그 순간이었다.

파지지직…….

달려들던 정도일의 앞쪽으로 푸른 스파크가 보였다. 정도일은 섬뜩함을 느끼며 돌진을 멈추었다. 그리고 뒤로 날면서 마법포켓에서 투척용 폭탄을 꺼내서 유현을 향해 투척했다.

꽈르르르릉!

폭음과 함께 폭탄이 한순간에 증발해 버렸다. 정도일은 그대로 충격파에 쓸려서 수십 미터나 날아가 버렸다. 정신을 차렸을 때는 이미 빌딩 아래쪽으로 떨어져 내리고 있었다.

"크!"

정도일은 급히 균형을 바로잡고 허공을 박찼다. 하지만 이미 지상이 너무 가까웠다. 그대로 땅을 딛고 충격을 흩어버리기 위해 몇십 미터나 뒤로 뛰어서 미끄러져야 했다.

"뭘 한 거야, 저놈은?"

정도일은 내장이 진탕하는 것을 느끼며 투덜거렸다. 기억이 끊기기 전에 망막에 아로새겨진 것은 눈이 멀어버릴 것 같은 섬광, 그리고 고막을 찢을 듯한 천둥소리.

위를 올려다보니 지상에 강림한 뇌전이 끓어오르고 있는 것을 볼 수 있었다. 푸른 뇌전의 사슬을 두른 유현이 그를 노려본다. 잠시 후 그 뇌전이 거짓말처럼 사그라지더니 그 너머에서 새카만 라이플이 모습을 드러냈다. 방금 전까지 사용하던 궁니르 GTX77이 아닌 파괴력이 큰 브류나크 DX212였다.

콰앙!

폭음과 함께 정도일이 있던 자리가 터져 나간다. 아스팔트 위에 라이플로 갈겼다고는 믿을 수 없다는 커다란 탄흔이 생기고 충격파가 흩어지고 있었다.

정도일은 식은땀을 흘리면서 저격의 사각지대로 모습을 감추었다.

'타격은 있었어. 문제는 녀석이 재생력을 갖고 있냐, 아니냐로군.'

방금 전의 공방으로 그는 분명 유현에게 상당한 타격을 입혔다. 아무리 막아내는 데 성공했다곤 해도 적어도 갈비뼈 한두 대는 나갔을 것이고 내상도 상당할 것이다. 재생능력을 갖고 있는 게 아니라면 설령 재생포션을 사용한다고 해도 격렬한 전투 중에 회복하긴 어렵다.

역시 화력과 저격 능력에서 밀리는 이상 답은 접근전밖에 없다. 정도일은 그렇게 생각하고 사나운 미소를 지었다. 다시금 쫓고 쫓기는 싸움이 시작되었다.

*　　*　　*

키오스터는 적들의 주의가 전투 병력들에게 쏠린 사이 군인 아파트 앞에 도착했다. 수송기가 떨어진 아파트 건물 일부가 무너지고 그로부터 불길이 치솟은 것이 보인다. 이곳까지지는 서울 조직들의 텔레파시 통제가 미치지 못했기 때문에 사람들이 바글바글 모여들어서 아우성을 치고 있었다. 갑자기 하늘에서 비행기가 떨어져서 아파트와 충돌하고, 그리 멀지 않은 곳에서는 총성과 폭음이 울려 퍼지고 있었으니 당연한 혼란이었다.

"귀찮게 됐군."

키오스터는 모여든 사람들을 보며 눈살을 찌푸렸다. 수송기는 무너진 아파트의 잔해 속에 묻혀 있었다. 분명 그가 찾는 기재 역시 그 안에 있으리라.

"어떡할까요?"

호위 병력이 물었다. 키오스터는 잠시 고민하다가 결단을 내렸다.

"전부 없애 버려."

"그래도 되겠습니까?"

"어차피 이만큼 일을 벌였어. 오늘 죽어야 할 목숨이 수십만은 되겠지. 그러잖아도 서울 인구는 쓸데없이 많다고 하니 이 나라의 인구밀도를 낮추는 데 도움을 줘야 하지 않겠나?"

그가 사악하게 웃으며 말하자 호위 병력이 말없이 총기를 꺼내 들었다. 그리고 모여든 군중들을 향해 아무런 주저도 없이 발포했다.

투두두두두!

밀집해 있던 사람들이 순식간에 피투성이가 되어 쓰러지기 시작했다. 그들의 존재를 인식하고 있던 사람들이 소수였기 때문에, 충격이 번지기까지는 오히려 시간이 걸렸다. 쓰러지는 사람들이 일으킨 피보라가 주변으로 번지자 그제야 사람들이 비명을 지르기 시작했다.

"꺄아아아아악!"

사람들은 너나 할 것 없이 흩어져서 달아나기 시작했다. 키오스터의 호위 병력들은 무심하게 그들을 향해 방아쇠를 당겼다. 굳이 뒤쫓지도 않았지만 사거리 안에 있는 이들은 철저하게 죽이는 공격. 난무하는 총격 속에서 수십 명의 사상자가 발생했다.

키오스터가 피투성이가 된 시체들을 보며 히죽 웃었다. 그리고 손을 들어 올리며 말했다.

"기왕 이렇게 된 거, 저 싸구려 목숨들을 재활용해 주는 게 좋겠군. 목숨은 나름 소중한 재원이니까."

그는 마법의 비의를 추구해 그 결과 인간을 포기하고 요괴로 전생한 존재다. 사악한 흑마법의 비술 역시 누구 못지않게 깊게 탐구하고 있었다. 이전 종로에서 이현종이 했던 것처럼 사령술이 펼쳐져 시체들을 일으키기 시작했다.

"캬아아아아!"

몸 일부를 잃었음에도 불구하고 살아생전보다 훨씬 강력한 능력과 흉성을 가지게 된 시귀들이 포효했다. 키오스터는 그들에게 더욱 강력한 힘을 부여해 육체를 괴물의 그것으로 변이시키고 그중 절반을 전장 쪽으로 보냈다. 그리고 나머지 절반은 만일을 대비해 자신의 주변을 지키도록 했다.

그는 유쾌한 듯이 콧노래를 흥얼거리며 수송기의 잔해로 다가갔다. 아직도 불길과 연기가 피어오르고 있었고, 언제 또 폭발이 일어날지 모르는 상태였지만 개의치 않는다. 그가 염동력을 일으키자 수십 톤이나 되는 아파트의 잔해들이 마치 속이 빈 가짜 암석들처럼 허공으로 들어 올려져서 사방으로 날아갔다.

콰드드드득!

부서진 수송기의 외장이 뜯겨져 나간다. 그리고 그 속에서 멀쩡한 모습을 유지하고 있는 기재가 모습을 드러냈다. 키오스터는 미소를 지은 채 그것을 염동력으로 끄집어냈다.

"다시 경복궁으로 가야겠군. 응?"

자기 몸보다도 커다란 기재를 염동력으로 들어 올린 그가 문득 눈살을 찌푸렸다. 그가 바라보는 쪽에서 완전무장한 군인 1개 소대가 다가오고 있었다. 주민들의 신고를 받고 출동한 것이다. 계엄령이 내려진 상황이라 군에서 치안을 책임지고 있다 보니 그들의 움직임도 신속했다.

투두두두두!

흐느적거리는 시귀를 본 그들은 다른 절차는 다 무시하고 일단 1열은 앉아 쏴, 그리고 1열은 서서 쏴 자세로 십자포화를 가했다. 연옥의 기술이 도입된 소총은 상당한 위력을 발휘해서 시귀들이 타격을 받고 쓰러지기 시작했다.

"쳇. 귀찮게."

조금쯤 망설이지 않을까 생각했는데 곧바로 공격에 나선 것을 보면 지휘관이 좀 결단력이 좋은 모양이었다. 계엄령이 내려진 이후, 한국군은 요괴 상대로 실전도 겪었고, 집중적으로 실전에서 쓸 수 있는 교육을 받아왔기 때문에 그 움직임이 생각 외로 좋았다.

그러나 그래 봤자 인간 수준일 뿐이다. 쓰는 무기가 동등하다고 해도, 그것을 쓰는 인간의 수준이 너무 다르다!

투두두두두!

"크악!"

호위 병력이 응사를 시작하자 그들이 비명을 지르며 쓰러지기 시작했다. 호위 병력은 그들이 공격을 가하는 것과 동시에 곧바로 산개, 그들이 눈으로 포착하기 어려울 정도로 빠르게 움직이면서 사방에서 사격을 가하기 시작했던 것이다. 아무리 훈련이 잘되어 있어도 이런 상대에게 대응하기는 어렵다. 게다가 요괴라면 모를까 인간 모습을 한 상대라면 더더욱!

우왕좌왕하는 그들에게 키오스터가 결정타를 날렸다. 그의 입에서 마법어가 빠르게 흘러나오면서 막강한 파괴력이 구현되었다.

콰아아앙!

불길이 작렬하면서, 충격에 휩쓸리고 있던 소대 병력이 산산조각 났다. 아직 숨이 붙어 있는 자들이 몸에 붙은 불길 때문에 비명을 지르면서 날뛰고 그들의 몸에 달려 있던 수류탄이 폭발하면서 사방으로 충격파를 흩날렸다.

"하하하하하!"

키오스터는 그 광경을 보며 어린아이처럼 즐거워했다. 정말이지 개미 같은 것들이다. 무력한 주제에 주제도 모르고 날뛰는 것들. 여태까지 얼간이처럼 무지한 채로, 세계의 진실 따윈 조금도 모르는 채로 살아온 주제에 이제 와서 뭔가 해보겠다고? 그저 자신들을 지켜온 존재들의 기술을 빌려서, 목숨을 걸기만 하면 뭐든지 될 거라고 생각하나?

아아, 그런 것을 보면 짓밟아주지 않고는 견딜 수 없지 않은가? 그런 어리석은 인간들이 있지도 않은 권리를 주장하며 살아갈 수 있는 세상 따윈 앞으로의 미래에는 없다. 키오스터가 지배하는 신세계에서 그들은 인간의 모습을 한 가축이 될 것이다. 지구와 교배해 요괴를 낳고, 자신의 아이에게 잡아먹히는 희극적인 존재로 격하된다!

"크크크큭……."

키오스터는 광기 어린 웃음을 지으며 경복궁 쪽으로 몸을 돌렸다. 마음 같아서는 당장에라도 이 자리에서 일을 저질러버리고 싶다. 하지만 계획의 완벽성을 위해서는 돌아가지 않으면 안 된다.

"육도, 여태까지 잘도 감추었지만… 이제 너희들도 끝이다."

키오스터는 즐겁다는 듯 중얼거리면서, 호위 병력들과 아직 남아 있는 시귀들을 이끌고 경복궁으로 향하기 시작했다. 그 뒤에는 아수라장이 된 군인아파트만이 남겨져 있었다.

3

수백 명 이상 포진해 있는 적들 사이를 거침없이 누비던 세르반테스는 문득 움직임을 멈추고 고개를 들었다. 어지럽게 펼쳐져 있는 빌딩 숲 너머 어딘가에서 익숙한 기척이 느껴지고 있었다. 수도 없이 많은 인간들과 요괴들의 기척이 있음에도 불구하고 그 사이에서 뚜렷하게 자신을 부르는 것 같은 기운.

"아일라."

세르반테스의 입이 열리며 한 사람의 이름이 흘러나왔다.

그와 동문이었던 아일라 스카우드가 이 전장에 돌입해 있다. 그는 그 사실을 직감적으로 깨달았다. 아일라는 일부러 스스로의 기운을 뿌려대어 세르반테스를 부르고 있는 것이리라.

이성적으로 생각하면 세르반테스가 여기에 응해야 할 이유는 없다. 그의 임무는 키오스터가 목적을 달성할 때까지 적들을 유린하며 시간을 벌어주는 것이다.

그러나 그는 망설이지 않고 아일라의 기척이 있는 곳으로 달리기 시작했다. 선택의 여지 따윈 처음부터 존재하지 않았다. 그와 필적하는 단 한 사람의 천재 검사. 그녀를 인정하고 친구로서 좋아했지만, 그것과는 별개로… 그녀와 진검승부를 내고 싶어하는 자신이 그 안에 있었다.

그런 감정은 전투병기로서는 결함이리라. 그러나 단순히 전투기계가 아닌, 무(武)의 극치를 추구하여 검의 달인을 만들어 내는 데스트레자의 스타일은 그를 단순히 남에게 휘둘리는 칼이 아니라, 강한 자존심을 갖고 세상을 오시하는 무인으로 만들었다.

그것은 아일라도 마찬가지이리라. 그렇기에 그녀는 세르반테스를 부르고 있다. 그가 자신에게 오리라 확신하면서.

그리고 마침내 두 천재 검사는 서울의 콘크리트 정글 위에서 만났다.

"……."

아일라의 주변에는 시산혈해(屍山血海)가 펼쳐져 있었다. 그곳에서 적들과 치고 받던 미드가르드의 병력은 물론이고 요괴들까지도 용서없이 파괴되었다. 그러면서도 그녀는 전혀 상처를 입지 않았고, 호흡조차 흐트러지지 않은 채 세르반테스를 바라보았다.

세르반테스가 입을 열었다.

"Cuanto tiempo(오랜만이군)."

"Si(그래)."

아일라는 검에 묻은 피를 털며 정중하게 기수식을 취했다. 데스트레자의 정통검사가 명예와 목숨을 건 결투를 할 때 취하는, 상대에게 바치는 예의에 해당하는 기수식.

세르반테스도 그에 응했다. 그도 역시 기수식을 취하며 천천히 자세를 취했다. 서로를 노려보며 검을 겨누는 두 사람의 자세는 거울에 비친 것처럼 닮아 있었다. 전세계의 수백 가지의 검술을 연마하며, 검 한 자루만 손에 쥐어져 있으면 대요괴조차 단신으로 상대할 수 있는 무신의 경지에 도달한 두 천재가 도달한 지점은 같다. 두 사람은 완전히 닮은 서로의 자세를 보며 그 사실을 직감했다.

"Es la tiempo para volver a tu tumba ahora(그럼 이제 무덤으로 돌아갈 시간이야)."

"Que dia para bailar encima de una hoja(칼날 위에서 춤추기에는 좋은 날이군)."

아일라와 세르반테스는 서로에게 한마디씩 던지고는 동시에 땅을 박찼다. 말은 필요없다. 대화로 낼 수 있는 결론은 이미 예전에 냈고 이제 남은 것은 서로 전심전력을 다해 검으로 부딪치는 것뿐이다.

차가운 회색의 도시 위에서 두 사람이 격돌했다. 은색과 검은색의 검이 충돌하며 충격파가 튄다. 이어 서로가 감추고 있던 암검(暗劍)으로 하단을 노리고, 그것이 서로 맞부딪치는 순간 서로 몸을 반대로 회전시키며 수십 번의 검격을 토해낸다.

마치 짜고 치는 듯이 정밀하게 맞아떨어지는 검격은 그 자체로 예술이었다. 두 사람은 서로 체스를 두듯이 이상적인 공격과 이상적인 대응을 반복한다. 승리로 가는 절대적인 한수를 찾아내기 위해 기하학에 기반한 검술이 무한한 연산을 계속하고 허공에는 섬광과 불꽃이 수놓여진다. 두 사람의 움직임이 점점 가속되면서 소리조차 제대로 인식할 수 없을 정도로 빨라졌다.

채채채채채챙!

소리가 울려 퍼졌을 때는 이미 수십 번의 검격이 교환된 후였다. 충격파가 터져 나가면서 콘트리트 위에 널브러져 있던 시체들을 날려 버린다. 열파가 그 위를 흐르던 피를 기화시키고 주차되어 있던 자동차들이 덜컹거리며 뒤집어지고 폭발한다.

파창!

두 사람의 신형이 교차하며 서로 반대 방향으로 뛰어올랐다. 그리고 서로 반대편 건물을 밟고 대각선 위쪽으로 도약, 다시 허공에서 격돌한다. 황백색 스파크가 튀면서 아일라의 금발과 세르반테스의 짙은 갈색 머리칼이 휘날렸다.

짧은 순간을 영원처럼 느끼면서 두 사람의 시선이 교차한다. 아일라의 무심한 자주색 눈동자가 그 안에 불꽃같은 열정과 살의를 불태우고, 세르반테스 역시 음울한 갈색 눈동자 안에서 불꽃을 피워 올린다.

두 사람의 몸이 허공에서 교차한다. 다시 허공을 밟고 격돌, 그대로 회전하면서 상공으로 치솟아올라 갔다. 이전에 아일라가 유현과 맞붙었을 때 보여주었던 광경이, 이번에는 명백히 서로의 의지가 교차하는 상황에서 재현된 것이다. 두 사람의 검격이 교차하면서 주변의 대기가 비명을 지르며 그 궤적 속으로 끌려 들어가고, 그것은 이윽고 거대한 용권풍으로 화했다.

콰콰콰콰콰콰!

마치 두 마리의 용이 서로서로 얽혀 다투며 비상하듯이 두 사람의 검기(劍技)가 울부짖는다. 초당 수십 번의 검격을 교환하면서도 두 사람은 아직 서로에게 전혀 상처를 입히지 못했다. 그럼에도 불구하고 조금도 기세를 죽이지 않고 승리의 한 수를 찾아 달린다. 이 균형이 무너지는 순간, 필살의 일격이 한쪽의 생명을 빼앗아갈 것이다.

츠팡!

충격파가 터지며 두 사람의 몸이 용권풍 밖으로 뛰쳐나왔다. 흩어지는 용권풍 사이에서 두 사람의 움직임이 처음으로 어긋났다. 세르반테스는 그대로 반전해서 돌진, 아일라는 허공을 박차고 위로 솟구쳐 오른 것이다.

세르반테스의 찌르기가 아일라를 관통했다. 아니, 그렇게 보인 것은 착각이었다. 세르반테스가 검끝에 아무것도 걸리지 않았다는 것을 확인하는 순간, 아일라의 몸은 허공에서 거꾸로 선 자세로 그의 머리 위를 넘어가면서 곡예 같은 검격을 날리고 있었다.

스팟!

날카로운 소리와 함께 핏방울이 튀었다.

"…Maravilloso(멋지군)."

착지한 세르반테스가 이마의 상처를 움켜쥐면서 비틀린 웃음을 지었다. 그녀의 반대편에 착지한 아일라가 고고한 기세로 그를 바라보며 말했다.

"Pides tu toque, espectro negro(실력이 무뎌졌군, 흑검사)."

"Ese conclusion, seria probado que era tan precipitado(그 판단, 너무 일렀다는 것을 증명해 주지)."

세르반테스의 음성에 으르렁거리는 소리가 섞이면서 그가 검은 질풍처럼 달려들었다. 다시 한 번 검의 달인들이 격돌하며 백은과 칠흑의 궤적이 공간을 가르기 시작했다.

* * *

전황이 급격하게 바뀌고 있었다. 미드가르드에서 예측한 육도 본진의 등장보다 훨씬 빠르게 등장한 제3의 세력이 연옥의 세력들을 도와 미드가르드 병력을 격퇴해 나간다. 흩어져서 날뛰던 요괴들이 하나하나 요격되고 그들과 함께 서울의 조직에게 맹공을 가하던 미드가르드의 병력들 역시 와르르 무너져 가고 있었다.

"칫. 수가 꽤나 많군."

신아연은 스코프에서 눈을 떼며 투덜거렸다. 계속 이동하면서 저격을 반복, 상당히 많은 숫자를 쓰러뜨렸지만 적들의 숫자는 적어도 세 자릿수에 이르고 있었다. 개개인의 실력이나 무장 상태도 좋을뿐더러, 워낙 넓게 산개해서 싸우고 있어서 한순간에 숫자를 줄이긴 어려웠다.

"다들 잘하고 있는 것 같군요."

진선희가 전장의 상황을 파악하고 말했다.

유현과 난슬이 가장 먼저 도착하고, 나머지 인원들도 차례차례 도착했다. 유현은 엄청난 속도로 빌딩 숲을 누비면서 정도일을 상대하고 있었고, 그러는 와중에 중간중간 걸리는 미드가르드의 병력과 요괴들을 처리해 나가고 있었다.

난슬은 적들 중 가장 막강한 화력을 자랑하던 라리사 고르디바를 잡아두고 있었고, 멀린은 전장을 누비면서 요괴들을 잡아 족치는 한편 이 전장 어딘가에서 피어오르는 불길한 마력을 찾고 있었다. 원래는 정도일을 잡아 족칠 생각이었지만 그 이상으로 그 마력의 존재가 위험하다고 판단한 모양이다. 그가 평소에 보여온 주책 맞은 모습만 기억하던 진선희는 그가 그런 사리에 맞는 행동을 보여주는 것이 참 의외라고 여기고 있었다.

'신우는… 무사하군.'

진선희는 신우의 상황을 파악하고는 작게 안도의 한숨을 쉬었다. 그리곤 자신이 안도하고 있다는 사실에 화들짝 놀랐다. 아니, 자기가 왜 신우를 걱정하고 있는 거지?

그때 진선희의 마법에 포착된 신우는 한얼, 성아와 함께 3인 1조로 움직이면서 완벽한 연계플레이를 펼치고 있었다.

"으랏차차차!"

기운찬 기합과 함께 검광이 난무한다. 신우의 몸에 심어진 마검술식이 발동, 검이 무수한 환영을 그리며 유성처럼 적병에게 쏟아진다.

쉬쉬쉬쉬쉭!

적은 뒤로 물러나서 그것을 피하면서 창을 찔러왔다. 기다란 창이 쏟아지는 신우의 검격 사이로 꽂혀 들어갔다.

콰각!

그러나 그것은 측면에서 솟아 나온 한얼이 내려친 검격에 가로막혔다. 동시에 한얼과 맞서고 있던 적병이 틈을 얻고 총기를 들어서 방아쇠를 당겼다. 아니, 당기려고 했다.

퍼엉!

폭음과 함께 불길이 흩어졌다. 호박색 불길이 적병을 집어삼키며 작렬한다. 그 열기로 인해서 한창 싸우고 있던 신우와 한얼, 그리고 적병 역시 서로 다른 방향으로 물러나야 했다.

폭염주술로 적을 날려 버린 것은 신우와 한얼의 뒤에 서 있던 성아였다. 그녀는 황금빛을 발하는 눈동자로 남은 한 명의 적병을 쏘아보며 손을 들어 올렸다. 적병은 치명적인 위험이 다가오는 것을 느끼며 총기를 꺼내 방아쇠를 당겼다.

투두둣!

총탄이 성아의 몸을 꿰뚫는다. 하지만 그것은 성아가 일부러 그 자리에 뿌려둔 환영이었다. 새벽녘의 안개처럼 흩어지는 환영에 적병이 절망적인 예감에 사로잡혔을 때, 그의 뒤쪽에 나타난 성아가 뒷목에 일격을 날렸다.

콰작!

일격에 목뼈가 부러지며 적병의 숨통이 끊어졌다. 무너져 내리는 적병의 뒤에서 성아가 작게 한숨을 쉬며 손목을 흔들었다.

"상당히 숫자가 많네."

신령의 유해를 흡수한 그녀는 전과는 비교도 할 수 없을 정도로 강해져 있었다. 오히려 신령이 소멸하기 이전보다 영력과 육체 능력이 비약적으로 상승한 것이 실감된다. 지금이라면 신아연과도 충분히 해볼 만하지 않을까?

'뭐, 적이 될 일이 없는 편이 낫겠지만.'

매일매일 이렇게 상상도 할 수 없는 일들이 연달아 일어나는 세상이니 앞으로 어떤 상황이 닥쳐도 이상할 게 없으리라. 그렇게 생각하던 성아는 문득 고개를 들었다.

"요괴들이 와."

"어휴, 숨 돌릴 틈도 안 주네."

신우가 투덜거렸다. 그러면서도 왠지 목소리에 활력이 넘치는 게, 멀린에게 시술받아서 얻게 된 새로운 힘을 확인해 보고는 자신감이 넘쳐흐르고 있는 모양이다. 저러다가 또 안 좋은 꼴 당할지도 모르는데. 성아는 그렇게 생각했지만 굳이 기세등등한 그를 기죽일 필요도 없을 것 같아서 입을 다물었다.

그리고 곧 머리가 두 개 달린 들개들의 무리가 모습을 드러냈다. 신우와 한얼은 그들을 보는 즉시 가우스 라이플을 꺼내서 총탄을 난사, 돌진을 저지하고 잠깐의 시간 동안 성아가 주문을 완성하며 부적을 뿌렸다.

"폭염초래(暴炎招來)!"

외침과 함께 그 위로 불길이 쏟아졌다. 압도적인 열기가 쌍두견 요괴들을 쓸어버리는 것을 보면서 신우가 혀를 내둘렀다.

"와, 이거 완전 청소네, 청소."

몇 개월 전만 해도 상상도 할 수 없었던 일이다. 신우는 새삼 스스로가 강해졌다는 것을, 그리고 이전에는 상상도 못했던 강자들과 함께하고 있다는 사실을 실감했다.

세 사람은 잠시 숨을 돌린 뒤 또다시 새로운 적을 찾아서 이동하기 시작했다.

'…이 정도면 걱정할 필요는 없겠어.'

전투 과정을 다 살펴본 진선희는 그렇게 판단을 내렸다. 같이 있는 성아의 힘도 얕볼 수 없을 정도고, 셋이서 연계가 꽤 잘되고 있으니만큼 걱정할 필요는 없을 것이다. 하지만 그렇게 생각하던 진선희는 괜히 흠칫했다.

'뭐 따, 딱히 걱정하거나 그런 건 아니야. 그냥 아군 전력이니까, 그뿐이지. 흠흠.'

진선희는 스스로를 합리화시키고는 아일라에게로 시선을 옮겼다. 아일라 역시 그녀와 동수를 이루는 강적을 상대로 싸우고 있었다.

"뭐야, 이건?"

진선희가 아일라가 싸우는 영상을 포착해서 신아연에게 보여주자 그녀가 눈살을 찌푸렸다. 분명 검만 들고 서로 검술을 겨루고 있는데 주변에 미치는 여파가 어마어마하다. 멀리서 관측되는 광경으로만 봐도 움직이는 재앙이라고 봐도 될 정도였다.

"이 여자, 역시 괴물이군."

신아연이 짜증을 냈다. 예전 아일라에게 죽을 뻔한 경험을 한 그녀로서는 아일라의 존재 자체가 짜증난다. 여기까지 오는 동안 뜻하지 않게 벌이게 된 레이스에서도 뒤처져서 짜증나는데 전장에서도 뒤처진다면 그 스트레스를 참기 어려울 것이다.

"어쩌실 건가요?"

"어쩌긴. 우리도 하나 골라잡아야지. 지원 병력이 올 때까지 앞으로 33분. 그동안 적들의 숫자를 줄여놔야지 않겠어?"

"그럼 저걸 상대하시겠어요?"

진선희가 경복궁 쪽을 가리키며 물었다. 순간 압도적인 폭음이 울려 퍼졌다.

콰아아아아아!

충격파를 흩뿌리면서 섬광이 빌딩을 관통한다. 그 위에 있던 서울의 조직원이 산산조각 나버리고, 커다란 구멍이 뚫린 빌딩이 충격을 이기지 못하고 뒤흔들렸다. 분명 이 전장에서 최강의 위력을 자랑하는 병기, 레일건에 의한 파괴 현상이었다.

그 궤적 너머에는 전장 4.7미터에 달하는 새하얀 강철의 거인이 왼팔을 들고 연기를 피워 올리고 있었다. 그것을 본 신아연이 씩 웃었다.

"그러기로 할까? 지난번에 저 여자가 저걸 상대해서 이겼으니 나도 한번 해보기로 하지."

"마인혈은?"

"일단은 그냥 간다."

신아연은 그렇게 말하면서도 자신의 정신제어코드를 진선희에게 송신했다. 티탄이 워낙 강적인만큼 만약의 상황에 대비해 둘 필요가 있었다.

그녀는 브류나크 DX212를 더블 버스터 모드로 전환시켰다. 전에 티탄은 이 상태로 날린 일격을 맞고도 멀쩡했었다. 하지만 일단은 흔들어둘 필요가 있었다.

"레일건을 노린다. 위성 시스템 가동. 서포트해."

"알겠습니다."

진선희가 눈을 감고 육도의 지원위성과 동조했다. 그녀의 정신과 위성시스템이 접촉, 연산이 개시되면서 신아연에게 그 데이터가 고속으로 전송되기 시작한다. 신아연은 위성의 도움을 받아서 정밀저격모드로 표적을 포착했다.

'거리 1.4킬로미터.'

풍향과 풍속, 기압과 온도 등등… 고려해야 할 모든 요소들이 입력되어서 이상적인 저격 타이밍을 잡아낸다. 이미 적은 이쪽의 눈에 포착되어 있다.

하지만 지금은 아니다. 아무리 강한 충격이라도 적의 장갑은 튕겨 버릴 수 있는 방어력을 가졌다. 한순간, 적이 취약점을 드러내는 부분을 노리고 단 한 번뿐인 기회를 잡아내야만 한다.

'이미 네 약점은 밝혀졌어, 멍청이.'

그녀의 입가에 차가운 미소가 걸렸다. 동시에 위성의 지원까지 받은 저격지원시스템이 완벽한 순간을 포착했다. 신아연이 들여다보는 스코프에 걸리는 영상이 조금씩 새카맣게 변해간다. 마치 일식의 현장을 보는 것 같다. 가까이, 더 가까이. 지각이 확장되면서 한순간이 무한으로 변했다. 그 순간 신아연은 쏘아진 총알이 닿을 때까지의 시간, 1초 후의 미래를 포착했다.

쾅!

폭음과 함께 섬광이 터진다. 강렬한 반동이 몸을 뒤흔든다. 지지대가 꿈틀거리면서 바닥이 움푹 파였다.

신아연은 스코프에서 눈을 뗐다.

"저격 완료."

그녀의 눈길이 향한 지점에서 폭음이 울리며 불길이 치솟았다.

티탄에 탄 채 몰려드는 적들을 학살하고 있던 지윤은 경악에 빠져 있었다. 잠시 동안 시스템이 멈췄다가 다시 기동되었다. 레일건을 제외한 화기의 공격은 가볍게 버텨낼 수 있는 티탄이었지만 방금 전의 일격은 분명 시스템이 멈출 정도로 압도적인 타격을 가했다.

"이, 이런! 말도 안 돼!"

지윤은 피해 상황을 보고는 어이가 없었다. 티탄이 자랑하는 레일건이 완전히 파괴되어 있는 게 아닌가? 레일건이 터지면서 그것을 달고 있던 왼팔도 완전히 파괴되었고, 그 여파로 티탄의 에너지 회로가 역류하면서 다른 구동장치에도 타격이 왔다.

적은 장거리 저격으로 티탄을 노렸다. 거기까지는 딱히 놀랄 것이 없다. 하지만 티탄의 유일한 취약점이라고 할 수 있는 부분, 즉 대놓고 내부 구조를 드러낼 수밖에 없는 레일건의 총구를 노리고 사격을 가해올 줄이야? 물론 레일건은 취약점인 만큼 마법결계가 집중적으로 보호하고 있는 부분이기도 했다. 하지만 적의 공격은 그것을 가볍게 뚫어버리는 위력을 자랑하고 있었고, 결국 레일건의 총신 안으로 빨려 들어가듯이 꽂혀서 팔까지 날려 버린 것이다.

쾅!

적의 공격은 계속되었다. 다른 놈들의 총격은 별 타격이 되지 않았지만 팔을 날려 버린 일격이 다시금 가해지자 티탄의 몸이 충격을 이기지 못하고 뒤로 주르륵 밀려난다. 지윤은 방금 전의 공격으로 적의 위치를 알아내고는 이를 갈았다.

"혁이를 죽인 여자."

빌딩 옥상에서 대형 라이플로 그를 저격한 것은 분명 기억 속에 있는 여자였다. 지윤 자신이 타흘룸으로 왼팔을 날려 버렸는데도 아랑곳하지 않고 김혁을 쏴서 죽여 버리지 않았던가? 잊으려야 잊을 수 없는 얼굴이다.

투두두두두두!

지윤이 멀쩡한 티탄의 오른손을 들어서 20밀리 기관포를 갈겼다. 거리가 좀 멀긴 하지만 이쪽도 충분히 유효사거리 안이다.

충격을 가하는 순간, 신아연과 진선희는 이미 그 자리를 이탈해서 달리고 있었다. 그리고 주변 건물을 이용해서 지윤의 시야에서 벗어나서 지상으로 접근해 오기 시작했다. 두 사람이 오는 루트에 있던 아군 전력이 하나둘씩 처치되고 있는 것을 알 수 있었다.

"크, 키오스터 이 작자는 아직인가?"

지윤은 짜증을 내면서 눈에 보이는 다른 존재들을 향해 공격을 가했다. 다소 타격을 입긴 했지만 티탄은 아직도 기동하는 데 문제가 없다. 육도의 본진이 올 때까지는 충분히 버텨줄 것이다.

그러나 그때 키오스터는 최악의 상대와 맞닥뜨리고 있었다.

4

꽈르르르릉!

뇌격이 몰아치면서 시귀들이 장난처럼 찢겨져 날아갔다. 그들의 몸속을 채우고 있던 흑마법에 물든 원천, 검은 피가 일순간에 증발하고 수분을 잃은 살점들이 검게 타오르며 산산조각 나서 흩어진다.

키오스터는 그 뇌격을 일으킨 자를 보며 이를 갈았다.

"네놈은 뭐냐?"

"네놈? 너야말로 뭐냐? 감히 나를 그런 식으로 부르다니, 건방지군."

어처구니없다는 듯이 대답한 것은 휘날리는 금발 아래에서 붉은 눈동자를 빛내는 청년이었다. 어딘가 비인간적이고 부자연스러운 표정이 두드러지는 존재, 기계인간의 몸을 쓰고 있는 대마법사 멀린이다.

"마력 패턴으로 봐서 모건 그놈이 아닐까 싶어서 왔는데 엉뚱한 놈이 걸리는군. 게다가 요괴라니."

진선희가 지금 그의 내심을 알았다면 '내 평가를 돌려줘' 라며 억울해했을 것이다. 멀린은 딱히 사리에 맞는 판단을 해서 정도일을 제쳐두고 키오스터에게로 온 것이 아니었다. 키오스터가 염동력으로 들어 나르고 있는 커다란 알 같은 형태의 금속체, 그것으로부터 모건의 마력 패턴이 느껴졌기에 당장 달려온 것이다. 정도일도 정도일이었지만 지난번 싸움에서 은혜도 모르고 그를 엿먹인 모건은 그 이상으로 반드시 척살해야 할 리스트에 올라 있었다.

"모건이라… 그런 애송이 따위 알게 뭐냐!"

키오스터가 으르렁거리며 마력을 발현시켰다. 멀린이 장악했던 주변의 마력 파장이 키오스터에게 해킹되면서 이변이 일어나기 시작했다. 꿈틀거리던 푸른 뇌전이 불꽃으로 변해서 안쪽으로 먹혀들어 가는 게 아닌가?

"호오?"

멀린은 재미있다는 듯 눈썹을 치켜올리며 주먹을 들었다. 그 직후 폭음이 울리며 그의 주먹이 키오스터를 향해 날았다.

"뭐야?!"

멀린의 로켓펀치에 키오스터가 경악해서 몸을 피했다. 그 틈을 타서 멀린이 화염장벽으로부터 뛰쳐나오면서, 팔의 단면에서 붉은 섬광을 발사했다.

콰쾅!

붉은 폭발이 일어나면서 키오스터 앞에 있던 호위 병력 하나가 갈가리 찢겨져 흩어졌다. 그의 피와 살점을 뒤집어쓴 키오스터의 표정이 인간의 것이라고는 생각할 수 없는 흉성을 드러내며 일그러졌다. 눈동자가 뱀의 그것으로 변해가고 벌린 입에서 뱀의 혀가 날름거린다.

"나가라자! 제법이군!"

키오스터의 정체를 알아본 멀린이 휘파람을 불었다. 동시에 그의 강철의 하이킥이 그 앞에 있던 병력 하나를 쳐 날리고, 이어지는 강철의 래리어트가 그 뒤쪽에 있던 병력을 후려쳐서 날려 버린다. 압도적인 중량과 파워가 더해진 일격은 초인적인 능력을 가진 병사들조차 일격에 숨통을 끊어놓았다.

"크하하하! 이것이 사나이의 로망이다!"

"미친 자식!"

날아갔던 로켓펀치를 다시 합체시키며 광소하는 그에게 키오스터가 공격을 날렸다. 공기가 맹렬하게 끓어오르며 폭염이 활화산처럼 치솟는다. 그러나 멀린은 그 폭염 속을 가볍게 헤쳐 나오며 팔을 크게 휘둘렀다. 그 궤적을 따라서 날카로운 섬광이 일어나서 키오스터의 왼팔을 날려 버렸다.

"크악!"

키오스터가 비명을 질렀다. 하지만 그 순간 키오스터가 준비해 둔 카운터 마법이 발동, 아래쪽으로부터 대각선으로 일어난 무형의 파동이 멀린의 복부를 후려갈겼다.

쿠웅!

굉음과 함께 멀린의 몸이 허공으로 10미터 이상 치솟았다. 인간이라면 일격에 뼈가 박살 나고 내장이 파열되어 즉사했겠지만 기계인간인 멀린은 금세 충격을 중화시키고 허공에서 몸을 멈추었다. 그동안 키오스터는 대요괴의 재생력을 이용해서 팔을 다시 복원시켰다. 그것을 본 멀린이 의미심장한 미소를 지었다.

"네놈, 원래부터 요괴가 아니로구나. 분명 인간으로서 비술을 터득한 존재야. 사문이 어디인지 밝혀보실까?"

"알게 뭐냐!"

키오스터가 신경질적으로 외치며 호위 병력에게 공격 명령을 내렸다. 살아남은 호위 병력들이 곧바로 멀린을 향해 사격을 개시한다. 그 총격은 전부 멀린의 결계에 막혀 버렸지만, 잠시 동안의 틈을 번 키오스터는 비장의 마법을 사용했다.

"죽어라!"

휘오오오오오!

방금 전까지 사용했던 폭염마법과는 완전히 반대되는 냉기류가 몰아쳤다. 모건이 그 마력 패턴을 해석하는 순간, 이미 절대영도에 가까운 냉기가 그에게 작렬하며 새하얀 기류가 사방으로 퍼져 나갔다. 살아남았던 호위 병력도 거기에 휘말렸지만 키오스터는 개의치 않고 거대한 얼음기둥이 솟아나는 것을 지켜보고 있었다.

"칫."

그는 표정을 일그러뜨리며, 바닥을 굴러다니다가 얼어붙은 자신의 잘린 팔을 집어 들었다. 이미 팔은 재생했기 때문에 이것은 살덩어리에 불과하지만 그래도 쓸모가 없지는 않다.

쩌저저적…….

그리고 거대한 얼음기둥의 표면에 금이 가며 불길한 소리가 울려 퍼졌다. 키오스터는 예상한 상황이 닥쳐오는 것을 느끼며 그 자리를 벗어나려고 했다. 하지만 그 앞에서 얼음기둥이 산산이 터져 나가면서 그 파편이 그를 가로막았다.

콰쾅!

"10초도 못 버틸 줄이야. 이 작자는 도대체……."

키오스터가 투덜거렸다. 산산조각 난 얼음의 잔해 속에서 기계의 구동음을 울리며 멀린이 걸어나오고 있었다. 그 눈동자가 발하는 붉은 빛이 더더욱 강해진 것이 보였다.

"나가라면 당연히 냉기를 싫어해야 정상일 텐데 잘도 이런 마법을 쓰는군."

멀린이 기가 막혀하며 말했다. 나가의 본질이 배인 이상 냉기류의 마법과는 상성이 안 맞아야 정상이었다. 그런데 이런 마법을 사용한다는 것은 그가 전생하기 전이나 지금이나 대단한 수준의 마법사라는 것을 의미했다.

"죽이기 전에 하나만 물으마."

멀린이 손을 들어 키오스터를 가리키며 말했다. 키오스터의 표정이 더더욱 일그러졌다. 멀린은 얼음기둥에서 탈출하는 것과 동시에 주변의 마력장을 완벽하게 장악해 버렸던 것이다. 그가 손가락 하나만 까딱해도 키오스터의 목숨이 날아가게 된다.

"모건 그 애송이는 어디서 뭘 하고 있지?"

"그딴 애송이가 뭘 하든 내가 관심을 둘 이유가 없지."

키오스터가 파충류의 눈동자를 사이하게 빛내며 마법을 발현시키려고 했다. 그 순간 멀린이 혀를 차면서 손가락을 까딱했다. 그러자 그 주변에서 청백색 뇌광이 일어나면서 키오스터의 몸이 산산조각 났다.

꽈르르릉!

산산조각 난 키오스터의 살점이 후두두둑, 떨어져 내렸다. 하지만 비교적 멀쩡하게 잘려 나간 키오스터의 목이 기분 나쁜 미소를 지은 채 녹아 내려가기 시작한 것을 본 멀린의 표정이 굳었다. 곧 그가 으르렁거리는 목소리로 내뱉었다.

"빌어먹을. 너무 쉽게 당해주더라니. 고얀 것이 감히 날

속여?"

산산조각 난 키오스터의 육체, 그 파편들이 급속도로 부피가 줄어들어 가기 시작했다. 멀린은 그것이 키오스터의 잘려 나갔던 팔이라는 것을 알아보고 이를 갈았다.

키오스터는 멀린이 냉기마법에 당해서 얼어붙은 짧은 순간, 잘려 나갔던 팔을 이용해 가짜 자신을 만들어놓고 기척을 감춘 채 몸을 뺀 것이다. 이제 보니 모건의 마력 파장이 느껴졌던 커다란 알 형태의 금속 구조물도 사라져 있었다.

멀린은 분노하며 키오스터의 뒤를 쫓았다. 이 자리에서 몸을 뺐다고 해도 그에게서 완전히 달아나는 것은 불가능하다. 그는 이미 키오스터의 마력 패턴을 기억했고, 모건의 마력 패턴까지 붙어 있는 한 지구 끝까지라도 추적할 자신이 있었다.

쿠르르르릉!

그러나 그때였다. 경복궁 한복판에서 예기치 못한 마력 파장이 일어나며, 아니, 폭발하면서 굉음이 울려 퍼졌다. 지진이라도 일어난 것처럼 대지가 뒤흔들리기 시작한다.

"뭐, 뭐지?"

멀린조차도 예상치 못한 사태에 깜짝 놀라고 말았다. 이 강력한 마력 파장은 도대체 무엇이란 말인가? 이것은 멀린이 멀쩡했을 때나 낼 수 있을 법한 그런 힘이었다. 지금은 소도시 하나의 전력 소모량을 감당하는 중형 원자로가 생산하는 전력을 모조리 마력으로 변환시켜 사용하고 있지만 멀쩡했을 때와는 비교도 안 된다.

이 순간 전장의 움직임이 멈췄다. 연옥의 인간들은 다들 주변을 휩쓰는 어마어마한 마력 파동에 몸이 굳어버리는 것을 느끼며 한곳을 바라보았다. 그리고 그들의 시선이 닿은 곳에서 믿을 수 없는 일이 일어나기 시작했다.

그것을 본 멀린의 입에서 신음 같은 소리가 흘러나왔다.

"세계수……!"

* * *

식물의 성장 과정을 보여주는 다큐멘터리를 본 적이 있는가?

몇 개월에 걸쳐 같은 자리, 같은 앵글로 촬영한 영상을 고속으로 돌려서 보여주는 그런 다큐멘터리 말이다. 그것을 보면 마치 마법처럼 식물이 빨리 자라나는 것으로 보인다. 하지만 실제로 그것은 그 자리에서는 도저히 알아볼 수 없을 정도로 서서히 진행되는 것이다.

지금 이 순간, 경복궁 주변에서 격전을 벌이고 있던 자들은 다들 자신의 시간 감각을 의심했다.

그들의 눈앞에서 나무가 자라나고 있었다.

다큐멘터리의 영상처럼, 엄청난 속도로 자라나는 그 나무의 품종은 물푸레나무였다. 그러나 정상적인 물푸레나무가 다 자라봤자 10미터 정도인 반면, 그것은 기형이라고밖에 할 수 없을 정도로 지나치게 컸고, 뿌리와 가지가 뒤틀리면서 자라나고 있었다. 잠깐 넋을 잃고 있는 동안 50미터 이상 자라났을 정도니 그 성장 속도가 얼마나 무서운지 알 만할 것이다.

"저건 도대체……."

한창 도심을 질주하며 정도일과 총격전을 벌이고 있던 유현은 경악했다. 지금 이 순간에도 눈에 보일 정도로 빠르게 성장을 계속하고 있는 나무는 귀중한 문화재인 경복궁 건물을 붕괴시키며 가지를 뻗었고, 사람 몸통보다도 몇 배나 두꺼운 뿌리가 보도블록과 아스팔트 도로를 파괴하면서 꿈틀거리고 있었다. 저것은 나무의 형상을 한 거대한 괴물이다.

그 섬뜩하고도 그로테스크한 재앙에 눈길을 빼앗기고 있던 유현은 어느 순간 섬뜩함을 느끼며 검을 들어 올렸다. 그 위로 날카로운 섬광이 작렬했다.

콰창!

잠깐 정신을 놓은 사이 정도일이 완벽하게 거리를 좁혀왔던 것이다. 그의 쌍검이 춤추듯이 유현에게로 엄습해 왔다. 아까 전에 받은 공격으로 갈비뼈가 세 대 나가고 내장이 손상된 유현은 입술을 깨물며 통증을 참아냈다.

차차차차창!

검과 검이 맞부딪칠 때마다 유현의 얼굴이 일그러졌다. 유현은 마법 술식을 사용해서 통각을 차단하고 정도일의 검을 받아냈다. 통각을 죽이는 만큼 감이 무뎌지겠지만, 그것 때문에 치명적인 미스를 범하는 것보다는 낫다!

유현의 마법포켓이 전개되며 그 속에서 수십 정의 총기들이 떠올랐다. 그것을 본 정도일은 질풍처럼 뒤로 물러났다. 간발의 차로 그가 있던 자리를 총탄들이 꿰뚫는다.

유현은 총기들을 난사하면서 동시에 엑스칼리버를 불러냈다. 푸른 스파크가 튀더니 그의 주변에 강력한 뇌전이 꿈틀거리기 시작했다.

우르르릉……!

청백색 뇌전이 유현의 눈동자를 물들인다. 초속 10만 킬로미터의 뇌전이 성난 용처럼 꿈틀거리며 정도일을 덮쳤다.

정도일은 전속력으로 달리는 한편 기척을 분산시켰다. 바로 눈앞에 있는데도 불구하고 그의 모습이 허상처럼 존재감이 옅어지고, 위치를 확정할 수가 없다. 유현의 눈 외의 모든 감각이 그의 존재를 잡아내지 못하고 혼란스러워하고 있었다. 사용자가 표적을 확정 짓지 못하니 엑스칼리버의 공격 역시 빗나가며 엉뚱한 파괴만을 계속한다.

'그렇다면!'

유현은 입술을 깨물며 엑스칼리버를 전방향으로 방출시켰다. 절대로 피해낼 수 없는 반구형의 뇌격이 모든 방향을 향해 폭발했다.

꽈르릉! 꽈광!

정도일도 이 공격을 피해낼 수는 없었다. 그는 공격의 형태를 감지하는 순간, 몸을 전속력으로 내던지며 열파풍진(熱波風陣)을 발동시켰다. 푸른 파동이 쏘아져 나가며 뇌격과 충돌, 그 힘을 상쇄시키고 그 뒤를 따라가는 정도일이 절연형질을 가진 결계를 최대출력으로 전개시켜 나머지 뇌격을 받아냈다.

다음 순간 정도일은 뇌격의 폭풍을 돌파해 유현의 앞까지 도달해 있었다. 온몸에서 연기를 피워 올리는 그의 발이 아스팔트를 깨뜨릴 듯이 강렬한 진각(震脚)을 밟으면서 왼 손바닥으로 유현의 몸통을 올려쳤다.

"하!"

기합성은 폭음에 묻혀 들리지 않았다. 동시에 유현의 몸이 로켓처럼 허공으로 치솟으며 정도일 주변의 아스팔트가 원형으로 깨져 나갔다. 그의 몸이 타격의 반동을 이기지 못하고 움푹 아래로 가라앉는다.

"크… 괴물 같으니."

그러나 유현을 날려 버린 그의 입에서 고통스러운 신음이 흘러나왔다. 유현은 그의 공격을 받는 순간, 반사적으로 몸에 강화결계를 둘러쳐서 충격을 분산하고 반동을 극대화시켰던 것이다.

그는 울컥, 피를 토해내면서 그 자리에 주저앉았다. 동시에 허공으로 치솟았던 유현이 빙글 돌면서 대지에 내려섰다. 하지만 충격을 받은 것은 어쩔 수 없는지 유현 역시 입가에서 피를 흘리며 주저앉았다.

먼저 회복한 것은 정도일 쪽이었다. 정도일은 이빨을 드러내며 쌍권총을 난사했다. 그러나 총탄은 유현의 근처에 가자 전부 거짓말처럼 정지해 버렸다. 동시에 유현이 있던 자리가 폭발하듯 터져 나가며 그 모습이 사라진다. 한순간 정도일의 동체시력도 유현의 움직임을 놓쳐 버렸다. 정도일은 감에 의

존해 뒤를 돌아보며 외쳤다.

"진유현!"

충격파를 끌고 도약, 빌딩 벽을 부수고 날아서 정도일의 뒤를 점한 유현이 벼락처럼 달려들고 있었다. 정도일은 쌍검을 휘둘러 유현을 쳤다. 유현은 조금도 주저하지 않고 몸을 내던지는 듯한 기세로 장군검을 내려쳐 그것에 격돌했다.

콰앙!

폭음과 함께 정도일의 몸이 튕겨 나갔다. 일격으로 내장이 파열된 것을 느낀 정도일은 가까스로 자세를 바로잡았다. 그러나 땅에 충돌하는 기세를 이기지 못하고 물수제비를 뜨듯 퉁, 투둥, 몇 번이나 튕겨져 날아갔다.

유현도 그 뒤를 곧바로 뒤쫓지는 못했다. 방금 전에 정도일에게 당한 타격이 너무 크다. 신체 능력, 마력, 그리고 화력에 이르기까지 모든 면에서 유현이 월등한데도 정도일은 그에게 치명적인 데미지를 입혔다. 적이지만 경탄하지 않을 수 없었다.

'하지만 그러지 않으면 안 되지.'

그는 그러지 않으면 안 된다. 이것은 분명 별 의미 없는 시시한 화풀이에 불과하지만, 그 대상인 정도일은 절망적으로 강력한 존재가 아니면 안 된다. 시시한 존재에게 자신의 인생이 망가졌다면 그를 쓰러뜨려 봤자 참을 수 없는 울분과 허무만을 얻게 될 테니까.

이 행위에 의미는 없다. 이 결착에 가치는 없다.

하지만 인간은 때로 어리석은 충동에 따라야만 할 때가 있다. 그것이 돌이킬 수 없을 정도로 바보 같다는 것을 알면서도, 피해가지 않고 부딪쳐야만 하는 순간이.

투둣!

태세를 바로잡은 유현이 되는대로 가우스 라이플을 꺼내서 갈겼다. 쓰러져 있던 정도일은 살기를 감지하고 주먹으로 땅을 쳐서 그 반동으로 몸을 돌리며 그것을 아슬아슬하게 피해낸다. 죽음을 앞에 두고도 그는 곡예 같은 움직임을 선보이고 있었다.

동시에 그의 손에 들린 권총이 불을 뿜는다. 화력이 낮은 그 공격은 유현의 염동역장에 가로막힐 뿐이지만, 한순간이나마 주의를 분산시키는 데는 충분했다. 그의 기척이 흩어지며 유현의 시야에서 모습을 감춘다.

"설마 도망칠 셈인가?"

유현은 어처구니가 없었다. 여기까지 몰아붙여 놓고, 조금 불리해지자 미련없이 물러날 셈인가?

물론 그것은 합리적인 판단이다. 승산이 확실하지 않은 싸움에, 의미가 없다는 것을 알면서 목숨을 내던질 필요는 없다. 그것은 우둔한 자나 하는 짓이다.

그러나 유현은 그런 '현명한 짓' 을 선택하려는 정도일을 용서할 수 없었다.

"정도일! 이 개자식!"

쾅!

유현이 분노하는 순간, 사각지대로부터 날아든 총격이 유현을 맞혀 날려 버렸다. 반사적으로 막아내긴 했지만, 묵직한 라이플 총탄은 그 방어를 꿰뚫고 유현의 몸에 꽂혔다. 강화된 전투복은 찢겨지지는 않고 그것을 튕겨냈지만, 몸속에 깊숙이 꽂혔다 튕겨 나간 총탄은 유현의 뼈를 으스러뜨리고 그 안의 내장을 또다시 손상시켰다.

"크, 크억……."

유현은 피를 토하며 손을 휘둘렀다. 총격이 날아든 방향을 향해 시퍼런 뇌격이 작렬했다.

꽈르르릉! 꽈르릉!

엑스칼리버가 닥치는 대로 주변을 파괴했다. 몇 초 동안 뇌격을 방출해 주변을 파괴하던 유현은 총격에 맞은 옆구리를 잡고 비틀거렸다.

그제야 비로소 상황이 어떻게 된 것인지 파악할 수 있었다. 정도일은 아까 전에 이곳을 지나면서 언제든지 마법 신호로 격발시킬 수 있는 라이플을 설치해 두었던 것이다. 그리고 격전 중에 유현을 이곳으로 유인한 뒤에 최후의 계책을 실행했다.

상대가 유현이 아니었다면 반드시 죽일 수 있는 공격이었다. 유현은 그의 기척이 멀어져 가는 것을 느끼며 으르렁거렸다. 손에 들린 장군검이 강렬한 마력을 받아 길이 10미터 이상의 거대한 빛기둥으로 화한다. 유현은 그것을 휘둘러 주변을 모조리 파괴하면서 정도일의 뒤를 쫓았다.

"크, 괴물 같은 놈!"

중상을 입은 몸으로 비틀거리며 도망치던 정도일은 그런 유현을 보고 신음했다. 이 일격으로 죽이거나, 아니면 전투 불능 상태에 빠뜨릴 수 있으리라 생각했는데 아직도 쌩쌩하다니. 이렇게 되면 정말로 도망치는 수밖에 없다.

문득 머릿속을 스쳐 가는 기억이 있었다.

'다음에 만날 때, 한 명이 죽을 것이다.'

그래. 분명 그렇게 생각했다. 13년 전에 시작된 드라마가 여기서 결말을 맞이하고 그는 리얼리티의 극치를 맛본 뒤 또다시 공허함에 빠지게 되리라고, 그렇게 확신하고 있었다.

하지만 정작 이런 상황이 되자 자연스럽게 몸을 뺄 자신이 있었다. 정면승부에는 익숙하지 않다. 언제나 어둠 속에 몸을 숨긴 채 상대방의 목숨을 노려왔다. 목숨이 위험해지면 이성도, 본성도 스스로를 보전하는 게 최우선이라고 말한다.

작전은 완료되었다. 키오스터는 의식을 완성했고, 세계수가 출현했다. 폭발하는 듯한 기세로 성장하는 저 나무는 주변의 모든 양분을 빨아들이고, 이윽고 이 거대한 도시를 파괴하여 문명이 이룩한 모든 것을 무너뜨릴 것이다.

이미 살아남은 미드가르드의 병력들은 전장에서 이탈하기 시작했다. 그들을 실어 나른 수송기들은 모조리 파괴되었지만, 그런 상황이 벌어질 시에는 정해둔 집결지로 모여서 철수하기로 되어 있었다. 자신도 더 이상 무의미한 싸움에 집착하지 말고 떠나야 한다.

쿠르르릉!

대지가 뒤흔들리며 아스팔트가 터져 나간다. 정도일의 뒤를 쫓던 유현의 앞쪽에서 거대한 나무의 뿌리가 괴물의 촉수처럼 솟아오른다. 꿈틀거리는 그 뿌리가 두 갈래, 세 갈래로 나뉘어져서 대지로 내리꽂히고, 그 일부는 다시 뒤틀리며 빌딩을 휘감고 그 안으로 침투한다.

"말도 안 돼……."

유현은 이 말도 안 되는 광경 속에서 할 말을 잃었다. 광화문 일대를 지진이 덮치면서 무한히 성장해 가는 세계수의 뿌리가 모든 것을 먹어치워 간다. 뒤를 돌아보니 잠깐 사이에 세계수는 아까의 두 배 이상 자라나 있었다. 그리고 그 뿌리로부터도 새로운 나무들이 자라나서 주변이 숲으로 변해간다.

이것은 사하라 사막에서 증식했던 세계수와는 비교도 안 되는 기세였다. 도시를 집어삼키는 괴물이 된 세계수가 높이 300미터 이상으로 자라나고, 그 밑동은 너무나도 두꺼워져서 이미 경복궁을 전부 깔아뭉갰다. 서울에 존재하는 그 어떤 빌딩보다도 거대해졌지만 세계수의 성장은 멈추지 않는다.

쿠구구궁……!

굉음과 함께 머리 위쪽에 그림자가 드리워졌다. 유현은 세계수의 뿌리에 잠식당한 빌딩이 무너지는 것을 보며 기겁했다. 떨어지는 잔해를 피해서 맹렬하게 달리기 시작한다. 통각은 차단했지만 몸이 비명을 지르는 소리가 들리는 것 같다. 더 이상은 무리라고, 쉬면서 회복을 기다려야 한다고 육체가 주장하고 있었다.

하지만 멈출 수는 없다. 이 재앙의 현장 속에서는 달리는 것을 멈추는 순간 죽는다.

"정도일!"

그래도 유현은 할 일을 포기하지 않았다. 무너지는 건물들을 피해 달리면서, 꿈틀거리는 거대한 뿌리 때문에 부서져 나가는 도로 위를 절묘하게 균형을 잡으며 달려나가면서 정도일의 뒤를 쫓는다.

유현에게 발견된 정도일이 입가를 일그러뜨리며 뒤를 돌아본다. 진동 때문에 시야가 사정없이 흔들린다. 시퍼런 불꽃을 뿜어내면서 다가오는 유현의 눈을 보는 순간, 갑자기 과거의 기억이 눈앞을 스쳐 지나갔다. 결연한 표정을 지으며 자신을 바라보던 여섯 살의 꼬마 아이. 그 모습이 악귀처럼 일그러진 표정을 지은 유현의 현재와 겹쳐진다.

가슴이 두근거린다.

정도일은 자신도 모르게 미소를 지었다, 추악한 광기에 물든 미소를.

뭘 망설이고 있지?

어차피 이 목숨은 쓰레기 같은 것이다. 그렇게 악착같이 지켜낼 만한 가치가 없다. 무감동한 세계 속에서 허무와 권태에 젖어 살아오면서, 이따금씩 충동에 이끌려 스릴을 즐겨온 짐승 같은 삶이다. 그런데 지금 이 자리에 13년에 걸쳐 결말을 기다려 온 드라마가 있는데 어째서 달아나야 한단 말인가?

지금 이 순간은, 그의 목숨을 버려서라도 맛볼 가치가 있다.

"정도일!"

"진유현!"

두 사람의 외침이 겹쳐졌다. 두 사람 사이의 대지가 터져 나가며 세계수의 뿌리가 치솟는다. 두 사람은 그것을 피해서 서로 같은 방향으로 이동, 곧바로 서로를 향해 달려들었다.

정도일의 눈에서 불꽃이 튀었다. 뼈에 금이 가고, 근육이 파열되고, 내장이 출혈을 일으킨 몸이지만 한순간은 전력을 토해낼 수 있다. 이 한순간, 모든 것을 섬광처럼 불태워 승부를 건다!

정도일의 손이 벼락같이 움직이며 쌍검을 던져 냈다. 마검술이 걸린 쌍검이 빛을 토해내며 유현에게 날아든다. 유현이 장군검을 휘둘러 그것을 쳐내는 순간, 스파크가 튀면서 짜릿한 감각이 한순간 몸을 마비시켰다.

그리고 그 틈을 노리고 정도일이 달려들었다. 곧바로 달려드는 척하면서 기척을 혼란시키고 옆으로 몸을 틀어 파고든다. 눈을 똑바로 쳐다보며 건 마지막 페인트에 유현이 걸려들었다. 유현의 장군검이 그가 방금 전까지 돌진하던 지점을 내려쳤다.

훤히 드러난 유현의 옆구리를 향해 정도일이 몸을 던졌다. 혼까지 불사를 듯한 기세로, 그의 주먹이 유현의 몸통을 꿰뚫어간다. 이 일격으로 모든 것이 끝난다!

한순간 기억 속에서, 어린 유현의 모습이 스쳐 지나간다. 가족을 살리기 위해서라면 자신의 목숨도 줄 수 있다고 말했던, 순진하고 무지했던 꼬맹이.

"그럼… 나만 죽여요."

결연한 표정으로 그런 말을 늘어놓는 꼬맹이의 모습에, 정말 우습지만 정도일은 반해 버렸다. 이 꼬맹이가 연옥의 진창 속에서 어떻게 망가져 갈지를 보고 싶어 몸서리가 쳐질 정도였다.

그로부터 13년이 지나, 두 사람은 파괴된 운명 위에서 만났다. 그리고 이제 모든 것이 끝났다.

그렇게 생각했다.

'아니?!'

다음 순간 예기치 못한 공허가 정도일을 덮쳤다. 분명히 잡았다고 생각한 유현의 모습이 없다. 혼신의 힘을 다해 지른 그의 주먹이 아무것도 없는 빈 공간을 꿰뚫는다.

정도일의 뇌리에 벼락이 쳤다. 유현은 그의 페인트에 걸리는 척하면서, 검격을 날리는 것과 함께 몸 자체를 날려서 그의 일격을 피해낸 것이다. 그리고 그가 섬뜩함을 느끼는 순간, 눈앞에 시퍼런 광망을 토해내는 유현의 눈동자가 나타났다.

콰학!

"……."

정도일은 눈을 부릅뜬 채 유현을 바라보았다. 유현 역시 눈을 똑바로 뜬 채 그를 바라본다.

뚝, 뚝, 후두두두둑.

한두 방울씩 떨어지던 피가, 정도일의 등뒤에서 솟구친 핏방울들이 비처럼 떨어져서 대지를 붉게 적셨다. 정도일의 표정이 무너지며 힘없는 미소로 변했다.

"당했… 군."

그리고 유현이 그의 몸을 관통한 장군검을 뽑아내며 그를 발로 걷어찼다. 정도일의 몸이 흐느적거리다가 그대로 뒤로 넘어가 버렸다.

쿠웅!

자신의 몸이 마지막으로 쓰러지는 소리가 이토록 깊고, 큰 울림을 갖고 있을 줄이야. 정도일은 처음으로 그 사실을 알고는 실소를 머금었다. 유현에게 꿰뚫린 몸이 안쪽으로부터 파열해 가고 있는데도 불구하고 웃음을 참기 어려웠다.

"크큭, 크크크크큭……."

미친놈처럼 웃고 있는 그의 위로 유현의 그림자가 드리워졌다. 태양빛을 등진 유현의 모습은 검은 실루엣 속에서 두 개의 푸른빛이 떠오른 괴물처럼 보인다. 유현은 확인사살을 위해 권총을 겨누며 물었다.

"남기고 싶은 말은 있나?"

"담배 있냐, 꼬맹아?"

정도일이 물었다. 유현은 눈살을 찌푸리면서 그를 바라볼 뿐, 아무런 대답도 하지 않았다. 그것으로 대답을 대신한 정도일이 유현에게 양해의 제스처를 보이더니 덜덜 떨리는 손으로 품에서 담배를 꺼내서 입에다 문다. 유현이 손가락을 한 번 튕기자 거기에 자연스럽게 불이 붙었다.

"고맙군."

정도일은 붕괴하는 도시를 올려다보며 최후의 한 모금을 들이마셨다. 방금 전까지는 그렇게도 선명하게 보였던 도시의 풍경인데, 지금은 꿈속의 풍경처럼 멀고도 아득하게만 보인다. 곧 그는 폐 속을 채웠던 담배연기와 울컥 솟구치는 피를 함께 뱉어냈다.

"역시 세상은… 별로 살 만한 곳은 못 되는 것 같아."

그는 의식이 흐려져 가는 것을 느끼며 중얼거렸다. 그 말을 들은 유현은 끝을 내야 할 시간이라는 사실을 알았다.

"당신답게 치졸한 유언이군."

유현은 무심하게 방아쇠를 당겼다. 총구에서 공기가 파열하며 정도일의 머리가 피를 뿌렸다. 그리고 부들부들 떨리는 몸을 추스르며 버티고 있던 유현도 그 옆에 무너져 내렸다.

5

세계수는 끝없이 거대해지고 있었다. 기하급수적으로 그 크기를 불려가는 세계수의 주변에 또 다른 물푸레나무들이 나타나기 시작한다. 그것들은 세계수처럼 커지지는 않았지만 급속도로 수가 불어나면서 숲을 이루고 있었다. 도시 한복판에 푸른 녹음이 우거지면서 그에 잠식당한 콘크리트 건물들이 무참하게 붕괴되어 간다.

누구도 손쓸 도리가 없는 상황이었다. 키오스터의 뒤를 쫓던 멀린조차도, 저 거대한 세계수를 향해 대규모 마법을 몇 번 날려봤다가 개미가 코끼리를 공격하는 꼴이라는 것만 깨달았을 뿐이다.

"젠장!"

드물게도 그가 진지하게 짜증을 냈다. 힘이 극단적으로 제약된 지금 상태가 원망스럽다. 본래의 힘만 있었다면 이런 거대한 나무라도 능히 파괴할 수 있었을 텐데. 세계수의 위험성을 잘 알고 있고, 그것이 야기한 멸망으로부터 수천 년간 세계를 지켜온 그로서는 지금 상황이 참을 수 없을 정도로 치욕스러웠다.

* * *

그로부터 멀리 떨어진 곳 역시 이미 붕괴에 휘말리고 있었다. 붕괴하는 빌딩 사이를 뛰어다니며 아일라와 신기와도 같은 검투를 벌이던 세르반테스는 어느 순간 흑검을 늘어뜨렸다. 그리고 살의를 거두며 중얼거렸다.

"시간이 다 됐군."

"뭐?"

아일라가 눈살을 찌푸렸다. 세르반테스는 그녀를 바라보며 말했다.

"아쉽지만 결판은… 다음번으로 미루도록 하지."

"누가 보내줄 것 같나!"

아일라가 달려드는 순간, 세르반테스의 흑검이 뱀처럼 쏘아져 나가며 그녀와 격돌했다. 그리고 그 반동으로 거리를 벌린 그가 투척용 폭탄을 꺼내서 집어던졌다.

꽈아앙! 꽈광!

강렬한 폭발이 아일라를 덮쳤다. 아일라는 결계를 쳐서 그것을 받아내면서 입술을 깨물었다.

"크! 기다려!"

"다음을 기대하마, 아일라."

세르반테스는 그 말만을 남긴 채 품에서 달걀형 마법 도구를 꺼냈다. 이전, 안산에서 정도일과 함께 신윤범을 구해서 탈출할 때 사용했던 모건의 작품이었다. 공간이 아지랑이처럼 일그러지며 그의 모습이 그 속에 묻혀 사라지기 시작했다.

폭발의 기세를 버텨낸 아일라가 불길과 연기를 뚫고 나왔을 때, 마법은 이미 완성되고 있었다. 아일라가 맹렬한 기세로 공간을 꿰뚫었지만 그 끝에 걸리는 것은 허공뿐이었다.

아일라가 이를 갈며 내뱉었다.

"겁쟁이 녀석!"

*　　　*　　　*

싸움을 일방적으로 끝마친 것은 세르반테스만은 아니었다. 난슬과 격전을 벌이고 있던 라리사 고르디바 역시 공격을 멈추고 그녀를 바라보았다.

"이만 물러가야겠군. 혹시나 해서 물어보는데, 내가 간다면 그냥 보내줄 의향이 있나?"

라리사 고르디바의 힘에 의해 얼어붙은 거리에서, 난슬은 조금도 흐트러지지 않은 모습으로 그녀를 바라보고 있었다. 눈처럼 하얀 머리칼도, 고요하게 가라앉은 오드아이도, 그리고 당장에라도 얼어붙지 않는 게 신기한 맨발도 처음과 같다. 라리사 고르디바는 문득 그녀가 꽤 사정을 봐주고 있었던 것은 아닐까 하는 생각에 사로잡혔다. 지금까지 치열하게 공방을 주고받기는 했지만 서로에게 닿은 공격은 단 한 번도 없었다.

그것은 전투라기보다는 마치 체스를 두는 것 같은 느낌이었다. 난슬은 그녀를 죽이기 위해서가 아니라, 그녀가 주변에 피해를 끼칠 수 없도록 묶어두는 데 전력을 다했다. 그리고 서로 목적의 달성이라는 기준으로 승패를 가른다면 이 싸움은 명백히 라리사 고르디바의 패배다.

'아니, 작전은 성공했으니 그렇지도 않은가?'

난슬이 그녀를 잡아두었다면, 그녀 또한 난슬을 잡아두었다. 라리사 고르디바는 그렇게 생각하며 난슬을 바라보았다. 난슬은 그녀를 보며 물었다.

“보내준다면, 어떻게 할 거야?”

“당신에게 경의를 표하며, 더 이상 아무것도 하지 않고 물러가겠어.”

“그렇다면, 가.”

“내가 거짓을 말할 가능성은 염두에 두지도 않나?”

흔쾌히 고개를 끄덕이는 그녀에게 라리사 고르디바는 좀 어이가 없어져서 물었다. 난슬은 조용히 그녀를 바라보다가 대답했다.

“당신의 말은 거짓말이 아니야. 난 알아.”

“……”

마음은 읽은 것은 아닐 것이다. 라리사 고르디바의 심리는 수십 겹의 방어술식과 정신과 연관되는 정령들의 힘으로 보호되고 있기 때문에 표층심리조차 쉽사리 꿰뚫어볼 수 없다.

하지만 라리사 고르디바는 왠지 난슬의 말이 사실일 것이라고 느껴졌다. 왠지 그녀라면 자신의 마음을 들여다보았어도 이상하지 않을 것 같다. 게다가 이상하게도 그것이 기분 나쁘지도 않았다.

난슬은 문득 고개를 들어 폭증하는 세계수를 보았다, 정확히는 그 부근에 있는 어떤 사람을.

“그리고 지금은 당신보다 더 중요한 게 있어.”

이미 세계수의 뿌리가 두 사람이 있는 거리도 덮쳐서 도로를 파괴하고 건물을 붕괴시키고 있다. 바람을 타고 흐르는 눈송이 속에서, 허공에 녹아 스러질 것 같은 아름다움을 가진 난슬을 보며 라리사 고르디바가 말했다.

"그럼."

라리사 고르디바는 떠나기 전, 왠지 모를 충동에 이끌려 난슬의 눈을 다시 돌아보았다. 한쪽은 녹회색, 한쪽은 청회색을 띤 눈동자는 적인 그녀를 바라보면서도 한 점 흐림도 없이 맑고, 빨려 들어갈 듯이 깊은 아름다움을 갖고 있었다.

그 눈에 비춰진 자신의 모습을 보며 라리사 고르디바는 문득 딸을 생각했다. 자신의 재능 때문에 악마에게 살해당한 불쌍한 어린 딸을.

"부디… 당신과 전장에서 다시 만나지 않기를 기원하지."

라리사는 진심을 담아 말하며 몸을 돌렸다.

난슬은 멀어져 가는 그녀의 뒷모습을 바라보다가 유현이 있는 곳을 향해 달려가기 시작했다.

* * *

세계수가 그 존재감을 폭발시키는 순간, 다른 사람들과 다른 방향으로 움직인 사람이 하나 있었다. 그것은 바로 신아연, 진선희와 원거리에서 공방을 벌이고 있던 지윤이었다.

김혁을 죽인 신아연과 결착을 내고 싶은 마음도 있었지만, 유감스럽게도 지금은 더 중요한 일이 있다. 지윤은 티탄의 기동 능력을 이용해서 꿈틀거리며 뻗어가는 세계수를 피해 그 중심부를 향해 접근했다.

콰드드득!

하지만 어느 순간 세계수의 잔뿌리가 마치 적의를 가진 것처럼 티탄의 팔다리를 사로잡았다. 잔뿌리라곤 해도 세계수의 크기를 생각하면 그 굵기는 보통이 아니다. 막강한 힘을 가진 티탄조차도 한 번 잡히자 발버둥을 칠 뿐, 벗어날 수 없었다. 아이가 벌레를 터뜨리듯이 어마어마한 힘의 격차를 느끼면서 부스러져 갈 뿐이다.

"이런, 최악이로군."

지윤은 투덜거리면서 티탄의 조종석을 열었다. 다행히 그 부분까지 사로잡히기 전에 열어서 아슬아슬하게 탈출할 수 있었다.

지윤이 밖으로 나오자마자 세계수의 잔뿌리가 그를 사로잡기 위해 달려들었다. 지윤은 쌍검으로 그것을 잘라내면서 가까워진 세계수의 본체를 바라보았다. 오른쪽 눈을 집어삼킨 지혜의 파편이 빛을 발하며 주변의 정보를 읽어들이고 해석하기 시작한다.

'본체까진 가야 하나.'

지윤은 자신의 목적을 달성하기 위해서는 세계수의 본체와 닿을 필요가 있다는 사실을 확인했다. 위험하긴 하지만 어쩔 수 없다.

콰가가가각…….

문득 뒤를 돌아보니 티탄이 형편없이 구겨진 채 부서져 가는 것이 보였다. 마치 압착기 속으로 빨려 들어간 알루미늄캔을 보는 것 같다. 인간 따위는 한순간에 박살 내버릴 수 있는 압력이 작용하고 있다는 것을 알 수 있었다.

"하하하하……."

지윤은 침을 꿀꺽 삼키며 달리기 시작했다. 무서운 속도로 자라나는 세계수의 뿌리들이 달려들었지만 지윤은 그 모든 궤적을 읽고 있었다. 단 1초도 가만히 있지 않고 꿈틀거리는 나무의 지옥 속을 정지해 있는 숲 속을 달리듯이 유유히 빠져나간다. 그의 눈에는 이미 가장 안전한 길을 따라서 목적지에 도달하는 자신이 보이고 있었다.

"고생하고 있구나."

문득 그의 옆에 하나의 환영이 따라붙었다. 익숙한 목소리와 모습이다. 은발에 푸른 눈동자를 가진 중년의 대마법사, 모건이었다.

지윤이 계속해서 날아드는 뿌리들을 피해내고 잘라내면서 투덜거렸다.

"알면 좀 도와주시지 그래요?"

"별로 그럴 수 있는 상황이 아니라서 말이다."

이곳에 나타난 모건은 실체가 아니고 허상이다. 본체는 바다 건너편에서 다른 일을 하고 있고 상황을 보기 위해서 환영을 보내온 것이다.

"사실은 이것도 꽤 무리한 거다. 에밀 이 작자가 터뜨린 것의 정보량이 생각 이상으로 어마어마하군. 그동안 준비를 꽤 해놨는데도 과부하에 걸릴 것 같아."

"현종이도 그쪽에 있어요?"

"그래. 그동안 마이너의 숫자를 꾸준히 늘려놔서 다행이야. 너도 70%만 쓰고 30%는 이쪽 작업에 할애해 줘야 한다."

"그러죠. 뭐 지금은 10% 정도밖에 안 쓰고 있는데요."

지윤이 쓰는 아카샤 시스템은 이현종이 만들어낸 마이너들의 뇌연산 능력을 병렬로 연결해서 하나의 엄청난 연산 능력을 가진 뇌처럼 사용하는 것이다. 수십 대의 컴퓨터를 네트워크로 연결해서 사용하는 그리드 컴퓨팅 시스템과 같은 원리다. 당연하지만 시스템상에 존재하는 뇌의 숫자가 많을수록 정신 용량에도 여유가 생기고, 연산 능력도 올라간다.

이현종은 그동안 꾸준히 마이너의 숫자를 늘리고, 그 능력도 아카샤 시스템을 위해서 개량해 왔다. 거기에 지혜의 파편이 더해진 지금, 그 능력은 예전 설악산에서 처음 선보였을 때와는 차원이 다르다.

모건이 말했다.

"이쪽 작업은 세계수의 성장이 3단계를 넘어갈 때쯤 완료될 것 같다. 거기에 맞춰서 작업하면 될 거다."

"이쪽에서 작업할 시간은 계산상 한… 40초쯤은 있을 것 같군요."

"네 눈과 아카샤 시스템이라면 할 수 있다."

"과분한 칭찬 감사합니다. 책임질 필요가 없는 칭찬이라는 게 그렇습니다만!"

"그럼 건투를 빌도록 하마."

짜증을 내는 지윤의 곁에서 모건의 환영이 큭큭 웃으며 사라져 갔다.

그동안 지윤은 마침내 세계수의 본체 부분에 도달했다. 본체로부터 분화된 나무들이 이루어낸 숲을 돌파하자 거대한, 너무나도 거대한 나무가 꿈틀거리고 있는 게 보인다. 가까이서 보니 엄청난 속도로 꿈틀거리며 성장하고 있는 나무의 모습은 정말 징그러웠다.

"우웩, 기분 나빠."

이미 세계수의 크기는 500미터를 넘고 있었다. 밑동의 지름만 해도 100미터 이상이다. 뿌리가 꿈틀거릴 때마다 그 위에 자라난 수많은 나무들이 같이 출렁거려서 멀리서 보면 마치 숲이 춤추면서 확장되어 가는 것 같았다.

이미 그 뿌리는 아래쪽에 있는 지하 구조물들을 모조리 집어삼켰으리라. 멋모르고 아래쪽을 달리던 지하철들은 죄다 박살 났을 터. 이곳으로부터 멀리 떨어진 곳에 있는 사람들은 그럭저럭 목숨을 구했겠지만, 그렇지 못한 자들은 이 재난에 휘말려 목숨을 잃었을 것이다.

'이대로라면… 흠. 서울이라는 도시는 오늘로 사라지겠군.'

지윤은 냉정하게 세계수의 상태를 파악하고 그런 결론을 내렸다. 조금 높은 지점까지 올라와서 뒤를 돌아보니 서울이 다이나믹하게 파괴되어 가는 과정이 보인다. 무수히 나뉘어져 뻗어가는 세계수의 뿌리와 그 위에 자라나는 숲이 도시를 집어삼키고 빌딩을 무너뜨려 간다.

인구 천만을 넘는 대도시에서 이런 재난이 일어나면 어마어마한 숫자의 피해자가 나오겠지만, 그는 별 감흥을 느끼지 못했다. 서울 시민이 다 죽든 말든 무슨 상관이란 말인가? 그의 손으로 직접 죽이면서도 아무런 거리낌이 없었는데.

지윤은 세계수를 밟고 위로 올라가기 시작했다. 일단 계속 폭증하는 뿌리 부분으로부터 이탈하기 위해서였다. 위쪽도 계속 성장하고 있는 것은 마찬가지였지만, 적어도 뿌리나 가지 등 공격적인 요소가 강한 것들로부터 멀어지기만 하면 된다.

그렇게 세계수의 표면을 타고 올라가던 지윤은 문득 이상한 것을 발견했다.

'저건?'

지윤은 방향을 틀어서 그쪽으로 달려가 보았다. 세계수의 줄기 한복판에, 그가 아는 얼굴이 박혀 있었다. '박혀 있다'는 표현을 쓴 것은 말 그대로 몸 일부가 그 속에 파묻혀 있었기 때문이다.

"당신은……."

하반신을 세계수의 줄기 속에 파묻고 있는 것은 미드가르드 이사진의 일원, 나가라쟈 키오스터였다. 그는 추한 본모습을 드러낸 채 지윤을 노려보았다.

"애송이, 네놈이 어떻게 여기에……."

"당신 맞군."

지윤은 키오스터의 본모습을 본 적이 없었다. 하지만 요력의 패턴을 통해서 그라는 것을 확인한 것이다.

"어쩌다 그런 꼴이 된 거지? 에밀이 당신을 속였나?"

지윤이 알기로, 이번 '라그나로크' 작전 이후로 이사진은 세계수의 힘을 통제하는 위치에 서서 전세계를 상대로 싸우게 되어 있었다. 에밀이 그를 속인 게 아니라면 그가 이런 꼴이 되어 있을 리가 없지 않은가?

"아니, 아니다. 이건 내 자신의 어리석음 때문이지. 하지만 어쩌면 에밀은 이런 사태를 예견했는지도 모르겠군."

키오스터는 쓴웃음을 지었다. 세계수는 이미 그의 하반신을 집어삼키고, 남은 부분도 점차 끌어들이고 있었다. 마법으로 버텨보고는 있었지만 이미 틀렸다는 확신이 든다.

본래 세계수를 일깨우는 의식은 조금 시간이 걸리는 것이었다. 그래서 경복궁을 지키고 있던 적들을 모조리 치워 버리고 천천히 시간을 들여서 세계수의 묘목을 각성시킬 생각이었다.

하지만 키오스터에게는 시간이 없었다. 막강한 힘을 가진 멀린 때문이다. 잠시 그의 눈을 속여 빠져나오긴 했지만 느긋하게 의식을 진행할 수가 없었던 것이다. 그래서 위험부담을 끌어안고 묘목의 힘을 폭주시켰고, 폭발하듯 성장을 시작하는 세계수에게 그 자리에서 삼켜지고 만 것이다.

아니, 사실은 키오스터에게는 한순간이지만 빠져나올 수 있는 틈이 있었다. 그러나 그 순간 마법사로서의 본성이 꿈틀거렸다. 사하라 사막에 심어진 것과는 다른, 남극대륙 아래 봉인된 '원형'의 유해를 이용해 개량했다는 완벽한 세계수. 그 힘이 해방되는 순간 키오스터는 한평생 추구해 왔던 진리, 그 단면을 엿보고 거기에 홀려 버렸던 것이다.

"…그런 거지."

"진짜 바보 같군."

지윤은 어처구니가 없어서 웃었다. 정말 바보 같은 결말 아닌가?

"그럼 뭐, 이미 틀린 것 같으니 깔끔하게 보내주지."

지윤은 권총을 꺼내 그의 머리를 겨누었다. 키오스터가 쉿쉿거리는 소리를 내면서 눈을 감았다.

"그게 낫겠지."

지윤은 주저없이 방아쇠를 당겼다. 키오스터의 머리가 터져 나가면서 그의 의식이 끊어졌다. 축 늘어지는 그의 시체를 넘어서 더더욱 위로 올라가던 지윤은 마법포켓에서 겹겹이 봉인된 하나의 작은 상자를 꺼내어 열었다.

우우우우웅…….

"윽."

상자를 열자마자 오른쪽 눈이 울부짖으면서 격통이 엄습해 온다. 비명이 나오려는 것을 겨우 눌러 참으면서, 지윤은 필사적으로 지혜의 파편을 제어했다.

"젠장. 아프잖아."

투덜거리는 지윤의 눈에서 피눈물이 흘러나왔다. 지윤은 그것을 닦으면서 열린 상자를 바라보았다. 상자 속에서 빛을 발하는 유리 조각 같은 것이 보였다. 그 빛의 색깔은 지윤의 오른쪽 눈이 발하는 것과 완벽하게 똑같았다.

모건이 달에 있는 미미르의 샘으로부터 퍼올린 지혜의 파편은 하나가 아니었던 것이다. 하나는 지윤의 눈에 심어져 그에게 무한한 연산 능력을 선물했고, 또 하나는 사용될 때를 기다리며 이 상자 속에 담겨져 에밀에게서 그 존재를 감추고 있었다.

"자, 그럼 어디 해볼까?"

지윤은 그것을 조심스럽게 집어들고 세계수에 갖다대었다. 꿈틀거리는 세계수의 표면이 한순간 흠칫하는 것이 느껴진다. 도시 전체를 집어삼키며 자라나는 이 나무도 결국은 생명체이기에, 인간의 것과는 형태가 다를지언정 본능과 감정을 갖고 있었다. 그리고 지금 그것은 분명 위축된 공포라는 감정을 내보였다.

지윤의 입매가 짙은 미소를 그려냈다. 지윤은 지혜의 파편을 세계수 속으로 박아 넣고는 눈을 감았다. 눈꺼풀 속에서도 보일 정도로 지혜의 파편이 밝은 빛을 발하면서, 그의 손이 닿은 주변의 조직들이 푸르게 물들어갔다. 동시에 아카샤 시스템의 연산 능력이 최고조로 가속되기 시작했다.

6

어둠이 내려앉은 의식 속에서 무수한 과거의 기억들이 스쳐지나간다. 하지만 그 시작은 언제나 행복했던, 하지만 너무나도 짧았던 어린 시절의 기억이 아니다. 모든 비극이 시작되었던 13년 전의 그날이 유현이 뇌리에서 지겹도록 리플레이되는 과거의 시작이다.

그곳에 처음 보는 소녀가 서 있었다.

나이는 아마도 신우와 비슷한 또래일까? 긴 백발과 창백한 피부가 인상적이다. 처음에는 전신백화증인가 싶었지만 호기심 어린 눈동자로 자신을 바라보고 있는 눈동자는 붉은색이 아닌 겨울의 호수면을 연상케 하는 청백색이었다.

그녀는 놀란 표정을 짓고 있었다. 그러다가 유현과 시선이 마주치자 살짝 웃는다. 수줍어 보이는 미소였지만 유현은 그녀의 얼굴에서 지친 기색을 찾아냈다. 희망도 없고 기쁨도 없이, 그저 끊임없이 계속되는 시련을 견뎌내며 살아온 사람의 얼굴이다. 연옥의 사람들은 모두들 그렇게 그늘진 얼굴을 갖고 있었다.

문득 그녀가 입을 열어 벙긋거린다.

—안녕하세요?

그녀는 목소리를 내지 않았다. 한국어로 말하지도 않았다.

하지만 유현은 왠지 그녀의 말뜻을 알아들었다. 정신파로 전해진 것도 아닌데 어째서 그것이 가능한지는 모르겠다. 왠지 모르게 주변으로부터 그녀가 전하고자 하는 뜻이 흘러들어오는 느낌이었다.

—제 이름은 릴리아나예요.

유현이 알고 있는 이름이었다. 유현은 그 이름을 듣는 순간 그녀의 정체를 알아차렸다. 유현에게 아일라 스카우드를 보내

온 데스트레자의 성녀, 세계 최고 수준의 예지능력자.

—당신과 만나게 될 줄은 몰랐어요.

"여긴 뭐지?"

유현은 주변을 살피며 눈살을 찌푸렸다. 현실이 아니라는 것은 알고 있었다. 하지만 이곳은 심상공간조차도 아니었다. 릴리아나는 정신 능력을 이용해서 유현에게 접촉하고 있는 것이 아니었다.

—이곳은 제가 유영하고 있는 시간의 틈새예요.

그 말에 유현은 주변을 둘러보았다. 주변을 흐르고 있는 것은 그의 과거만이 아니었다. 아니, 정확히는 그의 과거가 아니었다. 명백하게 기억하고 있는 과거의 순간이 기괴하게 비틀린 채로 주변을 흘러가다가, 지금보다 더 이후의 시점까지 이어진다.

열다섯 살 때, 육도의 명령에 따라 요괴와 싸우다가 절망적인 전력 차를 극복하지 못하고 죽어가는 자신이 보인다.

3년 전, 설악산에서 모건과 함께 세계의 파멸을 막아내고 소멸해 버리는 자신이 보인다.

1년 전, 암살자로 나선 윤성아와 처음 만났을 때 그녀를 죽여 버리고 망혼과 적대하게 된 자신이 보인다.

사흘 전, 13년 전에 정도일과 만났지만 기억 조작이 성공적으로 먹혀들어서 아무것도 모르는 일반인으로 살아가다가 요괴를 만나 정신없이 도망치는 자신이 보인다.

열흘 후, 육도에서 은퇴하지 않은 채 수라 급 전투원으로 살아가다가 오지윤과 함께 요괴의 대군과 맞서고 있는 자신이 보인다.

"크……."

—눈을 돌리세요. 계속 들여다보면 미쳐 버리고 말 테니.

릴리아나는 그렇게 말하면서 정작 자신은 계속 무수한 예지의 환영들을 아무렇지도 않게 바라보고 있었다. 아마도 그녀에게 있어 그것들은 현실과 구분되지 않는, 보고 있는 것이 숨쉬는 것처럼 당연한 그런 광경들이리라.

그러나 유현은 잠시 동안 들여다본 것만으로도 미쳐 버릴 것만 같았다. 저것들은 단순한 영상이 아니다. 들여다볼 때마다 유현은 그 속의 자신이 된다.

지금보다 더 황폐한 자신이 있었다.

지금보다 더 절망한 자신이 있었다.

지금보다 더… 행복하게, 그리고 축복받은 무지를 누리며 살아가고 있는 자신이 있었다. 지긋지긋할 정도로 계속해서 꿈꾸었던 삶. 정말 아무것도 모르는 채 평범하게, 가족들과 함께 살아가며 웃고 떠드는… 자신의 모습이 있었다.

눈물이 흘러내린다. 무지한 자신과 절망한 자신이 겹쳐지며, 그 사이에 존재하는 아득한 감정의 격차가 그를 뒤흔든다.

"넌 이런 걸 보고도… 어떻게 멀쩡할 수가 있지?"

유현은 경이를 넘어 공포를 느꼈다. 지금껏 세상의 절망을 다 보고 살았다고 생각했다. 하지만 지금 이 순간 그것이 오만이었다는 것을 깨달았다. 이 속에서 느끼는 절망의 깊이는 측

량할 수 없이 깊었다. 이 소녀는 어떻게 이런 것을 끊임없이 보면서도 미치지 않을 수 있단 말인가?

삶보다, 끝없이 이어지는 미래에 지친 얼굴을 가진 소녀는 먼 곳으로 시선을 던지며 입을 열었다.

—나는 억겁의 세월 동안 사랑하고, 절망하고, 슬퍼하고, 기뻐하고, 살아가고, 죽어가지만…….

릴리아나는 미소 지었다. 금방이라도 무너질 것처럼 서글픈 미소였다.

—오로지 나만의 것인 사랑이… 분명히 현재에 있었으니까요.

"……."

유현은 왠지 그녀의 말뜻을 알 것 같았다.

그리고 아일라가 왜 이 소녀에게 애정을 쏟는지도 이해할 수 있을 것 같았다.

릴리아나는 문득 몸을 굽혀서 자리에 앉았다. 그리고 발치에 자라나 있던 꽃을 꺾어 유현에게 주었다. 그녀의 이름처럼 청초한 백합이었다.

—당신이 여기에 오게 된'것은 그 눈 때문일 거예요.

유현은 그녀의 말을 들으며 꽃을 받아 들었다.

—하지만 괜찮아요. 아마 우리가 여기서 다시 만나는 일은 없을 테니까.

그녀는 유현을 안심시키려는 듯이 웃는다. 유현은 문득 한 가지 사실을 깨달았다. 자신은 그녀의 말뜻을 알아듣고 있었던 게 아니라는 사실을. 그저, 그녀가 말하고자 하는 뜻에 가장 가까운 환영 속의 목소리들을 재생해 듣고 있었을 뿐이라는 것을.

그리고 그 목소리는… 예전에 그가 구했던 소녀, 한시애의 것이었다는 것을.

"넌……."

—아일라를 잘 부탁해요.

유현이 뭐라고 말하기 전에, 릴리아나는 몸을 돌려 무수한 예지의 환영 속으로 사라져 갔다. 유현으로서는 들여다볼 엄두조차 못하는 그 지옥 속으로.

유현은 잠시 동안 우두커니 서 있다가, 천천히 눈을 떴다.

"…현!"

흔들린다.

자신의 몸이 흔들리고 있다는 것이 느껴진다.

"…신차… 죽으… 안 돼!"

불분명한 말들이 이어진다. 왠지 절박한 것 같지만 고장난 라디오처럼 지지직거리는 소리 때문에 뚝뚝 끊겨 들리는 목소리. 하지만 왠지 모르게 그 목소리가 무척 편안했다.

뚝.

볼에 뭔가 뜨거운 것이 와 닿는다. 유현은 천천히 눈을 떴다. 흐릿한 시야가 흔들린다. 그가 등을 대고 있는 대지가 흔들리기 때문이다. 시끄러워서 아무것도 제대로 들을 수 없을 정도로, 이 주변이 온통 파괴의 소음으로 가득하다. 그 속에서 분명히 그가 아는 사람의 목소리가 이어지고 있었다.

"유현, 정신 차려!"

그 순간 유현의 시야가 명료해졌다.

유현은 자신을 내려다보고 있는 얼굴을 보며 힘없이 미소 지었다.

"난슬."

긴 백발을 늘어뜨리고 있는 난슬이 눈물이 그렁그렁한 눈으로 그를 내려다보고 있었다. 볼을 타고 흐른 눈물이 유현의 얼굴 위로 뚝뚝 떨어진다. 난슬은 유현의 가슴을 풀어 헤치고 거기에 손을 댄 채 끊임없이 회복술을 시전하고 있었다. 따뜻하고 포근한 느낌이 육체를 감싸안으며 상처가 절망적으로 악화되는 것을 막고 있는 것이 느껴진다.

"바보야, 진짜 죽는 줄 알았어. 으흑."

난슬은 눈물을 뚝뚝 흘리면서도 회복술을 시전하는 손을 떼지 않았다.

유현의 상태는 정말로 위급했다. 정도일을 쓰러뜨리긴 했지만 그 역시 치명적인 타격을 받은 채로 쓰러져서 한참 동안 방치된 것이다. 불길한 예감을 느낀 난슬이 전속력으로 달려오지 않았더라면 정말로 이 자리에서 죽음을 맞이했을 것이다.

유현은 정신을 집중해서 마법포켓에서 재생포션을 끄집어냈다. 그리고 난슬에게 그것을 주사하게 하고는 호흡을 골랐다. 퀘이사의 힘을 마력으로 변환하여 재생포션의 효력을 배

가시키자, 파괴되었던 신체 조직이 조금씩 제 형상을 회복해 가는 것이 느껴진다.

재생포션은 단순히 신체의 자가치유 능력을 증폭시키는 것이 아니라, 신체에 기록된 올바른 상태로 복원시키는 효능을 가졌다. 상처가 지나치게 깊으면 그것도 무용지물이긴 하지만, 유현의 힘이 있으면 복원하는 게 가능했다.

'아아…….'

문득 유현은 붉게 충혈된 난슬의 눈동자를 들여다보았다.

항상 천진하게 웃고 있지만, 그녀의 안에도 분명… 유현이 헤아릴 수 없는 깊은 절망이 자리하고 있을 것이다. 100년 동안 정신이 깨어 있는 채 봉인당해 있는 것이 어떤 기분일지 유현은 상상도 할 수 없었으니까.

그러나 그 절망을 극복하고 난슬은 지금 이 자리에 있다. 유현의 목숨을 걱정하고, 그를 위해 눈물을 흘려주고 있었다. 릴리아나가 한 번도 본 적 없는 그를 위해 꽃을 주었듯이.

'이 정도면 성공한 인생이군.'

유현은 문득 그런 생각을 하며 피식 웃었다.

자신에게는 아무것도 없다고 생각했다. 쓰러져도 손을 내밀어줄 이 하나 없는 혼자라고… 그렇게 믿던 때가 있었다.

하지만 지금은 그의 손을 잡아주고 눈물을 흘려줄 이가 있다. 그 사실이 너무나도 기적 같아서, 가슴이 두근거린다. 이젠 더 이상 13년 전에 포기한 평범한 인생을 갈구하지 않고 살 수 있을 것 같았다.

"움직일 수 있겠어?"

눈물을 닦은 난슬이 물었다. 그녀는 주변에 강력한 결계를 쳐두었다. 세계수가 폭주하면서 주변이 계속 붕괴하고 있었기 때문에 그럴 수밖에 없었다.

"그럭저럭."

유현은 고개를 끄덕이며 몸을 일으켰다. 순간 격통이 엄습해 온다. 도저히 움직여도 되는 상황이 아닐 것 같지만 어리광부릴 상황이 아니라는 것은 안다. 지금도 붕괴하는 건물의 파편들이 결계 위에 부딪치면서 무시무시한 소리를 내고 있었다.

"좀 더 치료하는 게 좋겠어."

"아니, 그러다가는 둘이 같이 죽어."

유현은 단호하게 말하고는 통각을 단절시켰다. 그리고 근육의 힘 대신 염동력으로 몸을 조작하기 시작했다. 육체의 상태를 제대로 파악할 수 없다는 점 때문에 극히 위험한 방식이긴 하지만, 퀘이사의 눈이 있는 지금은 어떻게든 될 것이다.

"탈출하자."

"응."

고개를 끄덕이는 난슬의 눈은 아직도 붉게 충혈되어 있었다. 그 얼굴을 보던 유현은 갑자기 어떤 충동에 사로잡혔다. 유현은 아주 자연스럽게 그녀의 얼굴을 감싸며 자신의 입술을 그녀의 입술에 겹쳤다.

"어?"

난슬이 눈을 동그랗게 떴다. 자신도 모르게 입가에 손을 가져가 본다. 당황한 나머지 하얀 여우의 귀가 쫑긋 서 있는 모습이 너무 귀여워 보여서 유현은 피식 웃었다.

"사과는 나중에 할게. 가자."

유현은 그렇게 말하곤 검을 들어 푸른 기운을 전개했다. 그가 앞장서서 파편들과 꿈틀거리며 앞을 가로막는 뿌리들을 쳐내자 난슬이 허둥지둥 그 뒤를 따르며 중얼거렸다.

"…그러고 보니 첫 키스네."

그녀는 400년 동안 살면서 한 번도 이성과 성적인 접촉을 해본 적이 없었던 것이다.

* * *

미드가르드에서 모든 힘을 집중시켜 실행한 작전 '라그나로크'는 성공했다. 세계 일곱 지역에 에밀이 새로이 만들어낸 일곱 그루의 세계수를 심는 것이 이 계획이었고, 7대세력은 작전 실행 30분 전에나 이 사실을 알아차리는 바람에 대응이 늦었다. 생각보다 병력 손실 등이 커지긴 했지만 결과적으로 작전은 성공했고, 대한민국 서울, 중국 베이징, 일본 교토, 러시아 모스크바, 미국 라스베이거스, 스페인 마드리드, 영국 런던은 폭증하는 세계수에 잡아먹혀 괴멸했다.

"성흔(星痕) 장악은 끝났군."

전세계의 상황을 파악한 에밀이 눈을 뜨며 중얼거렸다.

7대세력은 지금까지 성흔의 위치를 잘 감추어왔다. 영맥이 끊임없이 흐르고 그 상태가 바뀌어가듯, 그 위에 새겨진 성흔의 위치 역시 물 위를 떠다니는 것처럼 시간의 흐름 속에서 계속해서 바뀌어가는 것. 7대세력은 성흔과 오히려 거리가 있는 영적 심장부에 자신들의 본부를 마련해 둔 채 그것이 바깥으로 드러나지 않도록 제어해 왔다.

하지만 세계수를 부활시킨 에밀은 세계 영맥의 흐름을 통해서 간단하게 성흔의 위치를 찾아냈다. 그리고 그 위치야말로 에밀이 남극대륙에서 발견해 낸 세계수 원형의 유해의 조직을 이용, 완벽하게 개량한 새로운 세계수가 뿌리내려야만 하는 포인트였던 것이다.

"이것으로 지구는 내 손에 들어왔다."

"세계정복을 축하드립니다."

역사상 그 누구도 이루지 못했던 일을 달성했다는 오만한 선언이었다. 그의 앞에 비서처럼 서 있던 신윤범이 우아하게 몸을 숙였다. 에밀은 짙은 미소를 지으며 하늘을 올려다보았다. 고도 2만 7천 미터에서 올려다보는 달은 손에 잡힐 것처럼 가까워 보인다.

두 사람은 육도와 데스트레자, 아니, 사실은 7대세력이 모두 본부로 사용하는 것과 같은 천공대륙 올림푸스의 파편, 허공도(虛空島)에 선 채 지상을 굽어보고 있었다. 이제 본래의 주인인 에밀이 이곳에 서고 시스템을 장악함으로써 파괴되었던 올림푸스는 원래의 형태로 복원하는 작업을 개시했다. 지금쯤 육도를 비롯한 일곱 개의 조직은 자신들의 본부가 제어에서 벗어난 것을 알고 당황하고 있으리라. 이제 하늘에 흩어져 있는 파편들은 모두 고도 2만 7천 미터에서 모여 원래의 모습으로 복원될 것이다.

지구 전역을 뒤덮는 영자(靈子) 네트워크의 형성 단계를 모니터링하던 에밀이 신윤범에게 말했다.

"그럼 이제 지구는 자네에게 맡기겠다. 올림푸스 시스템의 전권을 위임할 테니 이사진과 함께 알아서 하도록."

"알겠습니다. 그런데 키오스터와 트라나, 고디벨이 죽은 건은 어떻게 처리할까요?"

이번 라그나로크 작전에서 키오스터를 포함해서 세 명의 이사가 사망했다. 키오스터가 그러했듯이 그들도 세계수가 보여주는 검은 진실에 현혹되어 거기에 먹혀 버리고 만 것이다.

에밀이 웃었다.

"그건 신경 쓰지 않아도 돼. 살아남은 아홉 명은 그들이 죽은 이유가 내가 손을 써서 그런 게 아니라는 사실을 알았을 터. 게다가 권력을 나눠 먹을 자가 줄어들었다는 사실을 기꺼워할 테지."

"속물들이로군요."

"속물들이 아니었다면 자신들의 존재 목적을 부정하고 영생을 위해 요괴의 몸을 택하진 않았을 걸세. 그리고 그렇기에 나는 그들을 선택한 거지."

"알겠습니다. 그럼 강림하실 때를 기다리면서 지구를 재편해 두도록 하겠습니다."

신윤범은 지구가 무슨 앞동네 이름이라도 되는 것처럼 가볍게 입에 담았다. 하지만 그들이 지금 전세계의 영맥제어권을 강탈했다는 점을 감안하면 그럴 만도 하다.

무한히 증식하는 세계수의 무리가 인류의 문명을 파괴할 것이고, 그로부터 인간의 사생아가 끊임없이 태어나 부모의 혼과 육신을 탐하리라. 그 속에서 인간은 절망하고, 절망하고, 또 절망하다가 마지막에는 모조리 먹혀 죽어가리라.

'이 손으로 종말을 가져올 수 있게 될 줄이야.'

그러한 미래를 상상하는 신윤범의 눈이 열기에 들뜨기 시작했다. 천국도 지옥도 없다. 그렇다면 모든 이가 연옥에서 고통받으며 살아가게 하겠다. 그것이 그로 하여금 이런 운명을 타고나 고통받게 만든 이 세상에 대한 복수일 테니!

그런 그를 보고 있던 에밀은 미소 지은 채 몸을 돌렸다.

"그럼 나는 올라가 보도록 하겠네. 곧 여기까지 도달할 테니 위치를 바꾸도록."

그렇게 말한 에밀이 천공도 아래로 뛰어내렸다. 그 아래쪽에는 무서운 속도로 자라나고 있는 라스베이거스의 세계수가 있었다.

Chapter 23

종말을 지내는 방법

종말이 와도 지구는 돈다. 해가 지고, 어둠이 찾아오고, 달이 뜨고, 별이 빛나고, 이윽고 다시 지상이 밝게 물드는 흐름은 예전과 변함이 없었다.

그러나 이제 지구 어디서나 거대한 나무의 실루엣을 볼 수 있었다. 석양에 의해 붉게 물든 하늘 사이로 믿을 수 없을 정도로 거대한 세계수의 모습이 보인다. 그것은 너무나도 커서, 눈으로 볼 수 있는 모든 영역을 메우고 하늘 저편으로 뻗어 있었다.

쿠르르릉…….

굉음이 울리며 안산의 아파트들이 붕괴해 간다.

주변은 온통 숲이었다. 이곳이 수도권이라는 것을 믿을 수 없을 정도로, 온통 푸른 잎사귀를 뽐내는 나무들이 가득 차 있다.

그 나무들 사이로 괴물의 촉수 같은 굵직한 뿌리가 뻗어나간다. 도저히 나무의 성장 속도라고는 볼 수 없는, 마치 몇 개월 동안 촬영한 것을 몇만 배의 속도로 돌리는 것 같은 모양이다. 그 뿌리는 도로를 부수고, 하수도를 붕괴시키고, 지하철을 파괴했다.

이미 안산은 유령도시로 화해 있었다. 이곳에 있는 사람은 모두 죽은 시체뿐이다.

푸드드득.

세계수의 뿌리에 잠식당한 아파트들이 붕괴를 시작하자, 숲 속에서 썩은 시체들을 쪼아먹던 까마귀들이 날아오른다. 그렇게 인간이 이룩한 문명은 전혀 예상치 못한 자연의 포식자에게 삼켜져 사멸해 가고 있었다.

* * *

지상으로부터 2만 7천 미터 떨어진 하늘. 세계 전역으로부터 거대한 암석의 무리들이 몰려들고 있었다.

아득히 오랜 옛날부터, 인간의 손이 닿지 않는 높이의 천공을 부유하고 있던 그 암석들의 숫자는 헤아릴 수 없이 많다. 그중 커다란 일곱 개는 나름의 생태계를 가진 허공도로서 존립하고 있었고, 세계 7대세력의 근거지로 사용되어 왔다.

그러나 세계수 강림과 함께 오랜 시간 동안 자리를 비웠던 주인이 귀환했다. 천공대륙의 핵심이 되는 시스템 올림푸스가 부활하면서, 시간을 거꾸로 돌린 것처럼 그 파편들이 한곳으로 집결해 가고 있었다. 모여든 암석군들이 퍼즐을 맞추듯이 딱딱 맞아떨어져 가면서 수만 년 전의 모습으로 복원되어 간다.

그것은 그 자체로 경이였다.

하지만 그것은 지상의 인류에게는 보이지 않는다. 너무나도 까마득한 고도에서 이루어지기에, 본래 그 위에서 기거하던 세계 7대세력의 위성장비로만 관측되고 있을 뿐이다.

복원되는 올림푸스 정상, 옴팔로스라 불리는 지점에 미드가르드의 이사진 아홉 명이 모여 있었다. 원래 열두 명이었던 그들은 세계수를 강림시키기 위한 라그나로크 작전 때 세 명이 전사했다.

"천공대륙의 복원은 생각보다 진도가 늦군."

자신들을 '미드가르드의 아홉 왕'이라고 이름 붙인 그들은 호사스러운 옷을 입은 채 지상을 굽어보고 있었다. 시스템의 중심에서 올림푸스 복원 작업을 진행하고 있는 신윤범이 마련해 준 회의실에서는 지구 전역을 손바닥 들여다보듯이 볼 수 있었다. 이곳의 의자에 앉은 채 지상을 굽어보고 있노라면 그야말로 신이 된 기분을 느끼게 된다.

"이만큼 거대한 땅덩어리가 갈가리 찢겨서 전세계의 하늘로 흩어져 있었던 게야. 오래 걸리는 것도 어쩔 수 없지."

"게다가 33일간 87%면 그리 나쁘진 않은 진척률이라고 보는데."

"신윤범은 앞으로 9일이면 된다고 하더군."

동물과 인간이 융화된 괴물의 모습을 한 그들은 세계를 비추는 원탁을 사이에 둔 채 대화를 나누었다.

세계는 급격하게 붕괴해 간다. 날마다 수백만의 인간이 죽어가고, 수백만의 요괴가 태어난다. 끝없이 증식하는 세계수의 숲이 문명을 집어삼키고, 살아남은 자들은 어디에도 없는 안식의 땅을 찾아 절망적인 도주를 계속한다.

이러한 붕괴는 세계수가 강림한 일곱 개의 국가에 국한된 이야기는 아니었다. 사하라 수해 역시 거대한 요괴 생산 공장으로서 기능하고 있었고, 그로부터 뛰쳐나간 요괴들이 대륙 전역을 피로 물들였다.

이사진에게는 에밀이 구축한 시스템의 고위 권한이 주어져 있었다. 아직 완전하지는 않았지만 지금도 이전에는 상상할 수 없었던 이적으로 지상에 재앙을 불러일으키고, 무한히 생성되는 요괴의 대군을 제어하여 각지를 습격하게 한다. 그러한 일들을 이들은 아무런 위험도 없이 흡사 게임을 즐기는 감각으로 행하며 자신들의 힘에 도취되었다.

"미국 쪽의 상황은?"

"타격 없음."

"역시. 핵 따위로 세계수가 무너질 리 없지."

이사진들은 미국의 상황을 모니터링하며 웃었다.

미국의 디스트로이어는 그들답게 화끈한 공격책을 사용했다. 세계수의 폭증을 막을 수 없다는 것을 확신하는 순간, 라스베이거스를 향해 핵공격을 시도한 것이다. 미국의 영토에 최초로 떨어지는 핵은 아이러니하게도 냉전시대에 걱정했던 것처럼 러시아의 것이 아니라 미국 자신의 것이었다.

그러나 결과는 참혹했다. 전세계 규모의 영자 네트워크를 구축하고 있는 세계수는, 현재의 기술로는 도저히 이해할 수 없는 기술을 사용해서 핵을 무력화시켰다. 라스베이거스 근방 100킬로미터 내에서는 핵융합, 핵분열 반응 자체가 원천 차단되었던 것이다! 핵반응이 봉인된 영역에서 핵무기는 그저 고철에 불과했고 세계수는 아무런 타격을 입지 않았다.

"레일건 역시 무력화 성공. 30분 전에 이곳을 겨냥했던 공격은 육도 측에서 위성궤도에 준비해 두었던 플라즈마 레일건이었어. 아까 보고받은 대로 완벽하게 막아냈고."

"육도의 전략 급 마법 역시 마찬가지. 문제가 되는 것은 금오의 신수(神獸) 정도인가?"

금오에서는 거대한 새의 형상을 한 신수 붕(鵬), 그리고 이무기와 용의 중간 단계에 있는 흉포한 존재 태룡(太龍)을 풀었다. 둘 다 무한한 식욕을 자랑하는 거대한 신수로 하늘을 날며 요괴들의 대군을 쓸어버리고 세계수림에 침입하여 닥치는 대로 주변을 파괴하고 나무들을 뜯어먹었다.

대국적으로 볼 때 이들이 입히는 피해는 치명적이지는 않고, 아무리 금오에서 힘을 공급한다고 하더라도 계속해서 활동하다 보면 언젠가는 한계가 온다. 하지만 세계를 손에 넣은 듯한 기분에 사로잡힌 이사진이 보기에는 정말 거슬리는 존재였다.

"올림푸스의 복원이 끝나는 대로 7대세력을 하나하나 치워 버려야겠군. 이후 우리의 존재를 알리고 세계제국 건설에 들어간다."

"앞으로 9일이나 저놈들의 재롱을 참아줘야 하는 것도 곤욕이군."

"그러게 말이지."

이사진은 한때 자신들을 벌벌 떨게 했던 7대세력을 어린애 취급하며 키득거렸다.

*　　*　　*

지리산을 둘러싼 어둠 속에서 괴물들의 군단이 몰려들고 있었다. 인간의 시체가 변이된 지성을 가진 것들부터 시작해서 짐승이 거대화되고 기괴하게 비틀리게 된 것까지 시작해서 가지각색의, 각지의 전승에 존재하는 것들과 그렇지 않은 것들이 혼재한 통일성이라고는 없는 군단이다.

그 숫자는 자그마치 10만을 넘고 있었다. 역사상 유례없는 숫자의 요괴군단이 하늘을 새카맣게 메우고, 앞을 가로막는 숲을 전부 초토화시키면서 진군한다. 그 요력이 대기를 독으로 물들이고 멀리 떨어져 있는 자들마저도 마음속에 있는 나쁜 충동에 시달려 범죄를 저지르게 만들 정도였다. 그러나 그러한 인간들마저 모조리 그들에게 잡혀 갈가리 찢겨 먹히고 말았으니, 이들이 이곳에 집결하는 동안 발생한 인간 사망자 수는 수십만이 넘었다.

"허허. 기가 막히는군."

지리산에서 가장 높은 천왕봉 위에서 요괴군단들을 둘러보고 있는 이가 있었다. 풍채가 당당하고 흰 머리칼과 흰 수염을 제외하면 전혀 노쇠한 구석이 없는 거구의 노인이다. 그는 붉은 눈동자를 빛내며 주변에 흰 안개 같은 기운을 두르고 있었다.

그가 바로 육도의 수장, 불사천존 이무준이었다. 본래 허공도 신운에서 영맥을 제어하고 있던 그였지만 세계수 강림 이후로는 그럴 필요가 없어졌다. 소중히 지켜오던 성흔이 사라져 버린 것은 물론, 전세계의 영맥제어권마저 빼앗겨 버리고 말았으니!

웃기는 것은 그로써 더 이상 그들이 영맥제어를 위해 묶여 있을 필요도 없어졌다는 것이다. 적어도 세계수 부활로 인해 이 세계는 더 이상 파멸의 위험이 사라졌다. 부서졌던 기둥을 완벽하게 대체할 만한 새로운 기둥이 나타난 것이니까.

"그러나 인류는 파멸하리라. 정녕 원하는 것이 무어냐, 요정인이여!"

그의 눈이 밤하늘 저편에서 휘영청 빛나고 있는 달을 노려보았다.

세계수 강림 이후 한 달, 세계정세는 격변했다.

각 나라의 주요 도시가 궤멸하고, 그로부터 튀어나온 요괴의 대군들이 인간들을 닥치는 대로 습격하기 시작했으니 당연한 결과다. 세계수의 숲은 지구 전체를 집어삼킬 것처럼 무한히 증식해 가고, 인간들은 그것을 막을 어떤 수단도 취하지 못하고 있었다. 그저 살아남은 이들을 한데 모으고 군인들을 동원해 필사적으로 맞서고 있을 뿐이다.

7대세력이 수만 년간 지켜온 세계는 완전히 파괴되었다.

그들이 지켜온 모든 가치가 쓰레기처럼 짓밟히고 있었다. 무수한 희생의 산을 쌓아올려 유지해 온 세계는 진실의 이름으로 파괴되고, 누구도 원하지 않았던 잔혹한 재생의 시간을 맞이했다.

지금 이 순간 이무준의 마음을 채우고 있는 것은 분노뿐이다. 그의 눈이 달을 뚫어져라 노려보았다.

달의 색깔이 변해 있다.

보름간 가장 두드러지는 변화는 바로 그것이다. 달의 색깔이 점점 황금빛으로 물들고 있었다. 점점 짙어지는 황금빛이 불길한 재앙을 암시하는 듯하다.

그런 그의 곁으로 한 남자가 다가왔다. 유리처럼 투명한 청자색 눈동자를 가진 30대의 남자, 육도 천상 계급의 일원인 환마용왕 이규호였다.

"전투 배치가 끝났습니다."

"그렇군. 적들의 움직임은?"

"보시는 대로. 일단 포위에 전력을 다하는 것 같군요."

"김지아는?"

"인원들과 함께 성공적으로 빠져나갔다고 합니다."

"진유현의 가족은 확보했나?"

"네. 안전하게 확보했습니다. 혹시나 몰라서 안산의 한시애라는 여자애도 확보해 두었습니다. 운명변동선 안에서는 워낙 비중이 없는 존재들이라 적들이 알아차리지 못할 것으로 판단됩니다."

"좋아. 교섭에는 문제가 없겠군. 우스운 일이야. 우리가 그런 애송이 하나에게 운명을 걸어야 하는 상황까지 오다니."

"그래서 세상이 재미있는 것 아니겠습니까?"

이규호가 날카로운 웃음을 지었다.

겉모습은 30대지만 그도 역시 인간으로서는 상상도 못할 긴 세월을 살아왔다. 그 별명 그대로 용왕이라 불릴 수 있는 존재가 바로 그다. 이전까지는 힘의 9할 이상을 영맥제어에 쏟고 있느라 운신이 자유롭지 못했지만, 모든 힘을 발휘할 수 있게 된 지금 그 역시 재해 급 요괴 이상의 힘을 발휘할 수 있었다.

오랜 세월 동안 천명(天命)에 묶여 있던 힘이 해방된 지금, 전례없는 위기를 맞이하여 피가 끓는 것이 느껴진다. 아마 다른 천상 계급의 존재들 역시 그러하리라.

"사면초가가 바로 이런 거로군. 저런 거대한 규모의 재앙을 상대로, 같은 스케일의 힘은 모조리 차단당하고 개인이 시스템의 핵을 파괴하길 기대할 수밖에 없다니 이렇게 어처구니없을 수가."

한 달이 지난 지금 성흔 위에 뿌리내린 일곱 그루의 세계수는 더 이상 '나무'라고 부를 수 없는 크기로 성장했다.

적어도 그 밑동이 대도시 하나를 집어삼키고, 지상 12킬로미터 높이까지 가지를 뻗친 것이 나무의 형상을 하고 있다고 해서 나무라고 부르기는 어려우리라. 만리장성은 지구 밖에서 보면 보이지 않지만 세계수는 뚜렷하게 보인다.

'그야말로 세계수.'

능히 세계를 지탱할 만한 크기의 나무.

게다가 세계수의 크기는 그것으로 끝나는 게 아니다. 세계수의 끄트머리로부터 그 전체 크기에 비하면 너무나도 가늘게 보이는 선이 대기권 밖으로 이어져 있었다. 지상으로부터 36,000킬로미터 떨어진, 즉 위성궤도가 지구공전과 완벽하게 일치하는 지점에는 일곱 그루의 세계수로부터 분화된 일곱 개의 비행체가 떠 있었고 그것과 세계수의 세포가 변이되어 만들어진 지름 44미터의 케이블이 이어진 상태다. 바로 우주개발을 꿈꾸는 과학자들이 이상적인 구조물로 삼았던 천상으로의 문, 궤도 엘리베이터였다.

그것은 달로 통하는 문이다.

인류가 도달했지만 구세계가 남겨둔 강력한 힘에 의해 그 실체를 파악하는 것을 저지당한 불길한 절대진공의 세계.

이미 7대세력은 위성을 통한 관측으로 그 궤도 엘리베이터의 존재와 그것이 사용되는 것을 확인했다. 궤도 엘리베이터를 타고 지구 중력권에서 벗어난 비행체들이 달로 향했고, 그 이후 달은 황금빛으로 물들었다.

예지능력자들은 달로 향한 것이 종말을 불러올 요정인이라고 단정 지었다. 그러나 정확히 어떤 방식으로 종말이 일어날지는 알아내지 못했다.

'달… 역시 조금 무리해서라도 서둘러서 실체를 파헤쳤어야 했나.'

이무준은 지나간 세월을 후회했다.

그와 같은 존재들에게 있어 100년은 그리 긴 시간이 아니다. 그렇기에 느긋한 마음으로 인류의 발달과 더불어 달의 비밀을 파헤칠 생각이었다.

결과적으로 그러한 마음가짐이 지금의 사태를 불렀다. 달에는 그들이 생각했던 것보다 훨씬 끔찍한 뭔가가 존재하는 것이 틀림없었다.

인류는 언젠가 우주로 나가야만 했다.

파괴된 지구를 대신하여 광활한 우주에서 새로운 보금자리를 찾았을 때, 수만 년 동안 파멸한 세계를 붙잡고 있던 초월자들은 기쁘게 지구를 파멸로 인도하고 비로소 그들을 붙잡고 있던 천명으로부터 해방될 예정이었다.

그러나 그것은 결코 쉬운 일이 아니었다. 본래 땅에 발 딛고 살아가도록 운명 지어진, 너무나도 연약한 인류가 자신들의 요람인 지구를 벗어나 우주로 나아가기에는 너무나도 많은 문제가 산적해 있었다. 초월자들조차도 20세기에 자연과학의 발달과 맞물려 문명이 폭발적으로 발달하기 전까지는 엄두를 내지 못했을 정도였으니까.

"어째서 좀 더 몰아붙이지 못했을까. 후회되는구나."

"의미없는 일입니다. 우리는 지금까지 최선을 다했으니까요."

"그것도 그렇군."

이무준은 쓴웃음을 지으며 하늘을 올려다보았다. 문득 황금빛 달의 요사스러운 모습을 가리면서 한 남자가 모습을 드러내고 있었다.

그는 적황색의 털을 가진 호랑이 인간이었다. 키가 2미터 50센티에 이르는 거구로 노란 눈동자를 빛내며 이무준과 이규호를 내려다본다.

"육도의 수괴들이여, 나는 미드가르드의 아홉 왕 중 하나인 가레스다."

"아홉 왕? 애송이들이 서로 자기 얼굴에 금칠해 주느라 정신이 없는가 보군."

자신을 소개하는 가레스의 말을 들은 이무준이 코웃음을 쳤다.

수천 년 이상의 세월을 살아온 그다. 눈앞의 호랑이 요괴, 가레스가 강대한 힘을 가진 존재라곤 하나 가소로워 보일 수밖에 없었다. 얼마 전까지만 해도 이무준에게 존재를 들키는 것조차 두려워하던 것들이 세계수의 힘을 믿고 기세등등하게 나서다니!

그런 존재에게는 본때를 보여줄 필요가 있다. 이무준이 손가락을 튕겼다.

팍!

그의 몸을 둘러싼 안개 같은 기운이 벼락같은 속도로 가레스를 덮쳤다. 다음 순간 가레스의 왼팔이 끊어지면서 피가 튀었다.

"크악!"

가레스가 뒤늦게 격통을 느끼며 팔을 감싸 쥐었다. 동시에 그의 눈동자가 기이한 빛을 발하며 주변에 이상한 진동이 일어난다. 세계를 다른 인간과는 너무나도 다른 단위에서 관측하고 있는 이무준은 세계수로부터 비롯된 영자 네트워크가 특정 주파수로 진동하며 물리현상을 현현시키기 시작한 것을 감지했다.

"피해라!"

이규호에게 경고하는 것과 동시에 이무준도 벼락처럼 몸을 피했다. 간발의 차로 그들이 있던 자리의 공간이 일그러지면서 모든 것이 쓰레기처럼 구겨져서 그 안으로 말려들어 갔다.

쿠구구구구구!

"공간왜곡! 말도 안 되는 공격을 쓰는군!"

이무준이 혀를 찼다. 영자진동을 조작, 공간을 왜곡시켜서 범위 안에 있는 물질들을 물성과는 관계없이 쓰레기처럼 구겨버리다니, 놀라운 수법이다. 이것은 절대 가레스가 본신에 지닌 힘으로 가능한 게 아니었다.

동시에 그와 반대쪽으로 몸을 피한 이규호가 공격을 가했다.

그의 뒤에서 울부짖는 용의 그림자가 떠오르더니 초속 10만 킬로미터의 뇌격이 가레스를 후려갈겼다.

꽈르르릉!

산봉우리를 단번에 날려 버리는 뇌격이 작렬했다. 그러나 다음 순간 이규호의 눈살이 꿈틀거렸다. 흩어지는 뇌격 사이로 공간을 타고 퍼져 나가는 물결 같은 파동이 드러나며, 그 너머에서 가레스가 코웃음을 치는 모습이 보였기 때문이다.

"가소롭군. 기습으로 좀 아픈 꼴을 보긴 했지만, 내가 방심하지 않으면 너희들 고목 같은 것들이 감히 기를 펼 수 있을 것 같으냐?"

가레스가 호랑이의 얼굴로 으르렁거렸다. 그는 몸을 띄워서 그 자리에서 멀어져 가며 말했다.

"뭐, 좋아. 선전포고는 마쳤다. 이제부터 이어지는 우리의 공격이 무자비하다고 원망하지 말도록."

"감히……."

이규호는 으르렁거리면서도 함부로 공격을 가하지 못했다. 적이 정확히 어떤 능력을 가졌는지 종잡을 수 없었기 때문이다.

그가 물러가고 나서 상황을 살피던 이무준이 눈살을 찌푸렸다.

"뭐지?"

요괴들의 움직임이 이상하다. 우두머리가 선전포고를 한 이상 곧바로 달려들 것이라고 생각하고 주변에 펼쳐 둔 결계진을 활성화시키자, 그들은 오히려 포위한 형국 그대로 뒤로 물러났다.

"어째서 후퇴하는 걸까요?"

이규호도 의아해하고 있었다. 동시에 그들의 결계진 위로 이상한 에너지 파동이 드리워진다. 이무준의 눈으로도 그 정체를 파악할 수 없는 패턴의 결계진이다.

그러던 어느 순간, 그들에게로 연결된 예지의 네트워크를 통해서 어떤 치명적인 예지가 흘러들었다.

"뭐라고?!"

이무준은 경악하며 하늘을 올려다보았다.

그의 눈이 아득한 하늘 저편, 일반인의 눈으로는 도저히 닿을 수 없는 영역에 있는 뭔가를 포착했다. 고도 2만 7천 미터를 날고 있는 거대한 구조물이 보였다. 천공도 올림푸스. 그들이 이용하고 있을 때와는 달리 온전한 형태를 회복한 그 거대한 땅덩어리에서 뭔가가 지상을 겨냥하고 있었다.

"이런… 방어결계를 최대출력으로! 공간결계로 충격을 막아!"

이무준이 다급하게 명령을 내렸다. 적의 대군을 맞이하기 위해 펼쳐졌던 결계진이 급하게 그 성질을 바꾸었다. 단순히 물리적으로 공격을 막아내는 것을 넘어, 예전 백호존 규혼이 설악산에서 펼쳤던 것처럼 무한의 공간을 펼쳐 적의 공격을 무력화시키는 공간결계의 형태로.

적은 그 전환을 느긋하게 지켜보고 있었다.

천공도 올림푸스의 중심에 선 신윤범이 미소를 지었다. 에밀로부터 지구를 둘러싼 영자 네트워크 시스템의 전권을 위임받은 그는 일부러 육도의 본진이 공간결계를 완전히 구축할 때까지 기다렸다가 시스템에 공격 명령을 내렸다.

"매스 드라이버(Mass driver) 제우스, 출력 33.3%로 발사."

그동안 7대세력이 이용해 오던 레일건과는 비교도 할 수 없는 규모의, 물리적으로 드러나는 1킬로미터 길이의 레일과 공간 중첩 효과에 의해 그 수십 배 길이로 펼쳐지는 전자기력에 의한 초가속 장치가 33킬로그램짜리 특수포탄을 급가속시켜서 발사했다. 매스 드라이버 끝에서 튀어나갈 때 그 포탄의 속도는 초속 17킬로미터를 넘고 있었다.

"구시대의 죄인들이여, 지리산과 함께 사라져 버려라."

신윤범은 검은 광기에 물든 얼굴로 미소 지었다. 그리고 매스 드라이버의 포탄이 채 2초도 지나기 전에 지상에 도달했다.

"음?"

다음 순간 신윤범의 눈살이 찌푸려졌다. 고도 2만 7천 미터에서 쏟아진 포탄은 눈 깜빡할 사이에 지상에 도달했다. 그 직후 핵폭탄에 필적하는 위력이 지리산을 쓸어버렸어야 했을 것이다.

그런데 아무 일도 일어나지 않았다. 아니, 그렇게 생각한 순간 지상에서 폭발이 관측되었다.

꽈광!

폭발이 육도의 본진을 뒤흔들었다. 그러나 매스 드라이버의 위력을 생각하면 터무니없을 정도로 작은 피해였다. 도시 규모의 파괴를 일으키기 위해 만들어진 매스 드라이버가 고작 반경 40미터를 날리는 것으로 그친다고?

즉시 올림푸스의 시스템이 원인을 밝혀냈다. 주변에 둘러쳐진 결계진이 매스 드라이버의 포탄을 무한의 공간 속으로 인도한 것이다. 포탄은 엄청난 속도로 공간을 관통하며 날아가다가, 공간이 확장되는 것보다 더 빨리 결계를 관통해서 목표 지점에 도달했다. 하지만 그때는 이미 수백 킬로미터 이상을 비행한 뒤라 위력이 크게 떨어져 있었고, 육도는 방어술식을 총동원해서 그 피해를 최소화시켰다.

"훌륭하군!"

신윤범은 진심으로 경탄했다.

올림푸스에 비장된 무기들은 이 세계의 기술력을 크게 상회한다. 구세계의 기술에, 에밀이 긴 시간 동안 연구해 온 이 세계 비술이 융합된 그 기술은 이미 불가해의 영역에 도달해 있다.

그런데 그러한 힘을 상대로 육도는 훌륭한 대응력을 보여준 것이다. 신윤범은 거기에 경이를 표하며 매스 드라이버를 침묵시켰다. 세네 발 정도 더 쏘면 확실하게 초토화시킬 수 있을지도 모르지만 그런 방식을 쓰고 싶지 않았다.

"이 정도 변덕은 내게 허용된 것이지. 그럼 티탄 부대, 강하하라."

이무준은 올림푸스로부터의 제2격에 대비하다가 눈살을 찌푸렸다. 적의 포가 침묵하면서 대신 무수한 비행체가 강하해 오고 있었다.

"서울에서 보였던 이족보행병기로군."

새하얀 거체를 자랑하는 티탄들이 강하하고 있었다. 설계는 라그나로크 작전 이전에 이미 완성되어 있었고, 천공대륙 올림푸스의 생산 시설은 인류의 설비와는 비교도 되지 않기에 엄청난 숫자가 생산되었다. 올림푸스에 집결한 병력들을 태운 채 강하해 오는 티탄의 숫자는 정확히 666개체.

그들이 일정 고도까지 낙하하는 것과 동시에 왼팔을 들었다. 역사상 유례없는 레일건의 십자포화가 육도의 본진을 향해 쏟아졌다.

콰콰콰콰쾅!

폭음이 난무하며 전투의 막이 올랐다. 성층권으로부터 강하해 온 666대의 티탄과 10만의 요괴대군을 상대로 격전을 벌인 육도의 본진이 궤멸하기까지는 열일곱 시간이 걸렸다.

2

세계수 강림 이후 55일째.

라리사 고르디바는 현재 강원도 설악산 부근에 있었다. 이미 올림푸스에서는 그녀와 흑검사 세르반테스를 호출했다. 전세계에 퍼져 있던 미드가르드의 병력 중 상당수가 올림푸스로 올라갔고, 이제 지상에 남아 있는 것은 그들에 의해 통제되는 요괴의 대군들뿐이었다.

하지만 라리사는 올림푸스로 올라가지 않고 지상에 남았다. 왜인지는 그녀 자신도 뚜렷하게 모르겠다. 정신을 차리고 보니 세르반테스를 혼자 보내고 이곳으로 와 있는 자신이 있었다.

"스패쯔나쯔가 궤멸했대요."

벼랑 끝에 서서 아래쪽을 굽어보고 있던 그녀에게 말을 거는 존재가 있었다. 키가 190센티도 넘는 흑인과 한국인의 혼혈 소년, 네크로맨서 이현종이었다.

그 말을 들은 라리사는 잠시 동안 담배만 피워댈 뿐, 아무런 반응을 보이지 않았다. 한참 후에야 그녀가 이현종을 돌아보며 말했다.

"그런가."

"이로써 7대세력은 전부 궤멸했군요, 아직 잔존 세력들이 있다는 것 같지만."

그 말대로 지난 55일간 미드가르드가 한 일은 7대세력을 철저하게 무너뜨리는 일이었다. 한국의 육도를 시작으로 일본의 쿠로카미, 중국의 금오, 영국의 퀸 오더, 스페인의 데스트레자, 미국의 디스트로이어, 이제 마지막으로 러시아의 스패쯔나쯔가 무너졌다. 지구상에 미드가르드와 맞설 만한 조직은 하나도 남지 않았다고 봐도 무방할 것이다.

"뭘 보고 있었어요?"

이현종이 묻자 라리사는 신기해하는 표정으로 그를 바라보았다. 다른 사람들은 다들 그녀를 꺼려하는데 이 녀석은 왜 이렇게 살갑게 구는지 모르겠다. 같이 온라인 게임을 하자고 하질 않나 실험하는 데 도와달라고 떼를 쓰질 않나.

"세계수를 보고 있었지."

라리사는 산 너머에 보이는 거대한 실루엣을 보며 말했다. 서울에 자라난 세계수는 장장 12킬로미터에 달하는 크기 탓에 날씨만 맑으면 강원도 산골에서도 그 불길한 형상이 잘 보였다. 에베레스트 산보다도 훨씬 크니까 당연하지만, 멀리서 흐릿하게 보이는 저 거대한 나무를 보고 있노라면 현실감이 흐려져 가는 기분이 든다.

"강원도도 슬슬 세계수림에 잠식당해 가는 것 같던데. 여기도 멀지 않았는지 몰라요."

이현종이 투덜거렸다.

세계수림은 이미 수도권 지역을 전부 집어삼키고 경기도 전역으로 뻗어나가고 있다. 아직까지는 강원도가 온전한 모습을 보전하고 있지만, 이제 그것도 멀지 않았다. 이미 요괴들이 무리 지어서 돌아다니고, 거기에 강원도에 주둔하는 병력들이 응전하는 광경을 쉽게 목격할 수 있었으니까.

이미 북한까지도 휴전선을 넘어간 요괴들에게 침공당했다. 북한은 내부 상태가 워낙 엉망인 탓에 속수무책으로 궤멸해 가고 있는 것 같았다.

'하긴, 엉망이 아니다 한들 무슨 의미가 있겠냐마는.'

상황은 남한 쪽도 마찬가지다. 라리사는 빈 담뱃갑을 구겨 버리고는 몸을 돌렸다. 이현종이 조용히 그녀의 뒤를 따른다.

모건을 중심으로 한 오지윤의 팀은 설악산의 퀘이사 연구 시설로 와 있었다. 지난번 퀘이사 폭주 때 완전히 붕괴했던 시설이었지만 모건은 그 부근에 비밀 시설을 하나 만들어두었고, 그것은 기적적으로 온존되어 있었다. 그의 말에 따르면 이곳은 미드가르드 본진에서도 당분간은 파악하지 못할 것이라고 한다.

다른 연구원들은 지난번 아지트에서 나올 때 본진의 부름에 따라 올림푸스로 올라갔기에 이곳에 있는 것은 모건, 이현종, 이하영, 그리고 수백 개체에 이르는 마이너들뿐이었다. 왜 자신이 여기에 같이 있는 것인지 라리사 스스로도 의아할 지경이었다.

'정말 뭐하고 있는 건지.'

세계수 강림 이후 라리사는 극도의 허탈감에 휩싸여 있었다.

세계가 멸망한다.

그녀가 증오했던 모든 것이 사멸하고 신세계가 세워질 것이다. 그런 이야기를 듣게 되자 사는 것 자체가 허무하게 느껴졌던 것이다.

어차피 그녀의 원한은 이미 2년 전에 종결지어졌다. 스패쯔나쯔가 궤멸했다고 해도 그녀에게는 별 감흥 없는 사족에 불과하다.

삶을 의미있게 하던 모든 것이 파괴되고, 그 외의 모든 것들이 파멸해 가는데 그녀가 굳이 살아 있어야 할 이유가 있을까?

기지 안으로 들어오자 이하영이 쟁반에 따뜻한 코코아를 타서 내오고 있었다. 초점이 안 맞는 눈을 하고 조심조심 걸어오던 그녀를 본 라리사는 정령을 불러서 쟁반을 대신 들어주었다.

"아, 고, 고마워요."

이하영은 라리사를 어려워했다. 접근하기 쉽지 않은 태도도 그렇지만, 마법사로서 라리사가 두르고 있는 차갑고 공격적인 기운에 위축되었기 때문인 것 같았다.

그녀가 타준 코코아 잔을 든 라리사는 이현종이 연구실로 돌아가는 것을 확인하고 물었다.

"이런 거 물으면 실례일지도 모르겠는데."

"네?"

이하영이 화들짝 놀랐다. 라리사가 이런 식으로 말을 걸어준 것이 지난 두 달 동안 처음이었기 때문이다.

"아가씨 같은 사람이 왜… 이 조직에 있지?"

다른 전투원들이 그렇듯 라리사 역시 본래 타인의 사정에 신경 쓰는 사람이 아니다. 서로의 과거는 묻어두고, 현재를 경멸하며 살아갈 뿐이다.

그러나 견디기 어려운 공허함에 시달리는 지금, 긴 시간 동안 같이 지내고 있는 이하영에게 왠지 눈길이 갔다. 아직 연옥의 물이 덜 든 것 같은 그녀를 보다보니 자신의 딸이 생각나서 그런지도 모르겠다.

"음. 그건… 지윤이가 저를 구해줬거든요."

이하영은 쓴웃음을 지으며 자신의 과거를 이야기했다. 마법사 집안에서 태어나서 평온하게 살아가고 있었는데, 어느 날 엄마가 악마의 흉계에 넘어가 살해되었고 자기 자신도 악마에게 깔려서 강간당하고 살해당할 위기에 처했을 때 오지윤이 마치 영화 속의 히어로처럼 나타나서 구해주었다고. 그래서 그가 무슨 일을 하든 돕기로 했다고.

"그런가."

라리사는 딱히 거기에 대해 어떤 감상을 말하지는 않고 그냥 고개만 끄덕였다. 따뜻한 코코아를 홀짝이고 있는 그녀와 이하영 사이에 어색한 침묵이 흘러간다. 잠시 후 이하영이 어렵사리 입을 열었다.

"저……."

"응?"

"그럼 라리사 씨는요?"

"나 말인가?"

"네."

"나는……."

라리사는 잠시 생각에 잠겼다. 이하영의 질문이 정확히 어떤 의미인지 파악하기 위해서였다. 왜 미드가르드에 들어왔는지를 묻는 것일까, 아니면 왜 연옥에 빠져들었는지를 묻는 것일까.

하긴 어느 쪽이든 무슨 상관일까. 라리사는 담담한 목소리로 자신의 과거를 이야기했다.

"나한테는 딸이 있었어. 스물두 살 때 낳았지."

"딸이요?"

"그래. 결혼은 안 했어. 이 나라 말로는 미혼모? 그런 거였지."

라리사는 자신의 20대를 회상했다. 10대부터 20대까지는 정말 지금 돌아봐도 세계가 총천연색으로 반짝반짝 빛났던 것 같다. 그때 그녀는 젊었고, 의욕에 가득 차 있었고, 열정적으로 사랑을 했었고, 무엇보다 아직… 세계의 추악함에 대해서 잘 몰랐다.

모스크바 대학에 재학 중이던 그 시절, 그녀는 젊은 교수와 사랑한 끝에 아이를 가졌다. 아직 미혼이었던 교수는 기꺼이 그녀와 결혼을 약속하고 부모님께 인사를 드렸다. 한국말로 하면 속도위반결혼이었지만 둘 다 행복했다.

하지만 결혼식은 이루어지지 못했다. 결혼식 3개월 전에 교수가 자동차 사고를 당해 죽어버렸기 때문이다.

"그때까지는 아무것도 의심하지 않고, 그게 그냥 우연한 비극이라고 생각했지."

라리사는 슬픔에 빠졌지만 그녀에게는 아이가 있었다. 교수의 장례를 치르고 나서 몇 개월 후, 그녀는 건강한 딸을 출산했다.

자신들을 스패즈나즈의 에이전트라고 밝힌 자들이 접근해 온 것이 그때쯤의 일이다.

"우리 집안은 유서 깊은 정령술사 집안이야. 하지만 나는 가문의 직계도 아니었고 그리 자질이 뛰어나지도 않았기 때문에 자유롭게 사는 것을 허락받았어. 그래서 일반인 틈에 섞여서 대학을 다니고, 사랑을 하고… 평범하게 회사에 취직을 해서 살아가려고 했었지."

하지만 운명은 그것을 허락하지 않았다. 그녀는 자신을 전투원으로 스카웃하고 싶어하는 스패즈나즈의 제안을 거절했다. 연옥과 조금이라도 인연이 닿은 자들에게 있어 스패즈나즈는 국가 이상으로 대단한 존재이기는 했지만, 그녀는 딸을 보살피며 평범하게 살고 싶었지 살벌한 인생을 살고 싶은 마음이 없었기 때문이다.

"그리고 딸이 죽었어."

귀엽고 사랑스러웠던 딸 이자벨라.

가족들의 관심과 애정 속에 다섯 살이 될 때까지 병치레 한 번 하지 않고 자라던 딸이었다. 천사처럼 착하고 귀여운 아이였기에 일가 모두가 그녀를 좋아했다.

그러나 이자벨라는 아무런 죄도 짓지 않았음에도 불구하고 참혹하게 살해당했다. 아무런 전조도 없이 닥쳐온 비극, 그녀의 집안을 덮친 한 마리의 요괴에 의해서.

라리사가 대학에서 돌아왔을 때는 집 안의 불이 모조리 꺼져 있었다. 불길한 예감을 느낀 그녀가 집 안으로 뛰어들어 가

보니 집 안의 유리창은 모조리 깨져 나가 있고 내부는 수십 명이 와서 난동을 부린 것처럼 엉망진창이었다. 그리고… 그 속에 가족들이 피투성이가 되어 쓰러져 있었다.

"내 딸, 이자벨라도 함께."

그때 라리사가 느낀 슬픔과 절망은 필설로 형용할 수 있는 것이 아니었다.

친척들의 도움을 받아서 가족들의 장례를 치르고, 죽은 시체처럼 하루하루를 살아가고 있던 라리사에게 스패쯔나쯔의 에이전트들이 다시 접근해 왔다. 그들은 조직의 예언자들을 통해서 사건의 전말을 알아냈고, 만약 자신들의 제안을 받아들여서 조직의 전투원이 되어준다면 그 요괴를 찾아서 복수할 수 있도록 해주겠다고 했다.

그야말로 악마의 유혹이었다. 하지만 모든 것을 잃은 라리사는 망설이지 않고 그 계약을 받아들였다. 그녀에게는 그녀 자신은 물론이고 혈족 중 누구도 몰랐던 막강한 정령술사의 자질이 있었고, 그렇게 '섬멸의 북풍' 이라고 불리는 스패쯔나쯔의 특급 정령술사가 탄생했다.

"흔한 이야기지. 복수는 쉬웠어. 내가 전투 훈련을 마치자마자 조직에서 그 요괴를 찾아주었고 상황을 만들어주었으니까. 나는 그 요괴를 죽여서 내 딸과 가족의 복수를 했지만… 그렇게 해서 얻을 수 있는 만족감이 아무것도 없더군. 복수는 허망하다느니 뭐니 하는 그런 수준의 이야기가 아냐. 그때 나는 이미 망가질 만큼 망가져서 뭘 해도 만족감 같은 것을 느낄

수가 없었지."

그것은 지금도 마찬가지다. 망가진 전투용 인형, 그것이 바로 그녀다.

하지만 이후에 그녀를 기다리고 있던 것은 더욱더 참혹한 진실이었다. 10년 전, 미드가르드의 총수 에밀 크레이그가 스패쯔나쯔의 눈을 피해 그녀에게 접근해 와서 들려준 이야기는 그녀가 상상도 못했던 것이었다.

"내가 당한 모든 일이… 내 재능을 탐낸 내 상관, 스패쯔나쯔의 인사계를 총괄하는 발레리가 꾸민 음모였다는 거였어."

라리사의 재능은 실로 보기 드문 것이었다. 교육을 통해서는 절대로 만들어낼 수 있는 선천적인 자질. 특급 정령술사의 자질을 가진 그녀가, 그 재능이 얼마나 귀한 것인지도 모르고 보통 사람처럼 살아가려는 것을 발레리는 용납할 수 없었다.

그렇게 스패쯔나쯔는 비극을 조작해 그녀에게서 모든 것을 빼앗아갔다. 라리사는 아무것도 모르는 채 조직의 음모에 농락당해 왔던 것이다.

"그래서 나는 스패쯔나쯔를 떠나 미드가르드에 들어왔고, 에밀의 지원을 받아서 2년 전에 진짜 원한의 대상에게 복수를 마무리 지었지."

마지막 순간에, 발레리는 목숨을 구걸하지 않았다.

피를 보고 살아가기에 최적의 재능을 가진 라리사가, 잔인한 운명과는 관계없는 평온한 삶을 영위하는 것을 용납할 수 없었던 그 남자는 끝까지 아무런 감흥도 없는 얼굴로 죽음을 맞이했다. 그 사실은 라리사의 가슴에 더 큰 구멍을 뚫어놓았다.

"……."

라리사의 이야기를 다 들은 이하영은 말문이 막혀 버리고 말았다.

연옥에 몸담은 이 치고 비극을 맛보지 않은 이는 없다. 이 세상에 넘쳐나는 비극 중에 하나는 반드시 그들의 것이다. 그리고 그들은 살아가면서 셀 수 없이 많은 비극과 만난다.

하지만 이하영은 아직 남의 비극을 시시한 것으로 치부할 만큼 마모된 인성을 갖지 않았다.

그녀는 뭐라고 말해야 할지 몰라서 머뭇거렸다. 그러다가 겨우 입을 열어 사과했다.

"미안해요."

"왜 사과를 하지?"

라리사가 의아해하며 물었다. 정말 모르겠다는 그녀의 태도에 이하영은 또다시 말문이 막혀 버리고 말았다. 잠시 후 라리사가 자신의 태도에 문제가 있다는 사실을 깨닫고 고개를 끄덕였다.

"아, 혹시 내 과거사를 이야기하게 해서 미안하다는 건가?"

"네……."

"그런 거라면 별로 미안해할 필요는 없어. 나 같은 인간의 과거는 싸구려니까. 내 과거를 이야기하게 한 것으로 네가 미안해한다면, 나 역시 네 과거를 이야기하게 한 것을 미안하게 여겨야겠지. 그러니까 마음 쓰지 말도록 해."

라리사는 그렇게 말하고는 몸을 일으켰다.

"잘 마셨어."

*　　*　　*

모건은 첨단 장비들을 잔뜩 가져다 둔 채 작업을 계속하고 있었다. 마법 술식 연산장치들을 잔뜩 깔아두고 아카샤 시스템과 링크해서 연산 능력을 보조받는 그의 눈에 수많은 데이터 수치들이 스쳐 지나간다.

한참 동안 작업에 몰두하고 있던 그의 앞에 이현종이 코코아 한 잔을 가져다주었다.

"한잔 드시고 하시죠, 아크메이지."

"음. 고맙다."

"작업 진척률은 어때요? 이제 7대세력도 다 망했는데 별로 시간이 많이 남았을 것 같진 않은데요."

"그렇군. 그 엿 같은 이사진 놈들이 세계를 주물럭거리는 거야 그냥 놔두면 그만이지만 여기도 그리 오랫동안 안전하진 않겠지."

이미 전 국토를 요괴들이 쓸어버리고 있는 상황이다. 세계수림의 증식 속도가 생각보다 느리다고 마음을 놓았다가는 순식간에 이도 저도 못하는 상황에 빠지고 말 것이다.

"어쨌든 에밀에게는 한 방 먹었군. 설마하니 지구 밖으로 나가는 시도를 완전히 차단할 줄이야."

"아크메이지의 공간이동까지 차단할 줄은 정말 꿈에도 몰랐죠."

이현종이 투덜거렸다.

당초 계획대로라면 그들의 계획은 이미 실행 단계로 들어가 있어야 했다. 이곳에 없는 오지윤은 세계수의 시스템 일부를 점유해서 이사진의 이목을 흐리고, 모건은 공간이동으로 에밀의 뒤를 쫓아 달로 향할 예정이었다. 그러기 위한 준비는 오래전부터 해왔고 세계수 강림 이전부터 모건이 성흔 부근의 영맥에 그 포석을 깔아두었다.

하지만 에밀은 생각보다 고단수였다. 세계수를 중심으로 한 영자 네트워크를 구축하는 동시에 지구 밖으로 탈출하는 모든 수단을 봉쇄한 것이다. 그가 가장 경계했던 것이 모건이라는 점은 공간이동조차도 차단당했다는 사실에서 알 수 있었다.

궤도 엘리베이터의 등장과 함께, 세계 7대세력은 궤멸당하기 직전까지 많은 시도를 했다. 로켓을 발사해서 달로 향하려는 시도도 있었지만 그것도 전부 대기권 안에서 차단당하고 말았다.

"하지만 그것도 멀지 않았지. 지윤이 녀석이 버틸 수 있는 시간에도 한계가 있을 테니 빨리 작업을 완료해야 한다."

수십 개의 모니터 중에는 오지윤의 현재 신체 상태를 표시하고 있는 것도 있었다. 거기에 표시된 정보들을 보면 그의 신체가 일종의 가사 상태에 빠져 있다는 사실을 알 수 있다. 그리고 그의 현재 위치가 서울이라는 것도.

에밀은 모건을 경계하기는 했어도 오지윤을 경계하지는 않았다. 그에게 있어서 지윤은 널리고 널린 피라미 중 하나에 불과했으니까. 미드가르드에 1급 전투 병력이 적었다곤 해도 그렇게 집착할 만한 존재는 아니었다.

하지만 그러한 인식이 그의 발목을 잡게 될 것이다. 모건은 그것을 확신하며 작업에 몰두했다.

올림푸스에서의 부름에 응하지 않은 시점에서, 그들은 이미 세계의 파멸과 함께 쓸어버려도 되는 존재로 규정지어졌을 것이다. 모건을 싫어하는 이사진이라면 기꺼이 그렇게 하고 싶어하겠지. 그러니 모건의 실종을 수상하게 여긴 그들이 전력을 다해 그의 존재를 탐색하기 전에 준비를 끝내두지 않으면 안 된다. 지금의 이사진을 상대로는 아무리 모건이라고 하더라도 승산이 없었으니까.

"슬픈 일이군, 그런 겁쟁이들을 무서워해야 한다니."

모건은 그렇게 투덜거리며 코코아를 마셨다. 그리고 곧바로 담배를 한 모금 빨면서 눈을 감았다. 가까이 있던 퀘이사의 파편이 끊임없이 흔들리는 그의 존재와 공명하면서, 그 근원과 연결된 존재의 무사를 속삭여 주고 있었다.

"슬슬 움직일 때가 되었군. 이런 때 마지막으로 써먹어볼 만한 카드가 두 장이나 남아 있다니, 나는 승부사로서는 정말 행운아인 모양이야."

3

지구는 더 이상 인류의 것이 아니었다.

모두가 그 사실을 뼈저리게 느끼고 있었다. 거대한 세계수가 강림한 일곱 국가는 궤멸에 가까운 타격을 입었고, 그 외의 국가들도 별로 상황이 좋지 않았다. 더 이상 존재하지 않는 사하라 사막을 집어삼킨 거대한 수해로부터 튀어나온 수십 만의 요괴가 인간들을 찾아서 지상을 활보했고, 하늘에는 철새 떼처럼 비행요괴들이 날아다니는 광경을 쉽게 목격할 수 있었다. 심해생물들조차 요괴화되어 바다를 훑고 다녔기에 바다조차도 안전지대가 되지 못했다.

"으아아아아아!"

투두두두두두!

강병기 하사는 기관총을 잡은 채 고함을 질러내며 적들을 향해 쏘아대고 있었다. 총염의 열기가 피부를 익히고 굉음이 고막을 터뜨릴 것 같았지만 그는 이미 그런 것을 고통으로 인식하지 못했다. 쉬지 않고 달려드는 괴물들의 무리를 보며, 공격을 늦추는 순간 죽는다는 공포에 시달리고 있을 뿐이었다.

철컥!

어느 순간 기관총의 총탄이 다 떨어졌다. 그 사실조차 모르는 채 고함을 질러대던 강병기 하사는 깜짝 놀라서 기관총을 바라보았다. 총열이 녹을 것처럼 연기를 피워 올리고 있는 기관총은 더 이상 적들을 공격할 힘이 남아 있지 않고 헛돌고 있었다.

"아, 안 돼……!"

그런 그에게로 괴물이 달려들었다. 길고양이가 추악하게 변이된 괴물이 길고 날카로운 손톱으로 목을 후려갈긴다. 인간 이상으로 강력한 팔힘이 더해진 그 일격이 강병기 하사의 목줄기를 단숨에 뜯어놓았다.

"캬앙!"

피를 뿌리며 쓰러지는 강병기 하사에게로 비교적 작은 괴물들이 몰려들었다. 다들 주변 상황 따윈 안중에도 없다는 듯 게걸스럽게 그 시체를 물어뜯는다.

그 위로 총격이 날아들었다.

"이 빌어먹을 새끼들아!"

주변에 있던 군인들이 절규하면서 방아쇠를 당겼다. 연발로 날아드는 총탄이 순식간에 괴물들을 걸레 조각으로 만든다. 하지만 그 속에서 괴물들이 재생을 시작했고, 어떤 놈들은 눈을 사이하게 빛냈다. 그러자 군인들의 총기 일부가 격발을 멈췄다.

"이, 이런 씨발!"

요괴를 상대하기 위한 특수총기를 지급받지 못한 신성철 이병은 욕설을 내뱉었다. 방금 전까지는 그래도 적들에게 효과를 발휘하던 K-2 소총이 한순간에 무거운 쓰레기로 전락했다. 그런 그의 위쪽에 불길한 그림자가 드리워지며 등골을 오싹하게 만드는 한기가 덮쳐 왔다.

"으, 으으으으……."

신성철 이병은 이빨을 딱딱 부딪치면서 천천히 위쪽을 올려다보았다. 그리고 부서진 건물의 잔해 위에 서서 자신을 내려다보는 사신의 얼굴을 보았다. 다 썩어 들어간 시체가 반쯤 해골을 드러낸 채 눈구멍 안쪽에서 붉은 빛을 발하고 있었다.

"키키키키키!"

해골의 입술이 떨리면서 소름 끼치는 웃음소리가 흘러나온다. 다음 순간 해골요괴가 전광석화처럼 신성철 이병을 덮쳤다.

빠각!

개머리판과 해골이 부딪치면서 뼈 부서지는 소리가 났다. 신성철 이병이 반사적으로 총검술을 사용, 개머리판으로 해골요괴를 후려쳐 버린 것이다. 이 순간만큼 총검술을 성실하게 연습한 것이 다행이라고 여겨지는 것은 처음이었다. 신성철 이병은 그렇게 생각하며 비틀거리는 해골의 뒤통수를 다시 개머리판으로 내리찍었다. 묵직한 K-2의 중량에 얻어맞은 해골이 움푹 함몰되면서 그대로 주저앉았다.

"으아아아아!"

콱! 콱! 콱! 콱!

신성철 이병은 이성을 잃고 해골을 후려갈겼다. 그러다가 어느 순간 갑자기 발목을 뭔가가 붙잡는 것을 느끼며 비틀거렸다. 깜짝 놀라서 뒤를 돌아보니 해골의 팔 부분이 따로 분리되어서 그의 발목을 잡고 있었다.

"으, 으으으으으으!"

그는 어느새 자신이 포위되었다는 사실을 깨달았다. 그 사이 주변에 있던 다른 병사들을 해치운 요괴들이 주변을 포위한 채 그를 노려보고 있었다.

"이히힉, 이히히히히……."

그는 극도의 공포 앞에서 실성한 사람처럼 웃음을 터뜨리고 말았다. 그리고 그런 그를 요괴들이 덮쳐서 산 채로 뜯어먹기 시작했다.

"으아아아아아악!"

그 비명 소리 너머에서 한 중년 남자가 비틀거리면서 걷고 있었다. 쌓인 시체들 사이를 걷는 남루한 차림의 중년인은 공포에 질린 사람들을 향해 팔을 벌리고 입을 열었다.

"보아라, 사도의 말씀을 받들지 않았던 우매한 자들이여. 다시 한 번 전하겠으니 잘 듣거라. 마침내 성서에 예고된 종말의 때가 왔노라. 인간의 죄업이 위대한 신을 진노케 하여 이러한 종말을 불렀으니 그대들은 신을 믿지 않은 어리석음을 참회하라! 그것만이 사후에 영생을 얻는 길이니라!"

"지랄하네."

거짓 선지자의 연설에 코웃음을 치는 목소리가 있었다. 남자는 눈을 부릅뜨고 목소리가 들려온 곳을 바라보았다. 그리고 흠칫 놀랐다.

한 청년이 남루한 사람들 사이를 유유히 걸어가고 있었다. 왼쪽 눈에서 희미한 빛을 발하는 그 청년은 새카만 특수소재의 전투복으로 전신을 두르고, 손에 들린 것은 고풍스럽기까지 한 조선시대의 장군검이다. 그 표면에 중년인은 알아볼 수 없는 이상한 문자들이 새겨져 청백색 빛을 발하고 있었다.

"신도 악마도 없어. 당신은 죽으면 천국에 가는 게 아니고 저런 것들하고 똑같은 꼴이 되니까 빨리 도망치기나 해."

청년은 그렇게 말하곤 남자를 지나쳤다. 그는 다 무너져 가는 2층짜리 슈퍼 건물 옥상에 올라가서 상황을 살피며 눈살을 찌푸렸다.

"대전까지 이 꼴이라니, 정말 갈 곳이 아무 데도 없군."

그렇게 중얼거리던 그의 안색이 흐려졌다.

이윽고 주변 상황이 변화하기 시작했다. 무장한 군인들, 그리고 그들과 합류해 같이 싸우던 연옥의 전사들을 덮치던 요괴들 중 일부가 갑작스럽게 등장한 새로운 인원들과 격돌해서 나가떨어진다. 그리고 그 뒤에서 강력한 주술의 힘이 날아들면서 그들을 갈가리 찢어놓았다.

요괴들이 당황하는 것이 느껴진다. 지상을 활보하던 요괴들이 사방으로 퍼져 가는 강력한 영적 파동을 느끼고 하늘을 보며 울부짖는다. 하늘을 날아다니던 무수한 요괴들이 그 신호를 받고 지상을 향해 강하해 오기 시작했다.

청년이 그것을 보며 눈을 부릅떴다. 그러자 그의 등뒤에서 갑자기 여섯 줄기의 섬광이 솟구쳤다. 마하2에 달하는 속도로 공간을 꿰뚫더니 다가오는 요괴들 사이를 누비며 그들을 갈가리 찢어놓기 시작했다.

파파파파파파!

1킬로그램 이상의 중량을 가진 검들이 초음속으로 날아다니자 그 뒤를 따르는 충격파만으로도 요괴들이 갈가리 찢겨진다. 청년이 여섯 개의 섬광을 불러들이고 나자 허공에서 산산조각 난 요괴의 살 조각과 피가 비처럼 쏟아져 내렸다.

'남은 것은 전부 172마리. 지긋지긋할 정도로 많군.'

청년은 주변을 휘 돌아보고는 전장에 있는 요괴의 숫자를 파악했다. 그 종류는 쥐만큼이나 작은 것들부터 시작해서 코끼리보다도 거대한 것까지 다양했지만 청년의 눈은 하나도 놓치지 않고 그들을 파악한다.

파지지지직…….

그의 주변에서 푸른 스파크가 일어나서 장군검에 깃든다. 검 표면에 새겨진 마법의 문자가 강렬한 빛을 토해내고, 이윽고 검이 뇌전 그 자체로 화했다.

그런 그에게로 다가오는 소녀가 있었다. 눈처럼 하얀 백발을 휘날리며, 놀랍게도 맨발로 걸어오고 있는 그녀는 선명한 오드아이로 청년을 바라보며 말했다.

"유현아."

"응?"

그녀를 돌아보는 청년은 바로 진유현이었다. 서울 강습 때 동료들과 함께 피신했던 그가 경기도를 벗어나 대전까지 와 있었던 것이다.

그동안 여기저기를 돌아다니면서 상황을 봤지만 어디에도

희망이 없었다. 몇 년간의 보금자리였던 안산은 일찌감치 괴멸했고, 굳이 세계수림에 잠식당하지 않은 지역이라도 미친 듯이 돌아다니는 요괴들 사이에서 살아남는 것 자체가 기적이었다.

그래도 굳이 대전으로 온 것은 가족들을 찾기 위해서였다. 난슬과 성아, 연지혜가 점을 쳐본 결과 유현의 가족들은 아직 살아 있었던 것이다.

난슬이 말했다.

"아연 씨한테 연락 왔어."

"신아연?"

유현이 눈살을 찌푸렸다.

신아연, 진선희와는 세계수 강림 이후로 헤어져서 다시 만나지 못했다. 조직의 부름을 받고 귀환했다고 했는데 완전히 연락이 끊겨서 아주 조금은 걱정을 하긴 했었다.

그런데 두 달이나 지나서 연락이 오다니, 그렇다면 육도는 아직 건재하단 말인가?

—후우, 사부님, 난슬 누나. 일단 다 해치우고 얘기하시면 안 될까요?

두 사람이 대화를 나누고 있는 동안 요괴들을 닥치는 대로 베어 넘기던 신우가 텔레파시 링크로 물었다. 비축해 뒀던 총탄은 지난 두달간 다 써버렸기 때문에 이제 다들 검투와 비술에 의존해서 싸우고 있었다.

그런 신우에게 시귀들이 무리 지어서 달려들었다. 호흡을 고르고 있던 신우는 이를 악물고 손을 들어 올렸다.

"핫!"

콰앙!

검은 파동이 터지면서 시귀들이 갈가리 찢어졌다. 신우는 환두대도에 마력을 부여하고 닥치는 대로 베어나갔다. 간간이 마법을 써가면서 주변을 휩쓰는 그 모습은 그야말로 태풍! 이전의 그라고는 생각할 수 없는 학살전이다.

그와 보조를 맞추고 있는 것은 당연하게도 한얼이다. 한얼은 신우의 등뒤를 지키면서 장군검을 휘둘러서 적들을 처리하고 있었다. 두 사람의 호흡이 기계처럼 정확하게 맞아떨어지면서 적들을 닥치는 대로 학살했다. 두 사람의 전투력만으로도 이 자리에 있던 연옥의 전사들을 넋 놓게 만들기에 충분할 정도였다.

그 반대편에서는 아일라가 맹활약 중이었다. 그녀는 수많은 요괴들 사이를 마치 산책하듯이 여유롭게 걸어다니면서 검격을 뿌려댔고, 그것만으로도 갈가리 찢긴 요괴들이 사방으로 흩어진다.

화아아아아악!

그리고 다른 방향에서는 지옥에서 불러낸 것 같은 불길이 작렬하면서 요괴들을 불태우고 있었다. 불길 사이를 유유히 걸어가는 성아의 뒤쪽에는 연지혜를 포함한 망혼의 조직원들이 전투태세를 갖추고 있었다. 안산이 궤멸함과 동시에 아지트를 잃은 그들 역시 유현과 함께 떠돌고 있었던 것이다.

상황을 보던 유현이 말했다.

"난슬, 너는 사람들을 지켜. 신아연은 이 부근에서 연락을 하고 있는 거야?"

"응. 5킬로미터 정도밖에 안 떨어져 있어."

"그럼 알아서 오라고 해. 그동안 일단 여기 상황을 정리하고 적당한 곳을 찾아서 결계를 친다."

결정을 내린 유현이 뇌전으로 화한 장군검을 들고 나섰다. 검에 깃든 뇌전의 정체는 바로 엑스칼리버였다. 지난 두 달간 무수한 실전과 틈나는 대로 계속 연구를 한 끝에 엑스칼리버의 다른 제어법을 찾은 것이다. 그것은 바로 특수한 술식을 내장시킨 무기에 엑스칼리버의 힘을 분산시켜서 구현하고 다루는 방법으로, 엑스칼리버 본체를 완전히 구현할 때에 비하면 위력이 현저히 떨어지지만 제어가 쉽고 기동력이 저하되는 문제도 없었다.

유현은 다시금 여섯 자루의 검을 불러내어 엑스칼리버의 힘을 부여한 다음 요괴들을 덮쳤다. 푸른 뇌격이 쉬지 않고 작렬하면서 요괴들이 갈가리 찢겨 흩어지기 시작했다.

* * *

환몽여제 김지아와 신아연, 진선희가 도착했을 때는 대형마트를 중심으로 정밀한 결계가 쳐져 있었다. 요괴의 이목을 흐려서 몸을 피하는 그 결계를 구축한 사람은 난슬이었다. 처음부터 관측당한 채만 아니라면 이 결계로 얼마든지 요괴들을 속여넘기고 휴식을 취할 수 있었고, 망혼의 인원들을 합쳐서 40명 이상의 대인원인 유현 일행은 지금껏 이런 식으로 요괴들을 피해서 대전까지 내려왔다.

"누구의 결계지? 정말 대단하군."

강력한 텔레파시로 요괴들을 농락하며 유유히 여기까지 온 김지아가 결계를 칭찬했다. 난슬이 배시시 웃으며 말했다.

"고마워."

"당신의 결계인가? 요괴선인이라고 들었는데, 과연 솜씨가 대단하군. 우리 조직으로 스카웃하고 싶을 정도야."

"에헤헤."

난슬이 부끄러워하면서 웃었다. 신우가 진선희를 보면서 반갑게 인사했다.

"누나, 살아 있었군요! 정말 반가워요!"

"아, 신우 너도. 반가워."

진선희는 그런 인간적인 반응을 어색해하면서 고개를 끄덕였다. 그런 그녀를 상대로 신우가 신이 나서 떠들었고 그녀는 더듬더듬 그에 대답하면서 그럭저럭 화기애애한 대화 무드를 형성하고 있었다.

신아연이 매대에서 초콜릿을 하나 집어서 뜯으면서 말했다.

"그래도 잘도 이렇게 사람들을 구하고 다니는군."

마트 안은 완전히 난민 캠프가 되어 있었다. 살아남아서 어디에도 없는 안전한 땅을 찾아 남하하던 이들의 숫자는 서른

명가량. 원래는 훨씬 숫자가 많았는데 계속되는 요괴들의 습격에 하나둘씩 죽어나가고 이것밖에 안 남았다고 한다. 그나마 그 속에 무장한 군인들과 연옥의 전사들이 있었던 것이 그들이 지금까지 살아남은 비결이었다.

피로에 지치고 굶주렸던 사람들은 마트에 들어와서 간만에 제대로 된 식사를 할 수 있었다. 전기도 가스도 끊어졌지만 물은 정화술을 이용해서 식수를 마련하고, 버너와 부탄가스, 그리고 마트 안에 있는 조리도구를 쓰면 인스턴트 음식들을 조리하는 데는 아무런 문제도 없었으니까. 다들 따끈한 죽이나 라면 등을 먹으면서 눈물을 흘렸고, 아이들은 요괴의 습격을 염려할 필요가 없다는 말에 간만에 단잠에 빠졌다.

그들은 유현 일행을 무슨 신처럼 경외하는 눈길로 바라보고 있었다. 그도 그럴 것이 수백 마리에 달하는 요괴들을 손쉽게 학살해 버렸으니 그럴 만도 하다. 나중에는 일대에 있는 모든 요괴들이 모여드는 바람에 조금 고생했지만 그래도 아직 숨이 붙어 있던 자들은 난슬이 치유술로 살리고, 유현이 대량학살 병기로서의 힘을 유감없이 발휘한 덕분에 그럭저럭 더 이상의 희생자 없이 상황을 마무리 지을 수 있었다.

"저들은 어쩔 생각이지?"

김지아가 물었다.

유현의 일행은 지금도 지나치게 많다. 모두가 연옥의 일원들이라 요괴의 습격을 받아도 제몫을 하긴 하지만, 전투력이 떨어지는 자들도 있고 어린아이도 십여 명이다. 거기에 일반인들을 끼워넣기 시작하면 대책이 없을 것이다.

"글쎄. 일단은 여기에 머무르게 할 셈이야. 내가 해줄 수 있는 건 그 정도니까."

유현은 냉정하게 결정을 내렸다.

여기까지 오면서 이런 난민들을 많이 보았고 많이 구해냈다. 하지만 그들을 일행으로 만들지는 않았다. 어딜 가도 마찬가지라서, 그나마 시설이 멀쩡한 지역을 찾아서 사람들을 모아두고 연옥의 인원들에게 생존에 도움이 될 비술을 전수하거나 간이 마법 무기를 만들어서 무장을 보강해 준 뒤에 계속 남하해 왔다. 어딜 가도 마찬가지니 그나마 안전한 결계 내에서 버티라는 말만 해주면서.

무책임한 말이었지만 더 해줄 수 있는 일이 없었다. 세상은 이제 지옥으로 화했고 그런 곳에서 개인이 할 수 있는 일은 그리 많지 않았으니까.

사람들의 모습을 보던 유현이 김지아에게 물었다.

"육도의 상황은 괜찮은가?"

"망했어."

"뭐?"

김지아가 너무 쉽게 대답하는 바람에 유현은 한순간 그녀가 질 나쁜 농담을 하고 있다고 생각했다. 하지만 그녀의 얼굴에 떠오른 허탈한 웃음을 보니 그 말이 진실이라는 사실을 알 수 있었다.

"육도가 망해? 정말로?"

"그래. 육도뿐만이 아니고 세계 7대세력이 다 망했어. 물론 잔존 인원이 꽤 많이 남았긴 하지만 수뇌를 포함한 핵심부는 전부 궤멸했으니 조직으로서는 끝났다고 봐야지."

김지아는 곰방대를 꺼내서 불을 붙였다. 실내에서 거리낌없이 담배를 피우는 모습에 뭐라고 한마디 할까 했지만, 알아서 공기 정화 마법을 이용해서 주변으로 연기가 퍼져 나가지 않도록 하고 있어서 나오던 말이 그냥 들어가 버렸다.

"계속 남하하기만 하느라 적들에 대해서는 잘 모르는 것 같군. 상황을 설명해 줄까?"

"그래 줬으면 좋겠군."

"간단히 설명하지. 적들은 현재 고도 2만 7천 미터에 떠다니는 천공대륙 올림푸스를 본거지로 삼고 전세계를 통제하고 있어. 핵심이 되는 것은 일곱 개의 세계수, 그리고 사하라 수해, 최근 한 달간 무섭도록 기세를 불려가고 있는 고비 사막과 알래스카의 세계수림이지."

미드가르드의 1차적인 목적은 바로 세계 전체를 녹지화하는 것으로 예상된다. 무한히 증식하는 세계수의 숲은 이윽고 인간이 발 딛고 살아갈 수 있는 모든 땅을 뒤덮어, 인간은 자연을 파괴하는 대신 자연에 파괴당하며 죽어갈 것이다.

"그린피스 단체들이 좋아할 만한 전개지만… 뭐, 지금은 그런 것도 없지."

한국, 일본, 중국, 스페인, 미국, 러시아, 영국의 일곱 국가는 내부로부터 파먹혀 실질적으로 무정부 상태에 돌입했고, 그 외의 국가들은 체제를 정비하고 병력을 집중시키면서 요괴들과 응전하고 있는 상태다. 하지만 그리 길지는 않을 것이다. 계산상 반년 안에 모든 국가는 미드가르드에 굴복할 수밖에 없다.

"적들의 진짜 목적은 뭐지? 인류 멸망?"

"그건 아니야."

김지아는 고개를 저었다.

적들은 인간을 필요 이상으로 몰아붙이지 않을 것이다. 예지자들이 예측한 바에 따르면, 세계 전체를 굴복시키는 것과 동시에 요괴의 개체수를 줄이고 통일제국을 선언할 가능성이 제일 높았다.

유현은 기가 막혀했다.

"통일제국이라… 웃기지도 않는군."

"그 웃기지도 않는 게 현실화되기 직전이라는 게 문제지. 하지만 그게 끝이 아니야. 달에 뭔가가 있어."

"달?"

"그래. 이 일의 원흉이라고 할 수 있는 요정인 에밀 크레이그는 지금 지구를 떠나서 달로 향했어. 세계수는 놀랍게도 궤도 엘리베이터의 역할을 수행하고 있더군."

"궤도 엘리베이터?"

이건 들으면 들을수록 점입가경이다. 하긴 종말의 그날이 찾아온 것 같은 나날들이 계속되고 있는 판에 뭐가 일어난들 이상하지 않긴 하겠다마는.

그때 잠자코 듣고 있던 아일라가 물었다.

"혹시 데스트레자 쪽의 소식은 모르나?"

김지아가 그제야 그녀를 돌아보았다. 아일라 스카우드, 조직의 특급 위험인물 리스트에 올라 있던 존재이며 지난번 만남에서도 굉장히 인상적인 모습을 보여주었던 여자다.

그녀에 대한 정보는 대충 입수되어 있었다. 그래서 그녀가 무슨 의도로 이런 질문을 던지는 것도 알고 있다.

"그러잖아도 당신에게도 전언이 있었지."

"전언?"

아일라의 눈동자가 흔들렸다. 직감적으로 그것이 누가 남긴 전언인지 알아차린 것이다.

"세르반테스, 서울."

"…그것뿐인가?"

아일라가 조금 떨리는 목소리로 물었다.

김지아는 고개를 끄덕였다. 데스트레자의 성녀, 금오의 지배자 헌우와 더불어 세계 최고의 예지능력자 중 하나인 릴리아나는 파멸을 예견하고 육도에 전언을 남겼다. 그것은 아주 짧은 두 마디뿐. 그리고 데스트레자는 궤멸했다.

아일라의 눈이 무섭도록 차갑게 가라앉았다. 그녀는 말없이 몸을 돌려서 그 자리를 떠났다. 난슬이 머뭇거리다가 그 뒤를 따라갔다.

김지아가 담배연기를 후, 하고 뱉어내며 말했다.

"감상적이군."

"인간적이지."

유현의 대꾸에 그녀가 피식 웃는다.

"인간다운 것이 지금은 사치야."

그 말에 유현이 비틀린 웃음을 지으며 대꾸했다.

"언제는 사치가 아니었나?"

"…그렇군."

김지아도 유현과 똑같이 웃었다.

"어쨌든 나는 지금 육도의 잔존 병력을 광주 지하에 건설된 비밀 기지로 모으고 있는 중이야. 만약을 대비해서 20년 전쯤부터 만들어둔 것인데 이런 식으로 도움이 되는군."

"광주 지하의 비밀 기지?"

유현이 깜짝 놀라서 물었다. 그런 것이 있었단 말인가?

김지아가 고개를 끄덕였다.

"5만 명 이상을 10년 이상 수용할 수 있도록 만들어진 지하 플랜트야. 육도의 역량이 집중된 지하 도시지. 일단 우리의 잔존 병력과 쓸 만한 인원들을 모으고 있어."

"역시 육도답게 저력이 있군. 망해도 그냥은 안 망한다 이건가?"

"최후의 보루쯤으로 생각해. 일단 핵병기로 공격을 받아도 피해가 미치지 않도록 깊숙한 지하에, 마법기술을 총동원해서 만들었지만 적들의 힘이 우리 기준을 훨씬 초월하기 때문에 안전하다는 보장은 없지."

"하지만 시간 벌이는 되겠군."

"그래. 그래서 말인데, 여기 인원들은 우리가 거두도록 하지. 괜찮겠나?"

"진심으로 하는 말인가?"

유현은 의아해하며 물었다. 상황이 상황이니만큼 인도주의적인 차원에서 충분히 나올 수 있는 발언이다. 하지만 문제는 김지아 역시 인도주의와는 달나라 이상으로 거리가 먼 존재라는 것이지. 아무리 5만 명을 10년 이상 수용할 수 있도록 만들어진 지하 플랜트를 쥐고 있다고 하더라도, 그녀가 쓸모없는 일반인 인력을 거둘 이유가 없다.

"플랜트를 돌리려면 인원이 어느 정도는 필요해. 대신 저들은 전부 쓸모있는 인력으로 훈련받게 될 거야. 어린아이들도 예외는 없어."

김지아는 냉정하게 인간을 자원으로 보는 시각을 드러내며 말했다. 현재 광주 지하 플랜트에 모인 육도의 잔존 병력은 고작해야 1천 명 정도밖에 되지 않는다. 그것도 고급 전투 병력은 거의 없고 전부 전국적으로 퍼져 있던 전투 외의 일을 주로 담당하던 이들이 대부분이다. 거기에 일반인들이 총 2천 명 이상이 모여 있었다.

이런 상황에서는 하나라도 더 손을 늘려야 했다. 앞으로 절망적인 싸움을 계속해야 하느니만큼, 있을지 없을지도 모르는 미래를 보고 싸울 수 있는 인원, 살아남을 수 있는 인원을 늘려가는 수밖에 없다.

"…그래."

유현은 난민들 중에 섞여 있는 아이들을 보며 착 가라앉은 목소리로 대답했다.

다시는 자신 같은 피해자가 나오지 않기를 바랐다. 그러나 이런 세상에서는 어쩔 수가 없다. 아무것도 하지 못하고 무력하게 죽어가는 것보다는 차라리 연옥의 전사로 자라나 생존하는 편이 낫겠지.

"육도의 천상 계급 중에는 당신만 남은 건가?"

"유감스럽게도. 구차하게 살아서 뒷일을 책임지라더군."

김지아가 쓴웃음을 지었다.

불사천존 이무준을 비롯한 천상 계급 여덟 명은 미드가르드와 싸우다가 장렬하게 산화했다. 오로지 김지아만이 그들의 이목을 흐리고 빠져나와서 잔존 세력을 집결시키고 있었다.

유현은 그녀가 살아남을 자로 선택받은 이유를 알 수 있을 것 같았다. 천 명을 동시에 조종할 수 있는 텔레파시 능력자인 그녀라면, 거대한 집단을 다스리면서도 불협화음을 최대한 줄이면서 통제하는 게 가능할 테니까. 아마도 육도 상층부에서는 철저하게 실리적으로 계산해서 그런 결론을 내놓았겠지. 자신들의 목숨이 오락가락하는 상황에서도 말이다.

"자꾸 다른 이야기만 하게 되는군. 그럼 찾아온 용건을 말하지. 제안이 있다, 진유현."

"당신은 언제나 나한테 제안을 하러 오는 것 같군."

"상황이 나를 그렇게 몰고 가는 게 아쉬워. 어쨌든 결론부터 말하자면 우리는 일단 네 가족과 한시애라는 소녀를 확보하고 있다."

"뭐?"

유현이 깜짝 놀라서 눈을 크게 떴다.

그럴 수밖에 없었다. 지난 두 달간 유현의 뇌리를 가득 채우고 있던 생각이 바로 그들에 대한 것이었으니까. 한시애의 경우는 안산을 탈출할 때 찾아보았지만 행방이 묘연해진 상태라서 어쩔 수 없이 포기했다. 그런데 육도가 그녀를 데리고 있을 줄이야.

"정말인가?"

"정말이지. 교섭하러 와서 그런 걸로 거짓말을 하진 않아. 어쨌든 그들은 목숨도 붙어 있고 건강한 상태로 광주 지하 플랜트에서 생활하고 있다."

김지아는 그렇게 말하면서 진선희에게 눈짓을 했다. 한창 신우와 이러쿵저러쿵 떠들고 있던 진선희는 그 눈짓을 눈치채지 못하고 있다가, 김지아가 표정을 일그러뜨리며 텔레파시로 그녀의 정신을 한 번 두들긴 후에야 화들짝 놀라서 고개를 돌렸다.

"아, 네."

바짝 얼어붙은 그녀는 허겁지겁 핸드폰 크기의 휴대용 기기를 하나 꺼냈다. 풀 터치 인터페이스를 갖춘 그 휴대 기기를 몇 번 조작하자 선명한 동영상이 떠오르기 시작했다.

"현재 네 가족과 한시애의 모습이다."

"……."

유현은 그것을 받아 들고는 할 말을 잃었다. 광주 지하 플랜트로부터 실시간으로 전송되어 오는 그 영상 속에는 분명 유현의 가족들과 한시애의 건강한 모습이 비춰지고 있었다.

잠시 후 김지아는 그 디바이스를 다시 받아가고는 유현을 바라보았다. 유현은 결연한 표정으로 김지아를 응시하며 물었다.

"내게 원하는 게 뭐지?"

"목숨을 건 특공."

김지아는 그렇게 말하곤 다시 곰방대를 입에 물었다.

4

부자는 망해도 3년은 간다는 말은 연옥의 7대세력에게도 그대로 통용되었다. 육도가 그랬듯이 7대세력 중 최강이라고 불렸던 영국의 퀸 오더 역시 본산지가 궤멸한 후에도 명맥을 유지하고 있었다.

무엇보다 중추부가 죽어나간 다른 조직들과 달리, 퀸 오더는 그 이름을 상징하는 지배자 위치 퀸이 건재했다. 아니, 건재하다고 볼 수는 없었지만 어쨌든 생존해서 잔존 세력들을 집결시키고 있었다.

"후우……."

아름다운 금발 소녀의 모습을 한 위치 퀸은 주변을 둘러보며 한숨을 쉬었다. 사방을 둘러싼 투명한 유리벽 너머로 한 치 앞도 알아볼 수 없는 새카만 바다가 펼쳐져 있었다.

그녀가 있는 곳은 퀸 오더에서 비밀리에 만들어낸 특수 시설이다. 지름이 700미터에 달하는 구체형 시설로 이를테면 지구를 축소해 놓은 것 같은 시설이었다. 외부와는 완벽하게 단절된 상황에서도 그 안에서의 생태계가 순환하고 있어서 이론적으로는 영구적으로 이 안에서 생활하는 것이 가능한 '방주'다. 이러한 실험은 일반 과학계에서도 이루어지고 있었지만, 진정 완전한 형태로 구현될 수 있었던 것은 현대 과학을 초월한 마법의 힘이 집결된 덕분이다.

"또 이런 데 와 계십니까?"

그런 그녀를 향해 다가오며 묻는 이가 있었다. 그녀가 뒤를 돌아보자 기계인간의 몸을 한 멀린의 모습이 보였다.

"마음이 답답해서요."

"아직은 휴식을 취하셔야 하는 시기입니다. 활동 시간을 줄이시지 않으면 안 됩니다."

멀린이 충고했다.

퀸 오더가 적의 공격을 받고 궤멸하면서, 퀸 오더를 지탱하는 지배 계층인 '원탁의 기사' 전원이 사망했고 위치 퀸 역시 거의 죽음에 이르는 타격을 입었다. 이런 때를 대비해 예비 육체를 만들어두지 않았다면 본산지인 브리튼이 올림푸스에서 쏘아지는 매스 드라이버와 양전자포의 연격을 받고 초토화되었을 때 그대로 끝났을 것이다. 다행히 본산지가 궤멸하는 상황에서도 원탁의 기사들이 몸을 던져 그녀를 지켜준 덕분에 영혼을 예비 몸으로 전생시킬 수 있었다. 그러나 그 결과 힘의 대부분을 잃었고, 아직도 영혼이 이 육체에 안착되지 못해서 상당히 불안정한 상태를 겪고 있는 중이었다.

"알고는 있지만……."

위치 퀸은 쓴웃음을 지었다.

이런 상황에 아무것도 할 수 없다는 것이 답답했다. 얼마 전까지만 해도 천하를 호령하는 몸이었지만 이제는 아무것도 하지 못하고 파국을 지켜보기만 해야 했으니.

그들이 이곳에 피신해 있는 것은 딱히 희망을 가져서가 아니다. 예지능력자들은 절망적인 미래만을 이야기했고, 객관적으로 판단해 보아도 회생할 구석이 보이지 않았다. 두 달 전, 일곱 개의 성흔 위에 세계수가 강림한 그 순간 이미 승패는 갈렸던 것이다.

"걱정 마십시오."

세계수 강림과 함께 진유현의 곁을 떠나 퀸 오더로 돌아온 멀린은 자신있게 단언했다. 위치 퀸이 물었다.

"그렇게 말할 만한 근거라도 있는 건가요?"

"당연히 없습니다."

"……."

이 인간은 이런 상황에서도 변하질 않는다. 위치 퀸은 자기도 모르게 주먹을 불끈 쥐며 그를 한 대 때렸다. 하지만 터엉~ 소리가 나면서 주먹만 아플 뿐, 그는 까딱도 하지 않았다. 멀린은 주먹을 감싸 쥔 채 입술을 삐죽이는 그녀에게 능글맞게 웃으면서 말했다.

"하지만 뭐, 엑스칼리버를 가진 녀석이 건재하니까요. 육도 측에서 생각이 있다면 분명히 그 녀석을 활용해서 뭔가 일을 벌일 겁니다."

"육도도 우리만큼이나 비참하게 작살났는데?"

"우리도 이렇게 살아남아 있지 않습니까? 알아서 뒤로 뺄 것은 빼두었겠지요."

"그랬으면 좋겠군요."

위치 퀸은 검은 바다를 바라보며 다시금 한숨을 쉬었다. 힘이 온전했다면 지금 당장에라도 멀린이 말한 엑스칼리버의 주인이 뭘 하고 있는지 들여다볼 수 있었겠지만, 지금은 부디 운명이 그들의 편이길 기도할 뿐이다.

"음?"

문득 멀린이 고개를 들었다. 위치 퀸이 어리둥절해하는 표정으로 그를 바라본다. 힘이 극단적으로 제약된 그녀는 지금 멀린이 감지한 것을 느끼지 못하고 있었다.

하지만 곧 그녀도 상황을 알 수 있었다. 그들에게서 조금 떨어진 곳의 공간이 물결치면서 한 사람의 모습이 신기루처럼 나타나고 있었기 때문이다.

"모건."

멀린이 으르렁거렸다. 환영처럼 일렁이면서 그 자리에 조금씩 고정되고 있는 것은 은발에 푸른 눈을 가진 중년의 대마법사 모건이었다.

그를 곧바로 공격하려는 멀린을 위치 퀸이 제지했다. 멀린이 왜 그러냐는 눈빛을 보내자 그녀가 말했다.

"적의를 갖고 오진 않은 것 같아요. 뭔가 말하고 싶은 게 있는 것 같은데."

원래 위치 퀸은 예지능력자이자 정신계 능력자였다. 마법에 있어서는 멀린이 근소하게 더 앞서 있지만 상황을 판단하는 면에서는 그녀의 말이 항상 옳다. 그렇기에 그녀가 여왕이었고 멀린은 그녀를 보필하는 신하였다. 그것은 그녀가 힘의 대부분을 잃은 지금도 마찬가지였다.

"후우. 여기 진짜 찾기 어려웠소. 대단한 거처를 마련해 두고 있구만."

모건이 넉살 좋게 웃으며 말했다. 멀린이 으르렁거리며 쏘아붙였다.

"무슨 낯짝으로 내 앞에 나타난 거냐, 이 배신자 녀석."

"배신자라니, 누가 들으면 내가 퀸 오더였던 줄 알겠소? 난 애당초 이 조직 사람이 아니었으니 배신이니 뭐니 하는 말은 부당하지."

"입은 아주 잘살아 있구나."

"거 싸우러 온 거 아니니까 쓸데없이 힘 빼지 맙시다. 난 여기까지 공간이동해 온 것만으로도 꽤 힘들었거든. 지금 영자 네트워크에 내 공간이동을 저지하는 명령이 잔뜩 깔려 있어서 꽤나 무리했다고."

에밀이 공들여서 그의 공간이동을 저지하고자 했지만, 대기권 밖으로 나가지만 않으면 그럭저럭 공간이동을 할 수 있었다. 퀘이사와의 접촉으로 진리를 알게 된 그는 일반적인 마법을 초월해 있는 존재였기 때문이다.

그 말을 들은 멀린이 눈썹을 꿈틀거렸다.

"공간이동을 저지해?"

멀린은 모건이 당연히 미드가르드의 일원이리라 생각하고 있었다. 지난번의 마지막 만남을 생각하면 당연한 일 아닌가? 하지만 지금 모건의 말을 보면 그는 그들과 같은 편에 있는 게 아닌 듯하다.

"내가 지금 그 조직의 배신자쯤 되니 말이오. 에밀 그 양반이 애당초 나를 워낙 경계하거든. 서로 어느 정도는 이렇게 될 것을 알고 있었다고나 할까."

모건은 쓴웃음을 지었다. 하지만 멀린은 쉽사리 의심의 눈초리를 거두지 않았다. 지금 이 상황에서 모건을 믿으라는 것이 무리다. 그는 모건을 공격해서 쓰러뜨려야 할지, 아니면 상황을 지켜봐야 할지를 고민하고 있을 뿐이다.

그때 위치 퀸이 입을 열었다.

"쓸데없는 이야기는 그쯤 해두죠. 대마법사 모건, 직접 만나는 것은 처음이지만 이야기는 멀린에게서 많이 들었어요."

"좋은 이야기는 아니었을 것 같습니다만."

"최근에는 그랬지만, 예전에는 아니었지요. 멀린은 당신을 자기의 후계자감으로 보고 있었으니까."

"폐하! 지금 와서 그런 이야길……."

멀린이 당황해하자 모건은 조금 놀라서 멀린을 바라보았다.

참 귀찮게 구는 양반이다 싶었는데 그런 속내를 갖고 있었단 말인가?

어쨌든 지금 중요한 것은 그게 아니다. 모건은 위치 퀸을 바라보며 입을 열었다.

"그럼 여왕 폐하, 단도직업적으로 용건을 말씀드리죠. 지금 상황을 반전시킬 수 있는 마지막 방법 때문에, 당신들에게 협조를 구하고자 왔습니다."

*　　　*　　　*

신윤범은 천공대륙 올림푸스의 시스템 중추, 옴팔로스에 위치한 채 전세계 상황을 모니터링하고 있었다. 7대세력을 궤멸시킨 지금, 모든 것이 계획대로 순조롭게 흘러가고 있었다.

지난 두 달간 세계의 사막화되었던 땅 중 50% 이상이 녹지로 전환되었다. 앞으로 반년 안에 지구 전역이 세계수림에 집어삼켜져 완벽한 녹지로 화할 것이다. 성흔이 존재하지 않는 지금, 영맥은 안정되기 시작했고 인간들이 발하는 의념은 철저하게 통제되어 신윤범의 의도하에 요괴들을 낳고 있었다.

7대세력의 중추만을 부수고 그들의 잔존 세력을 남겨둔 것도 딱히 그래야 할 필요를 느끼지 못했기 때문이다. 요괴들이 무한히 증식하고 주변을 덮치는 지금, 어느 정도는 연옥의 인간들이 방어 세력으로 존재해 줄 필요가 있었다. 그렇지 않는다면 인류라는 종은 너무나도 급격하게 그 숫자가 줄어들어서 이윽고 사멸하게 될 테니까.

'인간은 소중한 자원이니까.'

요괴의 대군은 인류가 감당하기에는 너무나도 강력한 적이다. 그들은 혼자서도 수백, 수천 명을 학살할 수 있는 존재였고, 단순히 힘으로 밀어붙이기만 하는 게 아니라 일반인들은 상상할 수도 없는 다채로운 수단으로 그들을 공격해 죽일 수 있었다. 인류가 지금까지 상상해 왔던 것처럼 바이러스에 의해 생성된 좀비군단이나 외계로부터 내습해 온 에일리언들처럼 방벽을 철저히 세우고 응전하면 어떻게든 막아낼 수 있는 그런 존재가 아니다. 그들은 인간으로부터 태어났고, 인간에 대해서 잘 알고 있었고, 인간을 탐하며 그것을 위해서 인간이 동원할 수 있는 모든 수단을 능가할 수 있는 재앙이었다.

신윤범은 잠시 시스템의 눈을 허공으로 돌렸다. 지금도 전 세계에서 수집되고, 세계수 내부의 생체 시설을 통해 제작된 기자재들이 궤도 엘리베이터를 타고 달로 향하고 있었다. 한발 앞서 달로 향한 에밀이 요구하는 것들이다. 그것들을 이용해 달에서는 대대적인 공사가 이루어지고 있었고, 이미 에밀은 원하는 바를 거의 이룬 것 같았다.

같았다, 라고 말한 것은 에밀에게서 연락이 없기 때문이다. 가끔 짧은 지시만이 날아올 뿐, 그 외에는 연락을 두절시킨 채로 신윤범에게 모든 것을 맡기고 있었다.

'하지만 신경 쓰이는 것들이 꽤 많군.'

일단 모건의 행방이 묘연한 게 거슬린다. 올림푸스로의 소환 명령을 무시한 채 사라진 모건과 그 일행들은 전세계를 장악한 영자 네트워크의 탐지망에도 잡히지 않고 있었다. 자유자재로 공간이동을 할 수 있는 존재이니만큼 그 정도의 재주는 있겠지만, 도대체 뭘 꾸미고 있는지 알 수 없다는 점이 신경 쓰인다.

'뭐, 이제 와서 할 수 있는 게 있을 리가 없겠지만.'

아무리 대마법사라고 해도 이 압도적인 전력 차 앞에서 뭘 할 수 있겠는가? 해봤자 올림푸스 시스템을 장악하려고 시도하는 정도일 텐데, 현세의 마법으로는 그것이 불가능했다. 실제로 7대세력의 신적 존재들도 하나같이 그것을 시도했지만 위협적인 상황까지 몰고 가지도 못하고 패배했지 않은가?

어쨌든 에밀의 계획에 적극적으로 협력하던 그가 이제 와서 변심했다는 게 이해가 안 가긴 한다. 설마 에밀의 진의를 알고 나니 마음이 바뀌기라도 한 것일까? 그렇다고 하더라도 절대적으로 승산이 없는 쪽으로 돌아서는 것은 바보짓일 텐데.

'저 바보들처럼 놀아나면 그것도 우습겠지만.'

신윤범은 회의실에 있는 이사진들을 보았다. 그들은 시스템의 고위 권한을 갖고 있지만 그래 봤자 언제든지 신윤범이 추방할 수 있는 레벨에 불과하다. 그렇기에 신윤범이 자신들을 들여다보고 있다는 사실도 까맣게 모르고 있었다.

그들은 완전히 신이 된 기분에 도취되어서 이래라저래라 거창한 계획을 늘어놓는 중이었다. 매일 저러고 있으면 슬슬 질릴 때도 됐을 텐데, 다들 수백 년 묵은 늙은이들이라 그런지 그렇지 않은 모양이다.

신윤범이 그들이 굳이 그런 위치를 즐기게 내버려 두는 것은 에밀이 그러라고 했기 때문이다. 에밀은 그들이 바라는 대로 세계 통일 제국을 건설하고 그 위에서 왕처럼 군림하게 도우라고 말했다.

'짧은 꿈이겠지만 그동안 에밀을 도와 대업을 성취한 공에 걸맞은 대접이 되겠지.'

신윤범은 그들을 비웃으며 지상으로 눈을 돌렸다. 그의 눈이 멀리 떨어진 한반도로 향한다. 이미 국토의 절반 이상의 초토화되었고, 세계수림은 경기도를 잠식하고 그 너머로 뻗어나가는 중이다. 현재 한반도 위에 살아 있는 인간의 숫자는 1,500만 명 정도. 요 일주일간 평균을 내보면 하루 평균 3만 명씩 죽어나가는 중이니까 앞으로 1년 이상은 생존자가 남아 있을 것 같다.

그들 중에 신윤범이 눈길을 주는 존재는 한정되어 있었다. 이름도 모르는 다수야 계속해서 죽어나가는 것이 당연하지만, 그와 인연이 닿은 존재가 아직도 살아 있었으니까.

'성아, 지혜.'

신윤범은 옛 가족들을 찾았다. 영자 네트워크를 타고 그에게로 흘러드는 관측 정보가 순식간에 그들에게로 향한다.

그것을 본 신윤범은 조금 놀랐다.

'다시 북상하고 있어?'

며칠 전에 봤을 때까지만 해도 그들은 계속 남하하고 있었다. 서울에서 안산으로, 그리고 안산을 떠난 이후로는 달리 갈 만한 곳이 없을 테니 당연한 선택이다. 전국이 초토화되는 상황 속에서 계속 남하하다가 궁지에 몰려서 죽어가게 될 것이다. 신윤범은 그렇게 예측했다.

하지만 그들은 신윤범의 예측을 깨고 북상해 오고 있었다. 게다가 며칠 전까지에 비해 숫자가 팍 줄었다.

'지혜는… 흠. 육도의 지하 플랜트로 갔군.'

육도의 지하 플랜트는 물론이고 심해를 유영하는 퀸 오더의 방주도 올림푸스의 관측 장비로부터 벗어날 수 없었다. 다만 딱히 궤멸시킬 필요가 없기에 놔두고 있을 뿐이다.

어쨌든 성아는 진유현을 비롯한 몇몇 일행과 함께 급속도로 북상하고 있었다. 망혼의 조직원들을 달고 있을 때는 상당히 느릿하게 움직였지만 소수정예화한 지금은 일반인들이 따라올 수 없는 속도로 움직인다. 이 속도면 하루도 안 가서 서울에 도달할 것 같았다.

'뭘 하려는 거지?'

신윤범은 그들의 의도를 짐작할 수 없어서 혼란을 느꼈다.

그의 눈이 일행의 리더 격인 진유현에게로 향한다. 그를 바라보는 신윤범의 눈이 짜증으로 물들었다. 진유현은 그에게 안 좋은 기억을 잔뜩 안겨준 장본인이다. 자신의 절망을 어린애의 어리광쯤으로 취급하고 경멸한 그에게 신윤범은 강한 살의를 품고 있었다.

'지금이라도 손을 쓰면…….'

올림푸스의 힘이라면 진유현이 아무리 강력한 무력을 가졌다 한들 처리하는 것은 쉬운 일이다. 수십만의 요괴대군이 달려들면, 아니면 저곳으로 이동해서 매스 드라이버로 일격을 가한다면…….

하지만 그는 그런 충동을 눌러 참았다. 그렇게 하려면 그 곁에 있는 성아까지 휩쓸려 죽게 된다. 적어도 그녀에게는 직접 손을 대고 싶지 않았다.

신윤범은 진유현 일행의 상황을 최우선 모니터링 리스트에 올려두고 다시 눈길을 뗐다. 그들이 뭘 하려는지 모르겠지만 계속 지켜보면 알 수 있을 것이다. 그렇게 생각하면서 일단 대서양 상공에 떠 있던 올림푸스의 진로를 한반도로 잡았다.

Chapter 24
황금가지

오지윤은 오랫동안 잠들어 있었다. 인간의 잠이라고는 생각할 수 없을 정도로 오랜 시간에 걸쳐 의식을 잠재운 채 그 이면에서 움직이는, 꿈을 꿀 때 사용되는 무의식 일부를 사용해서 시스템을 움직인다.

황금빛으로 물든 숲 한가운데 잠든 그가 눈을 뜰 때는 이 지긋지긋한 연산이 끝나는 순간일 것이다. 그의 의식과 연결되어 있는 아카샤 시스템은 단 하나의 희망적인 답을 내기 위해 미래와 이어진 모든 가능성을 검토하고, 인간의 머리로는 수억 년 동안 계산해도 모자랄 엄청난 양의 연산을 계속한다.

'지윤아.'

이따금씩 파편화되어 스쳐 가는 꿈속에서 그는 자신을 부르는 목소리를 들었다. 어딘가 심통 맞은 소녀의 목소리, 익숙하고 친숙한 그 목소리가 그의 의식을 살짝 일깨운다.

망령처럼 흩어지는 모습으로 오지윤은 잠시 동안 그 목소리의 주인과 마주했다.

'이제 곧이야.'

그 목소리의 주인은 많은 이야길 할 수 있는 상황이 아니었다. 이 꿈은 그야말로 찰나다. 끊임없이 이어지는 연산의 일부를 잠시 지연시키고 그 틈에 끼어든 메시지에 지나지 않는다.

그러나 그것만으로도 지윤은 모든 것을 알아들었다. 황금빛을 발하는 나무 속에서 잠들어 있던 그의 입가에 살짝 미소가 스쳐 지나갔다.

* * *

"목숨을 건 특공?"

유현은 김지아의 말뜻을 이해할 수가 없어서 물었다. 이 상황에서 그 한 사람이 목숨 걸고 돌격한다고 뭐가 바뀔 수 있단 말인가?

"그래. 너밖에 할 수 없는 일이야."

그녀는 그렇게 말하면서 진선희에게 눈짓했다. 그러자 진선희가 검은 천에 감싸인 긴 막대기 같은 것을 꺼내서 건네주었다.

"이건 뭐지?"

"엑스칼리버의 칼집."

의아해하는 유현에게 그녀가 대답해 주었다. 유현은 깜짝 놀라서 그녀를 바라보았다. 아서왕 시대에 실종되었다고 알려졌던, 아니, 멀린의 말에 의하면 파괴되었다고 알려진 엑스칼리버의 칼집이 어째서 육도의 손에 있는 것일까?

"육도의 역사는 100년 정도밖에 되지 않았지만 사실 그 실체는 오래전부터 존재하고 있었지. 조직의 중심이 되는 불사천존은 수천 년 이상 살아오면서 성혼을 따라다녔던 존재였으니까. 그러니까 육도의 전신이 되는 조직에서 그가 퀸 오더와 다투고, 이것을 손에 넣었다 한들 이상한 일은 아닌 게야."

"그렇군."

파괴되었다는 말은 멀린의 거짓말이었던 것이다. 하긴 지금 상황을 보면 그가 엑스칼리버에 대해 말해준 것들도 의심 가는 구석이 많았다.

"그런데 이 칼집으로 뭘 하라는 거지?"

멀린이 말해준 바에 의하면 엑스칼리버의 칼집은 제어장치다. 계속되는 실전과 병행한 연구 덕분에 제어가 많이 능숙해지긴 했지만 아직도 그 힘에 휘둘리는 유현에게는 굉장히 반가운 물건이다.

하지만 왜 이제 와서 이걸 자신에게 준단 말인가? 엑스칼리버를 완전히 제어할 수 있게 된다 한들 뭐가 달라지지는 않을 텐데?

김지아가 말했다.

"너는 우리가 아는 한 유일하게 엑스칼리버를 완전히 다룰 수 있는 인물이야."

"음?"

유현이 의아한 표정을 지었다. 김지아의 말이 이어졌다.

"멀린 그 영감이 제대로 설명을 안 해준 것 같은데… 하여튼 현자 티를 내는 것을 좋아하는 양반이 또 주책을 부렸군. 그가 너에게 엑스칼리버를 준 것은, 네 눈이 엑스칼리버를 다룰 수 있는 열쇠이기 때문이야. 우리가 칼집을 갖고 있는 거야 그 양반도 잘 알고 있었으니 아마 이런 상황을 가정하고 깔아둔 포석이 아닐까 싶군."

"내 눈이? 하지만 엑스칼리버는 아서왕도……."

"아서왕도 다루었다, 하지만 그 이후 기나긴 세월 동안 엑스칼리버가 역사에 모습을 드러내는 일은 없었지. 무엇보다 단순한 검이 아니고 막강한 마법기임에도 불구하고 멀린 본인조차 그것을 사용하지 않았어. 그 이유가 뭐라고 생각하나?"

"그게 아서왕 외에는 아무도 쓸 수 없었기 때문이라고?"

"그래. 그건 신화시대… 정확히는 인간이 아직 지금의 인류가 아니었던 시절에 달의 특수한 환경을 이용한 시설과 환상향 아발론을 이용해서 만들어낸 강력한 마법기다. 당시의 인류에게는 비술은 없었지만 그걸 능가하는 막강한 능력이 있었고, 요정인들의 기술을 이해하고 있었지. 오히려 지금보다 그런 의미에서는 앞서는 구석이 있었어."

그 막강한 요정인들과 맞서서 승리를 거둘 정도로, 당시의

'인간' 들은 막강했다. 오히려 정상적인 생명체로 살아갈 권리를 획득하면서 그 힘이 극도로 쇠락한 것이다.

어쨌든 요정인들의 시설을 이용해서 만들어진 엑스칼리버의 용도는 아주 간단했다.

"세계수를 파괴하기 위한 도구다."

"이게?"

유현은 경악했다.

그 말대로라면 엑스칼리버 본체와 검집이 합쳐졌을 때, 정말로 이 상황을 반전시킬 수 있는 실낱같은 가능성이 생기는 것이다. 지금은 현존하는 그 어떤 수단으로도 세계수에 타격을 입히지 못하고 있지 않았던가?

"그것은 지금은 존재하지 않는 물질로 만들어졌고, 물질의 굴레를 초월해 자유자재로 변화하는 에너지체지. 왜냐하면 그 역시 순수한 퀘이사의 파편을 가공해서 만들어진 것이니까 같은 재료를 구할 수가 없는 거야."

퀘이사는 무엇이든 될 수 있다. 구세계의 '인간' 들은 지구에 떨어지는 퀘이사의 파편을 손에 넣고, 세계수를 파괴하길 바라는 염원을 담아 엑스칼리버라는 강력한 마법기로 벼려내는 데 성공했다.

"지금은 사라지고 없는 용서를 모르는 신의 진노 '궁니르', 성스러운 신의 창 '브류나크', 재앙의 불꽃을 품은 마검 '레바틴' 같은 신화적인 무기들이 엑스칼리버와 같은 용도로 만들어졌다. 하지만 그것은 현재 완전히 잃어버렸고 쓸 수 있는 사람도 없어. 그러나 아서가 퀘이사의 파편이 만들어낸, 본래는 현실에 존재하지도 않는 '용의 혈통' 이라는 것을 잇고 엑스칼리버의 주인이 되었듯이, 엑스칼리버와 마찬가지로 그 힘을 제어하기 위해 달에서 만들어진 하늘의 왼손과 땅의 오른손을 가진 너라면… 우리가 가진 마지막 패를 걸고 도박을 해볼 만하지."

김지아가 씩 웃었다.

유현은 새삼 놀람이 담긴 눈으로 스스로가 가진 것들을 돌아보았다. 엑스칼리버의 정체도 놀라웠지만, 여태까지 명확히 그 정체를 알 수 없었던 하늘의 왼손과 땅의 오른손 역시 놀라웠다. 그 안에 담긴 사념을 통해 고대에 퀘이사의 파편을 이용해 만들어졌다는 사실은 알아냈지만, 설마 그런 의도로 만들어진 것이었단 말인가?

"우리가 해줄 수 있는 일은 이게 전부다. 남은 것은 네가 그걸 써서 세계수의 시스템을 장악하는 것뿐이야."

"장악한다? 파괴하는 게 아니라?"

"네가 알고 있는 이야기를 잘 돌아보면 알 수 있을 거야. 구세계의 '인간' 은 인류가 되기 위해 세계수를 파괴하고 그들의 기술을 이용해서 그들의 종으로서의 지위를 빼앗았지. 그것은 세계수의 시스템을 이용해서 자신들의 존재 근원이 되는 영맥의 성질 그 자체를 완전히 바꾸었기에 가능했던 일이야."

결론적으로 엑스칼리버는 지금 지구 전역의 환경을 바꿔놓고 있는 세계수의 시스템 코어를 장악하고, 파괴할 수 있는 열쇠다. 지금까지 그 힘을 완전히 통제하지 못했던 유현은 단순히 방대한 규모의 뇌격을 불러내고 통제하는 의도로만 쓸 수 있었지만, 검집이라는 제어장치를 갖추게 되면 비로소 진정한 기능을 이끌어낼 수 있게 되는 것이다.

스르릉.

유현은 검의 형태로 구현한 엑스칼리버를 검집에 넣어보았다. 은은한 검푸른빛을 띤 오래된 검집은 엑스칼리버를 집어넣는 순간 희미한 빛을 발하며 급격하게 그 형태를 바꾸어가기 시작했다. 그것들을 손에 쥐고 있는 유현의 왼쪽 눈이 빛나며 어떤 정보를 읽어들였다.

잠시 후, 그 빛이 가라앉자 김지아가 물었다.

"해주겠나?"

유현의 대답은 정해져 있었다.

"뒷일을 부탁해."

그로부터 나흘이 지난 지금, 유현 일행은 빠른 속도로 북진하고 있었다. 그동안 함께 다니던 망혼 일행은 어린 지혜와 함께 광주 지하 플랜트로 보내고 유현과 난슬, 성아, 아일라, 신우와 한얼만 남았다.

"이제 곧 세계수림이 장악한 지역으로 들어간다."

유현은 아직도 기능하고 있는 육도의 위성을 이용하는 GPS로 위치를 확인하고 말했다. 광주 지하 플랜트에 들른 덕분에 바닥났던 탄약도 거의 보충했다. 덕분에 여기까지 오는 동안 몇 번 요괴들의 대군과 마주쳤어도 수월하게 전멸시키고 계속 북진할 수 있었다.

아일라가 말했다.

"좀 휴식을 취할 필요가 있겠군. 거기서부터는 쉬지 않고 싸워야 할지도 모르니까."

"그게 좋겠지."

유현도 그 의견에 동의하고 캠프를 했다. 불을 피우고 준비해 온 식료품으로 신우와 한얼이 최후의 만찬일지도 모르는 식사를 준비한다. 난슬과 성아도 돕긴 했지만 둘 다 아직 요리에 대해서는 별로 조예가 없었다.

유현은 바위 하나를 갖다 놓고 거기 걸터앉아서 일행들을 바라보았다.

원래 그는 혼자 올 생각이었다. 환몽여제 김지아의 제안은 그 외의 다른 사람의 목숨을 필요로 하지 않았으니까. 하지만 다들 자발적으로 따라나서는 바람에 줄줄이 달고 올 수밖에 없었다.

'뭐, 나쁘진 않군.'

이제 와서는 신우와 한얼조차도 한 사람 몫을 할 정도로 무력이 향상되었기 때문에, 이들이 함께 있다는 것은 큰 도움이 된다. 적어도 혼자 돌격하는 것보다는 승산이 올라가리라.

유현으로서는 묘한 기분이었다, 사지로 향하는 자신과 함께 목숨을 걸어줄 동료가 있다는 것은. 단순한 이해관계를 초월해서 그렇게 해줄 사람이 있다는 것은 얼마나 경이로운 일인가.

일행은 마지막 만찬이 될지도 모르는 식사를 마친 후에 세 시간 동안 휴식을 취하기로 했다. 여기까지 오는 동안 수면도 제대로 취하지 못했기 때문에 만전을 기할 필요가 있었다.

타닥타닥…….

유현은 다른 사람들과는 달리 지금도 만전의 상태를 유지하고 있었다. 시간이 흐를수록 퀘이사 에너지에 대한 통제력이 늘어나면서 자신의 신체를 조율하고, 힘을 다루는 능력이 늘어나는 것이 느껴진다.

"안 자?"

혼자서 모닥불을 바라보고 있을 때, 난슬이 침낭에서 고개를 들며 물었다. 유현이 대답했다.

"응. 너는 좀 자두지 그래?"

"나도 괜찮은 것 같아."

난슬이 꼬물거리면서 침낭에서 나오더니 유현의 옆자리에 앉았다. 그녀가 뭐라고 입을 열려는 순간, 또 한 사람이 움직이는 기척이 났다. 성아가 침낭에서 나오고 있었다.

"나도 잘 필요 없는 것 같아. 아니, 잠이 안 오네."

성아는 난슬에게 슬쩍 눈을 흘겼지만 둔한 난슬은 고개만 갸웃거릴 뿐이었다. 성아는 여태까지 그랬듯이 이번에도 괜히 맥이 풀리는 것만 늘리면서 유현의 맞은편에 앉았다. 문득 그녀가 물었다.

"서울은 어떻게 되어 있을까?"

"눈에 보이는 대로라면 경복궁이 있던 지점을 중심으로 수 킬로미터 일대가 세계수 본체에 잠식당했을 거고, 그 외의 지역, 경기도를 넘어선 일대까지 세계수림이 잠식. 그 안에서는 적들이 요괴를 끊임없이 만들어내고 있는 상황이겠지."

"경기도 일대라니… 거기, 뚫을 수는 있을까?"

"뚫어야지."

유현이 결연한 표정으로 대답했다.

지금까지 북상하면서 그들은 요괴들과 교전하는 일이 별로 없었다. 대부분 난슬의 결계술을 활용해서 피해갔기 때문이다. 이전에는 만날 때마다 하나하나 전멸시키고, 사람들의 무리를 발견하면 일단 머무를 만한 안전지대라도 마련해 주느라 시간을 허비했지만 지금은 그럴 수가 없었다. 최대한 빨리, 그리고 힘의 낭비를 줄이면서 세계수가 있는 곳까지 가야 했으니까.

하지만 일단 세계수림이 있는 곳까지 들어가면 요괴들의 이목은 피할 수 없을 것 같았다. 김지아가 말해준 정보에 의하면 세계수림을 이루고 있는 나무들 전부가 적들의 눈이고 귀라고 한다. 그러니 쉬지 않고 덮쳐드는 요괴들과 지쳐 쓰러질 때까지 싸워야 할 것이다.

경기도는 넓다. 세계수 본체가 있는 곳까지 가기 위해서는 수십 킬로미터의 거리를 가로질러야 한다. 그동안 적들이 따라붙으며 공세를 퍼부을 경우 이 인원으로 버텨낼 수 있을까? 아무리 일행 개개인이 막강하다고 하더라도 승산은 희박했다.

"모건 그 빌어먹을 작자처럼 공간이동이라도 할 수 있으면 좋겠는데 말이지."

유현이 피식 웃었다. 그런데 그때였다.

—빌어먹을 작자라니, 말이 심하구나, 애송이.

유현은 순간 눈을 부릅뜨며 벌떡 일어났다. 하지만 주변에는 아무런 기척도 없다. 그 어떤 존재도 놓치지 않는 유현의 눈에도 잡히지 않는다.

"왜 그래?"

난슬이 고개를 갸웃거리며 물었다. 아무것도 모르는 그녀의 얼굴을 보는 순간, 유현은 자신이 정말 환청을 들었나 생각했다. 하지만 그때였다.

우우우우웅…….

공간이 요동치기 시작했다. 동시에 강대한 마력이 엄습해 오면서 잠들어 있던 자들을 깨웠다. 채 2초도 되기 전에 아일라도, 신우도, 한얼도 모두 전투태세로 들어가서 무기를 뽑아 들고 유현의 주변으로 몰려들었다.

그리고 공간이 요동치며 모건의 모습이 나타나고 있었다. 커졌다 작아졌다, 아지랑이 너머의 풍경처럼 마구 일그러져서 흔들리던 그의 모습이 차츰 안정되어 간다. 유현은 그 과정을 가만히 지켜보고 있다가, 그의 모습이 완전히 안정되는 순간 땅을 박찼다.

파창!

충격파가 터지며 푸른 스파크가 사방으로 흩뿌려졌다. 유현이 주먹을 날리는 순간, 모건의 앞쪽에서 공간결계가 구축되면서 그 공격을 막아낸 것이다. 유현은 무시무시한 눈으로 그를 노려보며 퀘이사 에너지를 전개시켰다. 공간결계는 어떤 에너지 공격도 다른 공간 좌표로 이동시켜 무력화시킨다. 하지만 그것조차도 모든 존재를 근원으로 환원시키는 퀘이사 에너지에 걸리면 종잇장과 같다.

"잠깐, 잠깐!"

그때 모건이 신경질을 내며 손을 흔들었다. 그 말에 유현이 눈살을 찌푸렸다.

"아, 이 녀석 정말 성질 급하구만. 어르신을 보더니 다짜고짜 공격부터 해?"

"우리가 정겹게 대화를 나눌 만한 사이였던가?"

"쯧. 이래서 요새 젊은이들은 안 된다니까. 하여튼 사고가 표면적이라 좀 거북하다 싶으면 무조건 공격이나 해대고 말야. 이러니까 요즘 애들의 폭력성이니 뭐니 하는 게 문제라고 하는 거야."

"유언은 끝났나?"

유현은 그렇게 말하며 손을 휘둘렀다. 손끝에서 분출된 퀘이사 에너지가 청백색 궤적을 남기며 모건의 공간결계를 잡아 찢었다. 한순간에 공간결계가 돌파당하자 모건이 혀를 차며 손을 들었다.

쾅!

공간이 물결치며 유현이 뒤로 주르륵 밀려났다. 그 뒤를 따라 아일라가 달려들었지만 그 순간 위협적인 기운이 그녀의 뒤통수를 노렸다.

콰창!

아일라가 날아드는 것을 쳐내자 얼음이 산산조각 나 비산했다. 그리고 그 너머에서 금발을 휘날리는 라리사 고르디바가 수백 개체의 정령들에게 둘러싸인 채 압도적인 마력 파장으로 그들을 위압해 온다.

휘이이이이…….

기온이 급격하게 떨어진다. 주변이 순식간에 얼어붙으면서 공기 중의 수분이 응결되었다. 국지적으로 작은 우박들이 우수수, 떨어지면서 눈보라가 몰아치는 것 같은 광경이 연출되었다.

"크! 엄청나군!"

이 정도면 인간이 아니고 대요괴라고 해도 믿겠다. 방한결계로 냉기를 차단한 유현이 막강한 위력을 자랑하는 라이플, 브류나크 DX212를 꺼내서 그녀를 겨누었다. 그때 모건이 소리쳤다.

"잠깐! 잠깐! 아, 정말! 싸우러 온 거 아니라고 그랬잖아, 이 폭급한 놈!"

"……."

유현은 그에게 의심스럽다는 시선을 던졌지만 그는 얼굴을 시뻘겋게 물들인 채 씩씩거리고 있었다. 여태까지 한 대 때려주고 싶은 능글맞음을 자랑했던 그가 열받아 하는 것을 보니 왠지 재미있다는 생각이 들었다. 이야기 정도는 한번 들어봐 주자 싶을 정도로.

휘리리리리……

그리고 난슬이 일으킨 정화력이 떨어진 기온을 급격하게 회복시키기 시작했다. 유현은 라리사에게 총구를 겨눈 그대로 모건에게 말했다.

"싸우러 온 게 아니라면 뭐지?"

"이제 이야기를 들을 준비가 된 모양이군."

"지난번에 당신한테 엿먹어서 무슨 이야기를 듣건 신뢰하진 않겠지만."

유현은 비로소 총구를 거두며 대꾸했다.

2

일단 대화의 분위기가 형성되자 모건은 대뜸 투덜거리기부터 했다.

"아, 요즘 공간도약하기가 얼마나 힘든데, 남이 고생해서 왔더니 다짜고짜 공격부터 하다니."

"당신이 힘들든 말든 알 바 아니지. 무엇보다 공간도약이 그렇게 힘든 거였나?"

"지금 세계수를 중심으로 형성된 영자 네트워크가 나의 존재를 필터링하기 때문에 공간이동 자체가 위험하다. 한 번 시도할 때마다 어마어마한 부하가 걸리지. 높은 고도로 갈수록 그게 심해서 대기권 밖으로는 아예 나갈 엄두를 못 내고 있는 상황이고."

"필터링?"

유현이 눈살을 찌푸렸다. 왜 모건이 그런 조치를 당하고 있단 말인가? 지난번에 본 바로 모건은 분명 그들의 아군이었을 텐데?

'설마 지금 일을 벌인 게 그들과는 또 별개의 세력?'

아니, 그럴 리가 없다. 세계수를 강림시킨 조직 역시 분명히 같은 녀석들이었고, 그 싸움에서 유현은 과거의 잔재 중 하나였던 정도일을 죽였으니까.

모건이 설명했다.

"유감스럽게도 내가 지금 조직의 배신자 같은 몸이라서 말일세. 차근차근 이날을 준비하고 있었는데, 에밀 이 작자가 눈치를 챘더라고. 덕분에 나도 뒤통수를 맞았지."

"에밀 크레이그… 라고 했던가? 그 요정인이라는 작자."

"그래. 이름도 알고 있군. 그 작자가 바로 지금 세상을 이 모양 이 꼴로 만든 장본인이지."

"하지만 그렇게 되는 데는 당신도 일익을 담당하지 않았나? 그런데 이제 와서 배신자가 되어서 쫓기고 있으니 믿어달라고? 무리라고 생각하지 않나?"

유현은 불신의 눈길을 거두지 않았다. 모건이 무슨 말을 하든 적의 계책으로밖에 안 들린다. 물론 압도적인 우위를 차지하고 있는 그들이 이런 치졸한 계책을 쓸 이유는 없을지도 모르지. 하지만 그렇다고 하더라도 무슨 일이든 벌일 수 있기에 인간 아니겠는가?

모건이 난처한 표정으로 머리를 긁적였다.

"이것 참. 완강하구만. 이렇게 되면 보증인을 부르는 수밖에 없지."

"보증인?"

모건이 품에서 뭔가를 꺼내서 염동력으로 땅에 던져 놓았다. 자세히 보니 그것은 애들이 갖고 놀기에 딱 좋을 것 같은 장난감 로봇이었다. 하지만 매니아들이라면 눈을 반짝 빛냈을지도 모르는 고가의 초합금 로봇 장난감이다. 그 가치를 전혀 알아보지 못한 유현이 눈살을 찌푸리며 한마디 하려고 할 때, 갑자기 그 장난감이 눈을 빛내며 움직였다.

기이잉.

"음?"

유현은 외부로부터 어떤 파장이 흘러들어 그 안으로 스며드는 것을 감지했다. 잠시 후 장난감 로봇이 고개를 들더니 두둥실 허공으로 떠올라서 유현과 눈을 마주하고 음성을 토해냈다.

"여어, 아직 살아 있구나, 애송이."

"멀린?"

유현은 그 안에 깃든 의식이 대마법사 멀린의 것임을 확인했다. 단지 목소리만 듣고 판단하는 게 아니라, 그의 왼쪽 눈이 이전에 기억하고 있던 마력 파장과 정신파의 패턴을 대조해서 확인한 사실이었다.

"그래. 위대하신 대마법사 멀린이니라."

"…그런 꼴로 그런 소리 지껄여 봐야 웃기기만 하거든?"

"이게 얼마짜린데 그런 소릴. 4년 전에 생산이 중단된 프리미엄 모델이라 경매장에 가면 매니아들이 눈에 불을 켜고 갖고 싶어한단 말이다."

"……."

이 양반은 답이 없다. 그리고 답이 없는 행동을 하는 것을 보니 의심할 여지없이 멀린 본인이라는 것을 확신할 수 있었다. 상당히 서글픈 확신이다.

"어쨌든, 아주 유감스럽지만, 당장에라도 갈가리 찢어서 개먹이로 주는 편이 낫다고 생각하지만, 모건 이놈이 하는 말은 사실이다. 이런 개먹이만도 못한 놈이라도 일에 도움이 되면 써야지."

"아니, 지금 사람 앞에 두고 못하는 소리가 없어, 이 영감님이."

"시끄럽다, 이 배신자!"

"배신자가 맞긴 하지만 당신 조직의 배신자는 아니지."

모건은 그렇게 투덜거리며 멀린을 잡고 마력 전송을 차단해 버렸다. 의기양양하게 떠들어대던 초합금 로봇 장난감이 힘을 잃고 축 늘어진다.

"이 정도면 믿어줄 수 있겠나? 내가 자네를 도우러 왔다는 것을 말일세."

"믿기 싫지만… 믿을 수밖에 없겠군."

유현이 눈살을 찌푸렸다. 자신 이상으로 모건을 찢어 죽이고 싶어서 안달이 났던 멀린이 저렇게 말하고 있으니 믿을 수밖에. 얼마 전에 자신을 아주 제대로 엿먹인 작자를 믿고 도움을 받아야 한다니 아이러니하다.

하지만 생각해 보면 연옥에서 살아가는 자들이라면 그게 당연하다. 적도, 아군도 상황에 따라 수시로 바뀌는 삶. 오랜만에 그 단면을 맛본 것 같아서 쓴웃음이 나온다.

모건이 흠흠, 하고 헛기침을 하더니 말했다.

"그럼 일단 자네들이 걱정하는 사항은 내가 해결하지. 세계수 본체로부터 2킬로미터 떨어진 곳까지 자네들을 이동시켜 주겠네."

"2킬로미터? 왜 하필이면 그런 어중간한 거리지?"

"그 이상 접근하려고 했다간 세계의 틈새에서 미아가 되어서 존재 자체를 잃어버리는 수가 있으니까. 내가 시뮬레이션해 본 결과 공간이동으로 접근할 수 있는 한계거리는 1.4킬로미터였다네. 하지만 목숨이 걸린 일이니 안전주의로 가는 게 낫지 않겠나? 게다가 지금 내 힘도 이놈의 영자 네트워크의 필터링 때문에 급격히 소모되고 있는 판국이니 더더욱 주의해야 할 필요가 있다네."

모건은 불길처럼 흩어졌다 고정됐다를 반복하는 자신의 몸을 보면서 한숨을 쉬었다. 본래부터 불안정했지만 영자 네트워크가 전방위로 압박을 가해오고 있는 지금, 그 눈길을 피하면서 공간이동까지 하는 것은 정말 힘들다.

유현이 그를 가만히 바라보다가 물었다.

"왜 갑자기 마음을 바꾼 거지?"

"흠. 별로 마음을 바꾼 것은 아니라네. 처음부터 이럴 생각이었는데, 아니, 실은 좀 더 근사하게 저쪽의 뒤통수를 칠 생각이었는데 수를 읽힌 것뿐이지."

"당신의 의도가 뭐기에? 차라리 처음부터 7대세력에 모든 것을 알리고 그들을 파멸로 이끄는 편이 낫지 않았나?"

"그랬다가는 세계는 좀 더 험한 꼴을 봐야 했을 걸세. 그리고 나는 그런 마음을 품고 움직이는 순간 에밀에게 제거됐을 것이고."

모건이 유현이 말하는 대로 손쉬운 수단을 택하지 못한 이유를 설명했다.

에밀은 현대적 개념으로 말하자면 핵폭탄을 능가하는 전략병기를 갖고 있었다.

계획이 초반부터 차단당했다면 에밀은 이판사판으로 그걸 터뜨려서 지구를 멸망시켜 버렸을 것이다.

퀘이사 폭주 사태를 겪으면서 진리를 엿보게 된 모건은 그러한 사실을 알았기에 모든 것이 성취되고, 에밀이 미련을 가져 다같이 죽자고 폭주하지 못할 그런 상황이 성립되길 기다릴 수밖에 없었던 것이다.

그 이야기를 들은 유현이 에밀에 대한 평가를 내렸다.

"미친놈이군."

"미친놈이지. 자그마치 수만 년 전에 모든 것을 잃은… 그 세계의 망령인 걸세. 자기들의 과오로 태어났고, 자신들을 멸망으로 이끈 인류가 새로운 세계의 주인이 되어 있는 것을 보아온 그가 미치지 않는다면 그게 더 이상하지 않겠나?"

에밀의 광기는 당연한 것이다. 그가 자신이 원하는 것을 성취할 방법을 찾아내지 못했다면, 그는 기꺼이 인류와 함께 멸망하는 길을 택했을 것이다. 하지만 구세계의 기술과 인류가 만들어낸 비술을 모두 연구하던 그는 그것으로부터 새로운 가능성을 보았다.

유현이 물었다.

"그가 하려는 일은 도대체 뭐지? 왜 달에 가 있는 거야?"

가장 이해할 수 없는 것은 그가 굳이 달로 향해서 뭔가를 하고 있다는 사실이다. 세계 전역을 장악하고, 모든 인류에게 끊임없는 고통을 선사하는 신세계, 통일제국을 건설하는 것이 목적이 아니란 말인가?

모건이 턱을 쓰다듬으며 말했다.

"간단하지. 그는 인류를 전부 나락으로 떨어뜨릴 생각일세."

"나락으로? 지금도 충분히 나락 아닌가? 이 상황이 계속되면 인류는 멸망할 것 같은데?"

"그것으로는 불충분하네. 그는 인류가 자신의 종족으로부터 빼앗아간 것을 되찾고, 인류가 온전한 생명체로서 존립할 자격을 박탈해서 요괴와 같은 위치로 떨어뜨려 버릴 생각일세."

충격적인 이야기였지만 유현은 담담하게 받아들였다. 이미 멀린에게 이야기를 들었을 때부터 예측한 가능성이었으니 딱히 놀랄 이유는 없다.

"오지윤의 예측이 맞은 건가."

"지윤이 녀석이 그렇게 말했나?"

"응. 그러고 보니 그 녀석은 어떻게 됐지? 당신과 같이 있나?"

"그건… 말해주기가 곤란하군. 뭐, 하지만 적 측에 붙어 있는 것이 아니니, 곧 만나게 될 걸세."

"수상한 소릴 하는군."

유현의 눈이 살의로 번뜩였지만, 그는 일단 그것을 억눌렀다. 지금 상황에서 모건의 도움이 절실하기도 하고, 아직도 들어야 할 이야기가 남아 있었다.

모건이 계속 말했다.

"일단 그것이 첫 번째. 그리고 그렇게 된 인간들이 요괴와 서로 먹고 먹히고를 반복하다가 사멸해 가는 것이 두 번째."

이 사실은 현재 세계를 정복했다는 착각에 빠져 있는 미드가르드 이사진들은 모르는 것이다. 오로지 신윤범만이 에밀의 진의를 알고 그들을 비웃고 있었다.

"그리고 그런 세상에, 딱 살아남은 인간의 개체수만큼 자신의 동족들을 부활시켜서 지구를 구세계의 모습으로 되돌리는 것이 마지막. 그걸 생각하면 지금은 인간의 숫자가 너무 많아서 환경을 조성하는 김에 숫자를 좀 줄이고 있는 것에 불과해."

"요정인들을 되살린다고?"

유현이 깜짝 놀라서 물었다.

요정인들은 인간들을 낳았고, 결국 인간들에게 먹혀서 사멸했다. 아무리 에밀이 그 멸망 속에서 살아남은 존재라곤 해도 그들을 부활시키는 것이 가능하단 말인가?

모건이 고개를 끄덕였다.

"가능하다네. 에밀은 오래전 요정인이 어떤 생체 정보를 갖고 있었는지 모두 꿰고 있고, 세계수를 이용해서 유전적인 형질이 편중되지 않도록 조작해서 그들을 재탄생시키는 게 가능하다는 결론을 얻었네. 참고로 여기에는 자네의 눈과 연결된 퀘이사 포인트를 비롯, 지구 전역에 흩어져 있는 퀘이사 포인트들이 아주 중요한 역할을 담당했지."

"퀘이사 포인트가? 어떻게?"

"에밀은 나와 함께 퀘이사 포인트를 연구했지. 초기 연구에서 알아낸 사실을 갖고 그 후에 진행된 연구에서는 나를 배제했지만, 어쨌든 그렇게 해서 현재의 세계수를 만들어냈다네. 지금의 세계수는 구세계의 세계수와는 다른 것이야. 그것은 단순히 영맥을 제어하고, 영자 네트워크를 유지, 조작하고 지구 환경을 원하는 방향으로 변화시켜 가는 기능만이 아니라 내부에 있는 생체 공장을 통해서 원하는 자원, 그리고 생명체까지도 얼마든지 만들어낼 수 있게 되었지. 그것은 그 코어에 적절한 퀘이사의 파편들을 융화시켰기에 가능한 것일세."

7대세력이 손댈 수가 없어 봉인해 두기만 했던 퀘이사 포인트를 에밀은 그렇게 활용했던 것이다. 그것은 그에게 비술과 융화된 구세계의 기술이 있기에 가능했던 일이었다.

"지금 말한 것들은 사실 100퍼센트 확실한 것은 아니네만 나는 그렇게 추측하고 있다네. 이전에 주어졌던 정보와 현재의 상황을 전부 종합해 보니 그런 결론이 나오더군. 어쨌든 에밀에게 마지막으로 필요한 것은 현재 인류가 갖고 있는, 올바른 생명체로서 존립할 수 있는 권한뿐인데… 세계수를 통해서 이것을 빼앗을 수 있다면 그때부터는 더 이상 말이 필요없어지지 않겠나? 인간이 빼앗았던 권한을 다시 되찾아서 그것을 이용해 자신의 종족을 부활시키고, 그 자신은 진정한 신세계의 신이 되는 것이지."

"이건 완전 미칠 것 같군……."

입이 딱 벌어지는 스케일이다. 과연 수만 년에 걸쳐 꾸며온 계획의 실체답다는 생각이 들었다. 이 정도 되지 않으면 이렇게 뒤집어놓은 보람이 없겠지. 에밀이란 작자를 본 적도 없지만, 지금 당장에라도 얼굴을 보고 그 미간에 총알을 쑤셔넣어 주고 싶은 기분이다.

"나는 자네와 설악산의 일을 겪고 이런 몸이 되었을 때, 그의 진의를 전부 알게 되었지. 그리고 나서 그의 계획에 끼어들어서 반전을 준비하고 있었다네. 내 계획대로라면 세계수의 강림과 동시에 그 시스템을 장악해서 그들의 의도를 파괴할 수 있었겠지만… 수읽기에서 밀렸지. 덕분에 그나마 준비해 둔 카드를 사용하려고 뛰어다니는 중이라네."

"나도 당신의 카드 중 하나인가?"

"마지막 카드지."

모건이 씩 웃었다. 유현은 그를 가만히 보고 있다가 입을 열었다.

"하나만 선언해 두지."

"뭔가?"

"일이 다 끝나고 내가 살아 있다면… 당신도 죽여 버리겠어."

유현이 흉흉한 살기를 뿜어내며 말했다. 모건은 눈을 크게 뜨더니, 이내 피식 웃으며 대답했다.

"마음대로 하게나."

* * *

천공대륙 올림푸스. 현재 세계를 재앙의 구렁텅이로 몰아넣은 미드가르드의 중추에 한 소녀가 서 있었다. 눈처럼 새하얀 백발에 창백한 푸른 눈동자를 가진 소녀는, 금방이라도 햇살에 녹아 스러질 듯 위태로워 보였다. 그녀는 무심한 얼굴로 천공대륙 아래쪽을 돌아보고 있었다. 거대한 땅덩어리가 시속 500킬로미터의 속도로 이동하고 있으니 잠깐 발을 헛디디면 사망하게 될지도 모른다. 하지만 그녀는 개의치 않고 가장자리에 서서 아래쪽을 굽어보았다.

문득 그녀가 고개를 돌렸다. 그렇게 하는 것이 정해졌던 것처럼 자연스러운 움직임이었다. 그리고 그 시선이 닿은 곳에 한 남자가 서 있었다.

"릴리, 위험해."

예언자 릴리아나는 자신을 이곳으로 데려온 흑검사 세르반테스를 바라보았다. 음울한 눈동자를 가진 그가 왜 자신을 이곳으로 데려왔는지는 잘 알고 있었다. 그에게 있어 인간적인 집착을 불러일으키는 대상이 릴리아나와 아일라뿐이었기에, 그는 데스트레자가 궤멸당할 때 무리해서 릴리아나를 납치해옴으로써 그 목숨을 구한 것이다.

릴리아나는 가만히 그를 바라보다가 허공에 발을 디뎠다. 거리낌없이 투신자살하려는 그녀의 모습에 세르반테스가 헛숨을 삼키며 번개처럼 달려들었다.

"릴리!"

―내가 여기서 파멸을 지켜보는 게 무슨 의미가 있을까요?

그의 품에 안긴 채로 입을 릴리아나가 입을 달싹여 물었다. 세르반테스 역시 독순술을 터득했기에 그녀가 하고자 하는 말을 알아들을 수 있었다.

자신을 끌어안은 남자를 올려다보는 그녀의 얼굴은, 도저히 상황에 어울리지 않게 무심하기만 했다. 감정이 모두 마모되어 사라져 버린 것처럼.

"너는… 너는 이렇게 될 것도 다 알고 있었잖아, 릴리."

―그래요. 이건 내 선택이에요. 난 당신이 조직을 배신할 것

도, 당신이 나를 납치해 올 것도… 모두 알았죠. 혹은 그럴 가능성을 보았죠. 그러니 이건 내 책임일까요?

"…아니."

세르반테스는 고개를 저었다.

예언자인 그녀가 미래를 읽고, 이렇게 될 미래를 선택했다고 하더라도 행동한 것은 세르반테스다. 세계를 향한 경멸과 증오를 참을 수가 없어서 모든 것을 파멸시킬 조직에 속하게 된 것은 오로지 그의 책임져야 할 선택이었다.

—가엾은 세르반테스.

릴리아나가 그의 볼을 쓰다듬으며 입을 달싹였다.

—아일라가 올 거예요.

"아일라가… 살아 있나?"

—그리고 당신은 그녀를 만나게 될 거예요.

릴리아나는 담담하게 예언을 들려주고는 그의 품에서 벗어났다. 그리고 하얀 머리칼을 휘날리며 천공대륙에 마련된 자신의 거처로 향했다.

그녀의 뒷모습을 바라보고 있던 세르반테스가 흠칫하며 눈살을 찌푸렸다. 그가 뒤를 돌아보니 신윤범이 처음부터 그곳에 있었던 것 같은 모습으로 서 있었다.

"아, 방해되었나요?"

"기척도 없이 나타나는 일은 삼가줬으면 좋겠군."

"미안합니다. 이 위에서 이동할 때는 기척이 의도하지 않는 한 안 나더라고요."

신윤범이 부드럽게 웃었다.

시스템의 중추인 옴팔로스를 주관하고 있는 그는 천공대륙 위에서는 자유자재로 공간이동을 할 수 있었다. 아직 시도해 본 적은 없었지만 계산상으로는 지구 전역에 구축된 영자 네트워크를 타고 이동할 수 있을 것이다. 자신의 몸을 양자화한 후에 광속을 뛰어넘는 속도, 정확히는 완벽하게 동시적으로 목표 지점으로 향한 후에 그곳에서 스스로를 재구축시키는 방식으로. 그것은 구세계의 요정인들이 일상적으로 사용했던 능력 중에 하나로 모건이 구현한 공간이동과는 완전히 다른 원리였다.

"어쨌든 그녀의 상태는 계속 모니터링하고 있으니 염려할 것은 없습니다. 실은 그녀는 당신이 안 보는 동안에도 한 번 투신을 시도했어요."

"정말인가?"

"예. 마치 누군가 자신을 잡을 것을 알고 있는 것 같은 무심한 행동이라, 지켜보고 있던 저도 깜짝 놀랐습니다. 제가 붙잡자 당연히 그럴 거라고 생각했던 태도더군요. 예언자란 무서운 것 같아요."

신윤범은 여태까지 많은 예언자들을 보아왔다. 당장 망혼에만 해도 작년까지는 예언자가 있었던 것이다. 하지만 그들 중 누구도 릴리아나처럼 절망적인 능력을 가진 자는 없었다. 그녀는 분명 신윤범이 헤아릴 수 없는 절망을 품은 채 지금까지 살아왔으리라.

'그런데 어째서 포기하지 않는 거지?'

신윤범은 그것을 이해할 수 없었다.

어째서 자신보다 더 깊은 절망을 호흡하며 살았을 텐데도 희망을 볼 수 있는 것일까. 이 빌어먹을 세상이 망해 버리고 모든 비극이 무(無)로 돌아가길 바라는 마음에 동조하지 않고, 누군가 자신이 누리지 못하는 행복을 누리길 바랄 수 있는 걸까. 신윤범은 도저히 그것을 이해할 수 없었다.

"그 애는 우리와는 달라."

마치 그의 마음을 읽은 것처럼 세르반테스가 말했다. 신윤범의 시선이 자신에게 향하자, 그는 복잡한 표정으로 릴리아나가 사라진 곳을 보며 말을 이었다.

"그렇기에 우리는… 그 아이를 사랑할 수밖에 없었지."

무수히 절망하고 분노하면서도 세르반테스는 릴리아나를 불쌍히 여기고, 그녀를 사랑하는 마음을 지울 수 없었다. 그렇기에 목숨을 걸고 데스트레자의 본진에 잠입해서 그녀를 납치해서 목숨을 구해놓았다.

"이해할 수 없군요."

신윤범은 고개를 저으면서도 성아와 지혜를 떠올렸다. 자신이 이 지구에 남긴 유일한 미련이라고 할 수 있는 두 사람의 얼굴을.

'하지만 어차피 모두 다 끝날 거야. 그분이야말로 우리의 업을 종결지을 수 있는 신이니까.'

자신의 손으로 어떻게 할 용기가 없기에, 누군가 어쩔 수 없는 상황을 만들어주길 바란다. 이 얼마나 비겁한 태도란 말인가? 하지만 신윤범은 그 사실을 알면서도 거기서 벗어날 수 없었다.

문득 그가 눈살을 찌푸렸다. 옴팔로스 시스템이 뭔가를 감지했기 때문이었다.

"모건 D.S. 발데스……!"

영자 네트워크의 최우선 필터링 대상인 그가, 신윤범이 주목하는 대상들에게 접근했다. 동시에 왠지 모르게 그에 대한 인식이 흐려진다. 지구 전역에 깔린 영자 네트워크는 세상 그 무엇도 놓치지 않고 잡아낼 수 있었을 텐데, 마치 인식장애술에 걸린 일반인처럼 인식이 흐려지고 그의 모습도, 좌표도 잡아낼 수 없게 되고 있었다.

하지만 신윤범은 인식이 완전히 흐려지기 전, 그의 곁에 성아가 있는 것을 확인했다.

"이런……."

"왜 그러지?"

신윤범의 낯빛이 변하는 것을 본 세르반테스가 긴장하며 물었다. 신윤범은 왠지 모를 불길함으로 심장이 뛰는 것을 느끼며 말했다.

"속도를 높여야겠군요. 그 아가씨가 밖으로 나오는 일이 없도록 해줬으면 합니다."

그 직후 그의 모습이 사라졌다. 올림푸스가 음속에 가깝게 속도를 높이면서, 천공의 대기가 비명을 지르며 찢어지기 시작했다.

3

공간이동은 한순간에 이루어졌다. 엉망진창으로 흔들리는 배 위에 오랫동안 타고 있었던 것처럼, 울렁증을 잔뜩 동반한 공간도약은 단번에 그들이 가야 할 거리를 줄여주었다. 경기도 전역을 점령한 세계수림을 1분도 안 되어서 뛰어넘고 너무나도 거대한 세계수 본체와 마주하게 되다니 황당할 정도였다.

"맙소사."

신우가 믿을 수 없다는 듯 주변을 둘러보며 혀를 내둘렀다.

경기도 바깥쪽에서 볼 때는 아직 멀고 흐릿한 실루엣이었던 세계수 본체가, 지금은 한눈에 다 들어올 정도로 크고 뚜렷하게 보였다. 고개를 위로 향하다 보니 저 아득한 고도에 구름이 모여들어 그 위쪽을 가리고 있는 것을 알 수 있었다.

"일단 내가 해줄 수 있는 것은 여기까지다. 이제부터는 알아서 하게나."

모건이 초췌해진 목소리로 말했다. 방금 전까지와 비교해도 명백히 피로가 가중된 것 같은 그 목소리에 유현이 그를 가만히 들여다보았다. 몸이 흩어지고 투명해졌다 다시 원래대로 돌아왔다를 반복하고 있는 그는 정말로 상당히 힘들어하고 있는 것 같았다.

"끔찍해."

난슬이 주변을 둘러보며 말했다. 본래 번화한 도시였던 이 근처는 무한히 자라나던 나무들에 집어삼켜져 붕괴해 간 도시의 모양이 남아 있었다. 마치 폭탄이라도 맞고 그 충격으로 도시가 붕괴한 뒤 한 천 년쯤 지나면 이런 모습이 되지 않을까 싶은 그런 풍경이다.

하지만 그 파멸적인 풍경을 감상하고 있을 여유는 없었다. 주변에서 위협적인 기척들이 다가들기 시작했기 때문이다.

"벌써 오는 건가."

"그럼 뒷일은 잘 부탁하네."

모건이 힘없이 웃으며 말했다. 유현이 눈살을 찌푸렸다.

"도망칠 셈인가?"

"내 할 일이 이것만이 아니라서 말일세. 그럼 힘내주게나."

모건은 다시 라리사와 함께 공간이동을 시도했다. 세계수림 안에서는 공간이동을 하기가 더더욱 힘들었지만 그는 최대한 정신을 집중해서 어떻게든 의도한 장소로 공간이동을 할 수 있었다.

그가 사라지자 유현이 검을 뽑아 들었다. 동시에 육중한 발소리가 들려오며 대지가 흔들렸다.

쿵! 쿵! 쿵!

"크, 크다."

신우가 입을 떡 벌렸다.

숲을 해치며 걸어오는 것은 코끼리보다도 세 배 정도는 큰 괴물이었다. 이곳에 있다는 것이 이해되지 않는 생물, 코모도 드래곤을 초대형으로 잡아 늘리면서 여기저기를 기괴하게 비틀어놓은 것 같은 요괴다. 그 요괴가 일행을 발견하자마자 눈에서 사이한 빛을 발하며 입을 벌렸다. 그 입으로부터 검록색을 띤 방사능 폐기물 같은 독안개가 몰려들기 시작했다.

"젠장. 처음부터 대요괴인가?"

유현은 그렇게 투덜거리면서도 별로 위축되진 않았다. 마법포켓을 전개해서 브류나크 DX212를 꺼내 들고 파괴력이 큰 묘르닐 라이트닝 블래스터 버전을 장전, 초대형 요괴를 향해 총구를 겨누고 방아쇠를 당긴다.

쾅!

폭음과 함께 요괴의 몸이 터져 나갔다. 덩치가 큰 만큼 일격에 끝장나진 않았지만 상당한 타격을 입은 것을 알 수 있었다. 요괴가 독안개 토하기를 멈추고 비명을 지른다. 그 위로 성아의 불꽃이 작렬했다.

화아아아악!

폭염이 요괴의 상처 부위로 스며들어서 한순간에 그 몸을 불태운다. 주변이 숲이라서 큰 화재로 번질 수도 있는 상황이었지만 성아는 개의치 않았다.

'차라리 다 타버리라고 하지.'

성아는 그런 생각으로 요괴가 고통에 몸부림치며 날뛰는 것을 내버려 두었다. 일행이 요괴를 피해서 이동하기 시작했을 때, 등뒤에서는 결국 나무들에 불이 옮겨 붙어서 화재가 일어났다.

"괘, 괜찮은 거예요, 저거?"

신우가 당황해서 물었지만 성아는 콧방귀를 뀌며 대답했다.

"될 대로 되라지! 이깐 숲이 다 불타든 말든 무슨 상관이야?"

"너, 너무 막 나가는 것 같은데요, 누나."

키키키키!

그때 숲 곳곳에서 인간형 요괴들이 나타나기 시작했다. 서울 참사 때 수많은 이들의 시체가 발생했고 그 모든 것들이 요괴로 재탄생했다. 인간을 기반으로 한 요괴들은 설령 등급이 낮더라도 지능이 높고, 요력을 이용한 재주에도 능통하기에 주의해야 할 상대였다.

인간형 요괴들이 화약 발화 억제 마법을 사용했다. 그리고는 의기양양하게 달려든다. 하지만 신우는 코웃음을 치며 가우스 라이플을 겨누었다.

"하루살이 같은 녀석!"

쾅!

폭음과 함께 달려들던 요괴가 터져 나갔다. 한때 인간이었던 괴물이긴 하지만, 다들 괴물은커녕 인간을 죽일 때도 별로 심적으로 괴로움을 느끼는 이들이 아니다. 난슬만 좀 눈살을 찌푸렸을 뿐이었다.

"키이이?"

예상 밖의 사태에 요괴들이 경악했다. 그 위로 신우의 총격이 계속 날아들어서 하나하나 박살 내버렸다.

"정화술은 안 먹히는 것 같아."

난슬이 주변에 결계처럼 펼쳐 두었던 정화술을 거두며 투덜거렸다. 저급한 요괴나 사기에 오염된 시귀 같은 것들은 그녀의 정화술만으로도 얼마든지 올바른 상태로 되돌릴 수 있었다. 그러나 이 숲이 무한히 비틀린 힘을 제공하기에 한순간 그 뒤틀림을 역전시키는 것만으로는 어떻게 되지 않는 모양이다.

그나마 다행인 점을 말하라면 역시 요괴들의 질이 전반적으로 낮다는 것 정도? 유현으로서는 2년 전에 퀘이사 폭주 때가 생각나는 상황이었다. 적들은 일단 요괴를 대량으로 뽑아내는데 주력하고, 강력한 요괴는 그리 많이 만들지 않은 모양이었다.

"그럼 전부 해치우고 가는 수밖에 없군. 고작 2킬로미터야. 전속력으로 간다."

유현이 선언하고는 일행과 보조를 맞추어 이동하기 시작했다. 그 혼자만이라면 2킬로미터 정도의 거리는 한순간에, 요괴들조차 전혀 따라올 수 없는 속도로 가로지를 수 있었지만 지금은 일단 일행들과 보조를 맞춰야 했다.

'세계수 안으로 들어가야 해.'

엑스칼리버와 퀘이사의 힘을 이용해서 세계수의 외피를 돌파하기만 하면 된다. 김지아와 모건의 예측에 따르면 그 안쪽에는 커다란 공동과 생체 공장이 존재하고 있을 거라고 한다.

거기까지 들어가기만 하면 요괴들의 위협으로부터는 벗어날 수 있다.

푸드드드득!

빠르게 돌진하는 그들의 뒤로 요괴들이 따라붙었다. 숲으로부터 날아오른 새 요괴들과 곤충 요괴들, 그리고 작은 짐승 요괴들과 인간 형태의 요괴들이 무서운 기세로 달려온다. 그뿐만 아니라 앞쪽에서도, 아니, 사방천지에서 요괴들이 나타나서 그들을 포위하려고 들고 있었다. 하지만 일행은 돌진 속도를 전혀 죽이지 않은 채 사방으로 총격과 주술을 난사했다.

유현은 엑스칼리버의 힘을 불어넣은 검으로 길을 여는 한편 총격으로 중거리까지 접근한 요괴들을 원샷원킬로 떨어뜨렸고, 난슬의 결계가 원거리에서 날아드는 공격들을 막아내었고, 코앞까지 접근해 오는 요괴들은 아일라의 검이 용서없이 참살했다. 그리고 막강한 화력을 자랑하는 성아의 주술과 신우와 한얼이 가우스 라이플을 들고 난사하는 총격은 생사를 도외시하고 달려드는 요괴들조차도 접근하기 어렵게 만들었다.

"키이이이?"

고작 여섯 명인 주제에 막강한 힘을 발휘하는 일행들을 보며 요괴들이 경악했다.

"칫. 영력이 슬슬 바닥이야."

사방으로 주술을 난사하던 성아가 피로한 기색으로 투덜거렸다. 그러더니 품에서 피로회복제를 꺼내서 뚜껑을 따고 원샷, 그다음에는 유현이 만든 정령석을 특수한 가공을 통해 액화시킨 영력 충전액을 원샷한다. 그리고 잠시 정신을 집중하자 바닥을 보였던 영력이 차오르며 전신에 활력이 돌기 시작했다.

"좋아… 우읍!"

의기양양해하던 성아가 갑자기 구토기를 느끼며 몸을 꺾었다. 가까스로 토하는 것만은 참은 성아에게 유현이 흘끔 시선을 주면서 말했다.

"그러게 그냥 정령석 형태로 쓰라니까. 흡수가 빠른 건 좋지만 반동이 너무 큰 것 같은데."

"이런 때 느긋하게 정령석을 흡수하고 있을 수는 없잖아."

성아는 투덜거리면서도 정령석을 가공해서 액화시키는 아이디어를 낸 지혜를 떠올리며 살짝 이를 갈았다. 부작용 따윈 걱정할 필요 없다고 하더니 잠깐 동안 주술을 쓰지도 못할 정도로 속이 엉망이 되잖아!

'지혜야, 돌아가서 두고 보자.'

으르렁거리던 성아는 속이 좀 안정됐다 싶자마자 다시 주술을 난사했다. 폭염과 뇌격이 사방으로 쏟아지면서 요괴들을 갈가리 찢어버리고, 그것으로도 모자라서 세계수림 전체로 화재가 번져 가기 시작했다.

"후후후, 다 타버려!"

"…누, 누나, 무서워요."

"너도 태워줄까?"

"아뇨."

신우는 슬금슬금 몸을 사리면서 가우스 라이플의 총탄을 재장전했다. 그리고 그동안 발 아래쪽을 달려서 뛰어드는 쥐새끼 요괴를 발끝으로 걷어차고, 전광석화처럼 검을 뽑아 들면서 거대화된 사마귀 요괴를 베어버렸다.

스칵!

검광이 난무하면서 자잘한 요괴들이 산산조각 나서 흩어진다. 신우는 자신의 공격이 불러온 결과에 만족하면서 히죽 웃었다.

'훗. 지옥훈련의 성과가 있군.'

유현과 아일라에게 교대로 두들겨 맞아가면서 보낸 지옥 같은 시간은 결코 헛되지 않았던 것이다. 그렇게 훈련에 훈련을 거듭하고, 지난 2개월간 실전을 통해 체화된 전투 능력은 이제 일류의 그것이었다.

"거의 다 왔어!"

그때 유현이 외쳤다. 동시에 왼쪽 눈이 빛나면서 엑스칼리버의 힘이 전개되었다. 공간을 타고 미약하게 흐르던 뇌전이 강렬해지면서 지상에 우레의 신이 강림했다.

꽈르르릉!

폭음과 함께 충격파가 사방을 휩쓸었다. 일격으로 수십의 요괴들을 날려 버린 유현은 마침내 세계수의 거대한 뿌리 위를 달리고 있었다. 그리고 전속력으로 그 위를 달려서 세계수의 본체에 닿는 순간, 엑스칼리버를 검의 형태로 되돌리면서 기분 나쁘게 꿈틀거리는 외피 위로 깊숙이 박아 넣었다.

파칫.

세계수로부터 비롯된 이상한 파장, 마치 고통에 항의하는 것 같은 느낌을 주는 파장이 전신을 훑고 지나간다. 주제에 생명체랍시고 몸에 칼 꽂으니 아프다고 소리 지른다 이건가? 유현은 입매를 일그러뜨리며 퀘이사의 힘을 해방시켰다. 세계수의 몸에 박힌 엑스칼리버가 울부짖으며 뇌격을 토해냈다.

*　　　*　　　*

라리사 고르디바는 세계수 위를 걷고 있었다. 거의 수직으로 뻗어 있는 그 나무 위를 평지를 걷는 것처럼 걸으면서, 조금 위쪽을 걸어 올라가고 있는 모건에게 물었다.

"왜 그들에게 거짓말을 한 겁니까?"

두 사람은 유현 일행과 헤어지는 즉시 세계수 위로 이동했다. 2킬로미터 지점까지밖에 이동하지 못한다는 말은 거짓말이었던 것이다. 시스템 중추에 가까워지는 만큼 영자 네트워크가 가하는 압박도 강해져서 모건의 모습은 더 이상 살아 있는 인간이 아니라, 흐릿한 불길이 모여서 그려낸 환영 같긴 했지만 어쨌든 여기까지 오는 데는 성공했다.

"내가 여기 있다는 것을 좀 뒤늦게 알아주는 편이 좋으니까."

"무슨 의미가 있죠?"

"난 일단 자윤이 녀석을 달로 올려보내고 싶단 말일세. 진유현 녀석이 세계수를 장악하고 파괴하는 것은 그 뒤의 일이 되어야 한단 말이지."

모건은 하늘을 올려다보며 말했다. 세계수에 딱 붙어 있는 상황에서는 위로 우거진 거대한 가지들과 구름층 때문에 하늘도 보이지 않는다. 당연히 그 위에 있는 달도 보이지 않았다.

"어쨌든 살아남은 작자들이 내 마법에 협조해 주고 있는 덕분에, 올림푸스 쪽에서는 내 존재를 확정짓지 못하고 있을 게야. 운이 나쁘면 다른 요인 때문에 걸렸을 수도 있겠지만."

그 우려가 들어맞았다는 것을 알면 모건은 혀를 차게 될 것이다.

모건은 세계수 강림 때, 영자 네트워크의 탐지로부터 벗어날 수 있는 일종의 바이러스, 혹은 스파이웨어 같은 술식을 영맥에 심어두었다. 에밀의 기술을 이해하고 퀘이사에 의해 분해, 재구축되면서 진리에 도달한 모건이기에 가능한 재주였다. 그러나 혼자서는 그것을 유지하면서 여기까지 오기가 힘들었기 때문에 위치 퀸과 멀린을 비롯한 7대세력의 생존자들에게 협력을 부탁했고, 그 협력 덕분에 신윤범이 제어하는 시스템의 허점을 찔러가면서 여기까지 올 수 있었다.

그래서 신윤범은 모건의 존재를 잡아낼 수 없었던 것이다. 하지만 그는 성아와 지혜에게 미련을 갖고 그들을 우선적으로 모니터링할 대상으로 올려두었고, 그 곁으로 접근한 모건은 신윤범의 탐지망에 한순간이지만 잡히고 말았다.

8킬로미터 높이까지 올라온 모건은 문득 세계수가 이질적인 파동을 발하는 것을 느꼈다. 마안을 통해 뿌리 쪽을 보니 그새 유현 일행이 놀라운 돌파력으로 그곳까지 도달했다는 것을 알 수 있었다.

"빠르기도 하군."

하지만 이미 준비는 다 갖춰졌다. 이제는 준비해 온 것을 실행하기만 하면 그만이다. 그다음에는 진유현을 돕던가 아니면…….

"음?"

문득 그가 눈살을 찌푸렸다. 이곳보다 훨씬 높은 지점으로부터 터무니없는 에너지 파장이 느껴지고 있었다. 주변을 둘러싸고 그를 압박하던 영자 네트워크가 격하게 요동치며, 정보의 소통량을 압도적으로 늘려가는 것이 느껴진다. 그 사이에 있는 그조차도 엉뚱한 정보들을 수신할 수 있을 정도였다.

"뭐죠?"

라리사가 불길함을 느끼며 물었다. 모건이 대답했다.

"놈들이 알아차렸다. 아니, 뭔가 다른 요인이 있는 건가? 어찌 됐든 서둘러야겠어."

하늘 저편, 고도 2만 7천 미터 지점에 천공대륙 올림푸스가 그림자를 드리우고 있었다. 세계수 위에 도달한 올림푸스가 서서히 고도를 낮춰오는 것이 느껴진다. 그들이 모건의 수작을 알아차리고 대응책을 내놓기 전에 준비한 것을 시작해 버려야 했다.

모건은 세계수의 한 지점으로 손을 집어넣었다. 나무 껍질이 뜯겨져 나가면서 그 안에서 푸른 빛이 일어나기 시작했다. 그것은 세계수 강림 때 오지윤이 박아 넣은 지혜의 파편이었다.

"안쪽에 있느냐?"

—네.

모건의 물음에 텔레파시로 대답이 들려왔다. 그것은 바로 오지윤의 목소리였다.

세계수 안쪽에 마련된 좁은 공간에는 오지윤이 2개월여의 시간 동안 잠들어 있었다. 처음에 지혜의 파편을 박아 넣고, 세계수의 생체코드를 해석해서 그 안에 특정한 명령을 심어놓은 다음 안으로 침투했던 것이다. 그 후 오늘 이 순간을 위해서 동면한 채로 끊임없이 연산작업을 계속해 왔다. 본래는 밑동 지점에 잠입했었지만 그 후에 세계수가 계속 성장하면서 여기까지 올라와 버리고 말았다.

본래는 궤도 엘리베이터가 완성되는 것과 동시에 모건이 대기권 밖으로 나가서 지윤을 위한 명령을 실행, 그와 함께 달로 향할 생각이었다. 하지만 에밀에게 수읽기에서 뒤지는 바람에 이렇게 번거로운 방법을 쓸 수밖에 없었다. 세계수 시스템 안에 심어둔 것들이 그 주변을 완전하게 장악하고, 영자 네트워크가 그 행동을 탐지하지 못하게 되는 마법이 완성되는 순간을 기다리면서.

"세계수의 구조는 전부 파악했나?"

—완전히. 하지만 지금 이 상태로는 못 움직여요.

"그건 내가 도와주마. 안쪽에서 생체 공장이 궤도 엘리베이터로 자재를 보낼 때, 거기에 올라타고 달로 가라. 거기서부터 할 일은 더 말하지 않아도 알겠지?"

—저 혼자 가도 에밀을 어떻게 할 수 있겠어요?

"2개월 동안이나 그 안에서 세계수의 힘을 흡수했으니 될 거다. 너는 이미 세계수의 시스템을 장악하고, 그 힘을 이용해서 스스로를 변혁시킬 수 있게 되었다. 대기권을 막은 영자 네트워크만 어떻게 되면 나도 곧 따라가도록 하마."

—알겠습니다. 어째 위험한 자리에는 쏙 빠지고 저만 자폭하라고 등 떠미는 느낌인데요, 이거.

"투덜거릴 여유가 남았으니 다행이군."

모건은 피식 웃으며 지혜의 파편과 공명, 필요한 작업을 수행했다. 저 안쪽에서 지윤의 정신파가 멀어져 가는 것이 느껴진다. 동시에 쿠르릉, 하고 그들이 발 딛고 선 자리가 한차례 흔들렸다.

세계수의 내부에서 자재 운반용 라인이 기동하기 시작한다. 에밀이 필요로 하는 자재들이 세계수의 세포 사이사이의 공간을 타고 이동되었다. 동면 상태에서 깨어난 오지윤은 그 위에 올라타고, 마법을 이용해 신체 상태와 앞으로의 생존에 문제가 될 만한 요소에 대응하는 기능을 펼치며 궤도 엘리베이터로 향하고 있었다.

"좋아."

모건이 씩 웃었다.

1단계는 성공이다. 이제 지윤은 궤도 엘리베이터를 타고 달로 향하게 된다.

절대진공의 세계인 달은 그들이 알고 있는 것과는 많이 달라져 있을 것이다. 에밀은 아마도 그곳을 구세계 시절의 모습으로 복원시키고, 그곳에서 뭔가를 꾸미는 것이 분명했다.

'왜 굳이 달에서 작업을 진행한 것인지 잘 모르겠단 말이지…….'

달에 대해서는 여러 의혹들이 남아 있는데, 모건도 여기에 대해서는 완전히 파악하지 못했다. 에밀이 그렇게 달의 상황에 집착하여 굳이 모건을 보내어 탐사까지 하게 한 것도, 지구의 영맥을 완전히 장악했으면서 굳이 달에서 마지막 작업을 수행하는 것도 이유를 잘 모르겠다.

"일단은 지윤이 녀석에게 거는 수밖에 없군."

"믿음직한 구석이 없는 애송이한테 최후의 도박을 한다니 달갑지 않군요."

라리사가 담배를 입에 물며 투덜거렸다. 모건이 피식 웃으며 그녀에게 손을 뻗었다.

"나도 한 대만 주게나. 한 대 피고 나서 다음 행동으로 들어가자고."

그때, 그들이 있는 고도에 영자진동을 일으키는 파동이 스쳐 지나갔다. 모건은 그것이 수십 명 규모의 텔레포트임을 간파하고 담배연기를 뱉어냈다.

"이런, 행동이 생각보다 빠른데. 하지만 다행히 지윤이에 대해서는 눈치채지 못한 것 같고, 진유현 녀석 좀 고생하겠군."

4

엑스칼리버의 힘을 해방시키자 세계수의 외피가 산산이 터져 나갔다. 유현은 그 반동을 마법으로 막아내며 앞쪽으로 나아갔다. 마치 자신의 몸 안에 작렬한 무시무시한 힘을 두려워하듯이 세계수가 세포를 변형시켜서 길을 연다.

일단 세계수 안으로 들어가자 요괴들은 더 이상 뒤따르지 못했다. 이 안이 그들에게는 절대 접근해서는 안 되는 금역인 것 같았다.

쿠르르르…….

그들이 지나간 길 뒤쪽이 무서운 속도로 재생되며 닫히는 것이 보였다. 나무라고는 생각할 수 없을 정도로 기괴한, 섬뜩하고 구역질나는 그로테스크한 모습이다.

'이거 압사하는 거 아냐?'

신우는 불안함을 느꼈다. 적의를 가진 거대한 생명체의 체내에 들어와 있는 꼴인데, 저쪽에서 그럴 마음만 먹으면 순식간에 압사당해서 죽게 되지 않을까?

마치 그 생각에 반응한 것처럼 주변의 움직임이 바뀌었다. 순순히 열리던 앞쪽이 움직임을 멈추고 전방위에서 그들을 압사시키려는 듯 공간을 좁혀오기 시작했다. 대책이 없는 공격이었기에 다들 안색을 굳혔지만, 유현만은 어떤 확신을 갖고 엑스칼리버를 그 안쪽으로 꽂아 넣었다. 그리고 그 안쪽으로 뇌격을 흘려내면서 명령했다.

"열어, 안쪽 끝까지."

그러자 좁혀오던 세계수가 멈칫했다. 마치 망설이듯이 좁혀졌다, 물러났다를 한동안 반복하더니 결국 다시 길을 터주기 시작한다.

신우가 물었다.

"사부님, 어떻게 한 거예요?"

"일종의 시스템 해킹이지. 나도 엑스칼리버를 통해서 명령권을 갖게 되기 때문에 시스템 관리 체계가 꼬이게 되는 거라고나 할까?"

"컴퓨터 같은 건가요?"

"디지털도 아니고 기계도 아니지만 비슷해. 이 세계수는 명확한 목적을 갖고 제조된 거대한 생체기계야. 본능 외에도 그것을 제어하고 기능을 활용하기 위한 시스템이 존재하고, 엑스칼리버는 그것을 해킹하고 파괴하기 위해 만들어졌어."

사실 여기까지 오기 전에는 좀 반신반의하는 마음이 있던 것도 사실이었다. 엑스칼리버의 정체와 용도를 의심했던 것은 아니다. 그것은 칼집이 전해지고, 완전해진 엑스칼리버가 자신의 주인 될 존재에게 자신의 기능을 비롯한 정보를 전해줬을 때 확신으로 변했다.

하지만 문제는 세월의 간격이다. 수만 년 전의 세계수와 지금 이 세계수가 과연 같은 존재일까? 컴퓨터 시스템도, 마법이나 주술 같은 비술도 시간의 흐름 속에서 계속해서 발전한다. 그런데 이전의 세계수에게 통했던 수단이 지금의 세계수에게도 통할까?

다행히 통했다. 사용해 보고 나니 엑스칼리버의 영향력이 소프트웨어적인 레벨이 아닌, 하드웨어적인 레벨에서 이루어진다는 것을 알 수 있었다. 그 정도면 구조가 획기적으로 변하지 않는 한 막아내기 어려운 게 당연했다.

'정말 다행이지.'

아니었다면 여기까지 목숨 걸고 와서 헛수고만 하고, 무한히 생성되는 요괴대군을 상대로 힘이 다할 때까지 싸우고 또 싸우다가 장렬하게 산화할 뻔했다.

유현은 세계수에서 엑스칼리버를 뗀 상태에서도 계속 시스템에 대한 장악력을 높여갔다. 유현 자신의 연산 능력이 그렇게 큰 편은 아니기 때문에 한순간에 구조를 파악하고 모든 것을 조작할 수는 없었지만, 대신에 퀘이사 에너지를 이용해서 엑스칼리버에 더 큰 힘을 부여하는 것으로 그런 문제를 보완했다.

한 300미터쯤 그렇게 눈앞의 조직이 열리고, 다시 뒤쪽에서 닫히는 것을 보면서 걸어가다 보니 마침내 거대한 공동에 도달했다. 주변은 온통 은은한 황금빛으로 물들어 있었고 그 안에는 나무 안에 있다고는 믿을 수 없을 정도로 거대한 공간이 존재하고 있었다.

"우와, 속이 완전히 비어 있는 건가?"

세계수의 지름은 최저 2.4킬로미터고 높이는 12킬로미터 이상이다. 지금까지 지나온 거리가 300미터이고, 모든 벽이 그 정도 두께를 가졌다고 감안할 때 안에는 지름 1.8킬로미터의 거대한 공동이 존재하게 되는 것이다.

신우는 주변을 둘러보며 눈이 튀어나도록 놀랐다. 이곳은 나무로 이루어진 거대한 공장이었다. 그저 비어 있는 공간이 아니라 일정한 높이를 지날 때마다 층층이 이루어져 있고, 그곳에도 기괴한 숲 형태의 시설이 있어서 활발하게 움직이는 게 보인다.

아래쪽도 마찬가지였다. 나무들이 기분 나쁘게 꿈틀거리고, 식충식물을 생각나게 하는 활발한 움직임을 보이는 줄기들이 수축되었다가 부풀었다를 반복하며 뭔가를 만들어서 토해낸다. 지름이 30미터는 되어 보이는 거대한 꽃 아래쪽에 길고 투명한 통 같은 것이 무수히 매달려 있고 그 속에서 부글거리는 액체가 뭔가 이물질들을 모아서 꼬물거리는 것들을 만들어낸 뒤에 위로 끌어올린다. 보고 있노라면 전신의 털이 다 곤두서는 것 같고 속이 메스꺼워지는 광경이었다.

가운데는 지름이 100미터는 되는 원통형 구조물이 시야가 닿지 않을 정도로 까마득한 높이까지 계속 구불구불 이어지고 있었고, 그것을 통해서 이 생체 공장에서 만들어진 것들이 커다란 나무껍질 상자에 포장되어서 위로 운송되는 것이 보였다. 아마도 이 원통은 궤도 엘리베이터 케이블에까지 이어져 있을 터였다.

"상상을 초월하는 시설이군."

그 스케일에 압도된 유현이 겨우 한마디를 내뱉었다. 동시에 그의 몸이 번개처럼 움직였다.

푸확!

전광을 흩뿌리는 엑스칼리버가 그의 등뒤에 선 자의 몸을 꿰뚫었다. 그저 검으로 찔렀다고 보기에는 너무 끔찍한 파괴력이 그의 육체를 파괴하고 피와 살을 흩뿌렸다.

"음?"

유현은 그가 검은 옷으로 전신을 감싼 전투병이라는 것을 알고 눈살을 찌푸렸다. 아무런 기척조차 못 느꼈는데 어느새 나타난 것이지? 유현이 반응한 것은 어디까지나 주변의 에너지 파동을 관측해서 그곳에 이질적인 뭔가가 나타났다고 확신했기 때문이었다. 즉, 지금 이 적의 움직임이 유현만큼 빨랐다면 반응하지 못하고 당했을 터였다.

"이런. 당신 정말 감이 좋군요."

투덜거리는 목소리가 들렸다. 유현도 알고 있는 목소리였다.

"너는……."

신윤범이 세르반테스와 다른 전투 병력들로 주변을 포위한 채 그곳에 서 있었다.

"처음에 당신부터 끝내고 시작할 생각이었는데 말이죠."

유현은 주변이 수백 명의 병력에게 포위된 것은 물론, 그들이 언제든지 자신들을 쏠 태세를 갖추고 있는 것을 알았다. 유현조차 기척을 느끼지 못한 것은 신윤범이 영자 네트워크를 이용하는 텔레포트를 사용했기 때문이다. 세계수림, 그것도 회선과 통제력이 아주 뚜렷해지는 이곳에서는 얼마든지 그런 기술을 사용할 수 있었다.

"영자 네트워크를 이용한 텔레포트인가? 위험한 기술을 쓰는군."

"호오, 어떻게 그걸 알았죠?"

유현의 지적에 신윤범의 눈썹이 꿈틀거렸다. 유현이 피식 웃었다.

"재주껏 알아봐."

엑스칼리버가 시스템 일부를 장악하고 정보를 보내줘 알게 된 사실이지만 그에게 그런 사실을 친절하게 알려줄 이유는 없었다.

"당신, 여전히 짜증나네요."

"오빠."

그때 성아가 싸늘한 목소리로 그를 불렀다. 신윤범은 흠칫하며 성아를 바라보았다. 그리고 그녀로부터 풍기는 기운이 이전에 그가 기억하고 있던 것과는 완전히 달라진 것을 느끼며 신기해했다.

"뭐야? 신령이 있을 때보다 더 강해졌잖아? 뭘 어떻게 한 거지?"

"오빠에게 알려주고 싶진 않아. 오빠는 이제 인간도 아닌 것 같은데?"

"잘 아는구나. 나는 그 사실이 너무나도 기쁘단다."

신윤범은 진정 즐거운 듯 미소 지었다.

확실히 지금의 그는 더 이상 인간이라고 할 수 없었다. 에밀에 의해 인간 이상의 존재로 변이되고, 지구 전체를 지배하는 시스템 중추를 제어할 수 있는 역할을 맡은 그는 거대한 시스템의 부품 같은 존재가 되었다. 그리고 마지막에 그는 전인류 중에 유일하게 스스로를 유지한 채 요정인으로 부활하는 영광을 맞이하게 될 것이다.

이 자리에 있는 자들은, 세르반테스를 제외하면 전원이 다 정신을 제압당한 자들이다. 생전의, 아니, 그 이상의 전투 능력을 손에 넣긴 했지만 사실은 자신이 자아라고 믿는 환상조차 제대로 확신할 수 없는 꼭두각시 인형에 불과하다.

하지만 신윤범은 다르다. 진실을 똑바로 마주하고, 스스로의 의지로 신세계의 신이 될 에밀을 추앙하기로 했다.

"난 너와 지혜를 죽이고 싶지 않아. 지금이라도 마음을 돌리는 게 어때?"

"괴물의 개가 되면 어떤 이득이 있는데? 멸망 직전까지는 살아남을 수 있는 특권?"

"그 이상이란다. 너와 지혜에게도 신세계로의 통행권을 주지."

신윤범은 진심으로 제안했다. 성아와 지혜가 그의 편에 서주기만 한다면 에밀에게 애원해서 그들을 신세계의 주민으로 맞이하고 싶었다.

하지만 성아는 싸늘한 경멸을 던질 뿐이었다.

“우리 사이에 더 말이 필요하진 않은 것 같네. 지금의 오빠는 더 이상 대화할 가치가 없어.”

“내 진심을 알아주지 않다니 슬프구나. 어쩔 수 없이 힘으로 데려가야겠어. 너도, 지혜도 시간이 지나고 나면 내 마음을 알게 될 거야.”

신윤범은 한숨을 쉬며 말했다. 그때 그의 옆에 있던 세르반테스가 말했다.

“보스.”

“응?”

“미안한데, 저 여자하고 내 싸움에는 아무도 관여하지 못하게 해줄 수 있겠나?”

세르반테스가 아일라를 가리키며 말했다.

아일라는 처음 그들이 나타났을 때부터 다른 자들은 안중에도 두지 않고 세르반테스만을 노려보고 있었다. 한순간이라도 틈을 보인다면 그녀는 자신이 연마한 모든 기량을 그 일격에 집중해서 세르반테스를 쳤을 것이다.

신윤범은 이해할 수 없다는 듯 눈살을 찌푸렸다. 그들은 지금 압도적인 우위를 점하고 있다. 전투가 개시되면 적들은 압도적인 화력에 밀려서 괴로워하다가 하나씩 하나씩 쓰러져 갈 것이다. 그런데 그런 우위를 비이성적인 집착 때문에 버린다니 얼마나 어리석은 일인가?

하지만 그는 곧 실소를 머금고 말았다. 생각해 보면 자신이 성아와 지혜에게 집착하는 것 또한 그와 같다. 스스로의 미련을 부정하지 않는다면, 그의 미련 역시 인정해 줘야겠지. 그는 에밀도 인정한 예술적인 실력을 가진 전사였고 그렇기에 그 인성을 온전히 남겨둔 것이었으니.

"마음대로 하시죠."

신윤범은 부하들에게 명령을 내려 아일라에게서 총구를 비키도록 했다. 아일라가 유현을 보며 말했다.

"미안하군."

"아니, 확실하게 결판을 내고 도와주러 오라고."

"그러지."

아일라는 씩 웃고는 당당하게 걸어나갔다. 세르반테스가 뒤에서 급습당할 것은 생각하지도 않는다는 듯 몸을 돌린 채 그녀와 싸울 자리를 찾아 걸어갔다.

두 사람이 멀어지고 나자 신윤범이 미소 지었다.

"그럼 성아를 제외한 여러분들은 다 죽어주시죠."

"글쎄, 할 수 있겠어?"

여유있게 대답하는 유현은 왠지 위쪽을 바라보고 있었다. 너무 멀어서 보이지 않는 뭔가의 궤적을 뒤쫓는 것처럼.

신윤범은 그 태도에 눈살을 찌푸리며 명령을 내렸다.

"허세만큼은 세계 최고인 것 같군요. 끝입니다."

그 말과 동시에 그들을 둘러싼 수백 개의 총구가 일제히 불꽃을 토했다.

* * *

지상 12.6킬로미터 높이에는 세계수와 궤도 엘리베이터의 연결부가 있었다. 오지윤은 세계수의 자재 운반 라인을 타고 이동, 마침내 세계수 끝부분을 통과해서 궤도 엘리베이터 안에 들어섰다.

"길군."

세계수 자재 운반 라인 안에서의 이동 속도는 고작해야 초속 20미터 정도였다. 하지만 궤도 엘리베이터 안으로 들어오자 속도가 점차로 늘어나기 시작했다. 영자 네트워크가 진동하면서 비술과는 다른 이상한 기술을 발현, 급가속 시의 중압을 중화시키면서 그 속도가 무섭도록 높아진다. 지윤은 아카샤 시스템을 통해서 그 속도를 감지하곤 경악했다.

'초속 1킬로미터를 넘었어? 그런데도 계속 가속한다?'

궤도 엘리베이터 내에서는 리니어 레일 가속과 같은 원리를 써서 엄청난 속도의 가속이 이루어지고 있었다. 고도 36,000킬로미터까지 이어져 있으니 그만큼 빨라야 하긴 하겠지만, 그렇다고 해도 이건 너무 빠른 것 아닌가?

지윤이 들어 있는 커다란 나무 상자는 채 5분도 되지 않아서 궤도 엘리베이터 정상에 도달했다. 지구자전과 완벽하게 보조를 맞출 수 있는 궤도에는 거대한 섬 같은 구조물이 떠 있었다. 세계수로부터 분화되어 변이된 나무의 섬 같은 형태다.

그 위로 지윤을 태운 나무 상자가 날았다. 전혀 감속하지 않은 채로 긴 케이블을 빠져나와서 우주로 튀어나간다. 지윤조차도 순간적으로 가슴이 철렁해지는 순간이었다. 하지만 그가 장악한 세계수의 시스템으로부터 그를 안심시키는 정보가 흘러들어 왔다.

한순간 눈앞이 새하얗게 물들었다. 주변을 둘러싼 모든 것이 빛으로 화하고 그 자신마저도 빛으로 화해서 공간 속으로 흩어진다. 자신이 분해되어 가는 느낌은 끔찍했지만 그 시간은 길지 않았다. 눈 한 번 깜짝할 순간에 모든 것이 원래대로 돌아와 있었고, 나무 상자는 움직임을 멈추고 있었다. 초속 10킬로미터 이상의 속도가 처음부터 없던 것처럼 사라져 버린 것이다.

"양자변이, 재구축에 의한 텔레포테이션. 궤도 엘리베이터는 결국 중력권 내의 사념이나 뜻하지 않은 요소에 방해받지 않고 탈출해서 달로의 회선을 아무런 방해 요소 없이 이용하기 위한 도구에 불과했던 거군. 그 가속조차도 이 텔레포테이션을 위한 준비 과정이었고."

지윤은 어이없어하면서 바깥 상황을 살폈다. 그리고 스스로에게 몇 가지 마법을 걸고 나서 벽에 손을 댔다. 파앙, 하고 강철보다도 단단한 나무 벽이 부서지고 구멍이 뚫린다. 동시에 안에 있던 공기가 맹렬하게 그 바깥으로 빨려 나가기 시작했다.

"이 한 걸음은 내게는 작은 한 걸음이지만 인류에게는 위대한 도약이다."

그 기류를 타고 밖으로 나온 지윤은 한동안 떠다니다가 닐 암스트롱의 대사를 표절하며 지면에 발도장을 찍었다. 아무런 소리도 들리지 않고, 그저 땅과 맞닿은 신체를 통해 전해지는 울림만이 그 행위를 증명해 주면서 깊숙한 발자국이 새겨진다.

지윤은 그 자리에 멈춘 채 주변을 둘러보았다. 왠지 감개무량해서 가슴이 막 두근거린다.

"여기가 달인가."

자신의 목소리가 들리지 않는다. 왜냐면 공기가 존재하지 않으니 당연한 일이었다.

절대진공의 우주가 그를 기다리고 있었다.

중력은 지구의 6분의 1이라 몸이 무척 가볍지만, 이곳은 인간이 살 수 있는 환경이 아니다. 일단 호흡할 공기도 없고, 낮 시간이라서 기온은 섭씨 100도 이상까지 치솟았다. 지윤은 이 환경에서 생존하기 위해서 공기 생성 주문과 내열주문을 비롯해서 27가지 주문을 걸고 유지하고 있었다.

그것은 아카샤 시스템의 무한 연산 능력이 있기 때문에 가능한 일이었지만, 그가 그 모든 마법에 능통한 것은 아니다. 모건이 그동안 아카샤 시스템이 필요한 마법의 술식을 입력해서 지윤의 마력이 허용하는 한 자유롭게 사용할 수 있게 만들었다.

지윤은 한가롭게 달 표면을 거닐었다. 월면은 희미한 황금빛을 발하고 있었다. 지윤이 파악한 바로는 달에도 영맥이 있고, 그 영맥이 특정한 패턴으로 요동치면서 지표면을 통해 빛을 발하는 것 같았다.

또한 그 위에는 나무가 변이되어 만들어진 포장도로가 깔려 있었고, 그 위로 나무로 만들어진 골렘 수백 개체가 돌아다니고 있는 것이 보였다. 나무 골렘들은 지윤의 존재는 안중에도 없다는 듯 나무 상자로 몰려들어서 자재를 끄집어내고 운반한다.

"기가 막히는군."

지윤은 달 표면을 살펴보며 혀를 내둘렀다. 그럴 수밖에 없었다. 지구에서 벗어나 달로 왔으니 당연히 삭막한 풍경을, 그게 아니더라도 에밀이 SF적인 느낌의 우주기지를 건설해 놓고 있으리라 기대했다. 그러나 이곳에는 황금빛 실루엣으로 보이는 거대한 세계수가 지윤이 있는 곳과 반대쪽으로 그림자를 드리우고 있는 게 아닌가? 그 크기는 장장 17킬로미터에 달해 지구에 강림한 일곱 개체보다도 더더욱 컸다.

"도대체 우주에서 어떻게 나무가 살고 있는 거지?"

가장 큰 의문은 그것이었지만, 그렇게 생각하면 애당초 이렇게 거대한 나무가 존재하는 것도, 나무가 변이되어서 궤도 엘리베이터가 만들어진 것도 말이 안 된다. 구세계의 나무를 지금의 상식으로는 이해할 수 없는 형태로 진화, 변이시켜서 모든 문명을 이룩할 수 있었던 모양이다. 능동적이고 역동적으로 움직이는 나무괴물이나 골렘도 만들고 생체 컴퓨터 역할을 하는 나무 단말기, 아니면 나무 우주선 같은 것도 만들고, 아예 주거지 형태를 갖춘 나무집도 만들고…….

달의 세계수는 지윤의 추측을 증명해 주고 있었다. 17킬로미터에 이르는 나무는 그 자체로 거대한 도시였다. 나무 아래쪽에 형성된 거대한 숲도 단순한 숲이 아니고 마치 도시처럼 변형된 모습을 취하고 있었다. 그리고 왠지 거기서 무수한 황금빛들이 반딧불처럼 떠올라서 흔들리는 게 눈에 거슬린다.

지윤은 지구의 세계수 시스템을 이용해서 달의 세계수에 접촉을 시도해 보았다. 지난 2개월간 그의 육체는 더 이상 인간이라고 할 수 없을 정도로 변질되었다. 마력 용량도 어마어마하게 커졌고, 이제 아카샤 시스템을 100% 활용할 수 있을 정도로 뇌가 활성화되고 신경구조도 바뀌었다. 또한 그 세포조직 속에 세계수와 동일한 요소를 품고 있기에 그들은 지윤을 자신의 일부처럼 인식하게 되어 있었다.

그래서인지 달의 세계수조차 지윤에게 쉽게 침입을 허락했다. 지윤은 그곳에서 열람 가능한 등급의 정보들을 보고는 경악을 금치 못했다.

"에밀, 이 아저씨 큰일날 사람이네. 상상을 초월하는데, 이거."

"그 평가는 좀 뒤늦은 게 아닌가?"

그렇게 물은 것은 익숙한 목소리였다. 아니, 목소리는 아니고 목소리처럼 인식되는 정신파였다. 지금은 지윤도 연결되어 있는 영자 네트워크를 통한.

지윤은 놀라지 않고 그가 있는 곳을 돌아보았다. 에밀 크레이그가 지윤이 기억하는 모습 그대로 그곳에 서 있었다.

"…달에서도 비즈니스 수트를 입고 있는 건 좀 그렇지 않나?"

어찌나 그대로인지 달 표면에서도 미국 사업가의 모습 그 자체였던 것이다. 다만 눈동자만이 달라져 있었다. 원래의 푸른색 대신 황금빛을 띠고 있는데다 홍채 구조가 달라졌다. 완전히 이어진 원이 두 개 겹쳐져서 동심원을 이루고 있었고 인간의 그것보다 작은 동공이 그 한가운데서 조금씩 꿈틀거린다. 요정인의 증명이라고 할 수 있는 그 눈만으로도 인상이 확연히 비인간적으로 변해 있었다.

에밀이 웃었다.

"그렇군. 하지만 사실 나는 지금까지 수많은 인류의 모습을 빌리면서, 현대의 사업가로서의 풍모가 가장 마음에 들었거든. 술탄 아래서 싸우는 사막의 전사도 되어 보았고 징기스칸의 진격을 지켜보는 평원의 아이가 되어보기도 했지만… 글쎄, 결국은 자본주의적인 부분이 가장 마음에 들더군. 가장 어둡고, 삭막하고, 파멸적이어서… 용서없이 인류를 나락으로 굴러 떨어뜨리고 싶게 만들었어."

"그것보다는 그냥 즐긴 거 아닌가? 수만 년 동안 음모를 꾸미고 세계를 움직이고… 그거 생각보다 재미있었을 것 같은데."

"후훗. 부정하진 않지. 하지만 그 이상으로… 아니, 너에게 내 절망을 이러쿵저러쿵 설명해 봤자 의미없겠지? 바보 같다는 생각만 할 테고."

"그야 그렇지. 무엇보다 난 기본적으론 인류니까. 요정인이라는 종은 결국 자신들의 과오로 '인간'을 만들어냈고, 자신들의 탐욕에 먹혀 사라진 꼴 아닌가?"

"그것도 부정하진 않겠다."

에밀이 쓴웃음을 지었다.

종과 종의 생존 경쟁에서 인류가 승리했지만, 그 원인을 제공한 것은 현재에 만족하지 못한 요정인들 자신이었다. 태어나자마자 죽어야만 하는 아이도, 굶주림에 괴로워하며 부유한 자들을 증오하는 일도 없었던 이상향을 이룩했으며, 종국에는 불사불멸조차 손에 넣었으면서도 만족하지 못한 그들의 탐욕이 멸망을 부른 것이다.

지윤이 말했다.

"아마 인간이 거기에 도달한다면… 인간도 같은 길을 걸을 거야."

"역시 그렇게 생각하나?"

"그렇게 되기 전에 내가 세계를 재편하겠어. 아, 물론 그 세계에 사멸한 요정인의 망령 따위가 설 일은 없지."

"오만하군. 여기까지 도달하고 세계수의 시스템 일부를 장악한 건 놀랍지만… 그래 봐야 모건의 수작이겠지."

"그건 맞는데, 실행자는 결국 나거든? 세계를 이 모양 이 꼴로 만들어줘서 정말 고마워. 미친 느낌이 철철 넘쳐서 정말 마음에 들어."

지윤은 비틀린 웃음을 지으며 손을 슬쩍 흔들었다. 그러자 그의 주변에 무수한 총기들이 나타났다.

"당신 할 일은 끝났으니까 퇴장해 줘. 이 이상은 곤란해. 남극 밑에 있던 세계수에 당신들이 죽기 전에 기록해 둔 개개인의 생체 정보가 모조리 들어 있을 줄은 몰랐거든. 죽은 자들이 그런 식으로 부활하는 것은 달갑지 않다고."

에밀이 남극에 봉인된 세계수의 유해에 그토록 집착한 이유는 바로 그것이었다.

요정인들은 구세계가 파멸하기 전에 자신들 중 일부를 세계수에 융화시켜 동면에 빠진 뒤, 세계수의 코어에 생체 정보를 모조리 입력시키고 모든 방어 능력을 그 세계수에 집중시켰다. 하지만 멸망의 반동으로 모든 자들이 목숨을 잃었고, 다시 눈을 뜬 자는 에밀 혼자였던 것이다.

대서양 한가운데서 눈을 뜬 에밀은 자신이 잠들어 있던 세계수를 찾을 수 없어서 헤매고 또 헤매었다. 그리고 마침내 그 세계수를 찾아냈을 때, 그 안에서 동면했던 동족들은 모조리 죽어서 사라졌지만 그 생체 정보만은 고스란히 남아 있었다. 이제 인류가 가진 종으로서의 권한을 다시 강탈하기만 하면 생전의 기억을 그대로 가진 채 다시 부활하게 된다.

지윤이 본 세계수 도시의 반딧불 같은 황금빛들은 바로 그들의 영혼이었다. 에밀은 개개인의 생체 정보를 해석해서 언제라도 부활시킬 수 있는 요정인 개체로 만들고 있었던 것이다. 이곳은 요정인 부활을 위한 거대한 생체 시설이었다.

"케케묵은 아담과 이브 신화 따윈 필요없어. 이젠 질렸거든."

지윤이 차갑게 내뱉으며 방아쇠를 당겼다. 동시에 무수한 총탄들이 달 표면을 가로질러 에밀에게 쏟아졌다.

5

지구 전역에 펼쳐진 영자 네트워크는 지구인들이 알고 있는 정보통신망과는 그 기능과 역할이 좀 다르다. 모든 정보 교류는 동시적으로 이루어지며, 단순히 정보를 보내고 받기 위한 터널로 이용되는 것도 아니다. 그런 것이라면 단말과 단말만 있어도 되지 굳이 그 사이를 잇는 라인은 필요없다. 특정한 영자진동을 통해서 물리법칙을 비틀고, 필요한 현상을 일으키기 위해서 굳이 방대한 네트워크를 형성한 것이다.

그 네트워크를 장악하고 있는 신윤범은 지구의 신이라고 해도 과언이 아니었다. 원한다면 핵폭발을 일으켜서 도시를 지도에서 사라지게 할 수도 있었다.

그렇기에 그는 눈앞에서 일어난 현상에 경악했다.

"어떻게……."

그의 부하들이 쏜 수십 발의 총알이 허공에서 멈춰 있었다. 그리고 그 사이에서 유현이 그중 하나를 손으로 집어내며 고개를 끄덕였다.

"이렇게 하는 거였군."

"어떻게 당신이 영자 네트워크를 조작하는 거지?"

신윤범이 경악해서 외쳤다.

지금 일어난 현상은 결계나 염동력에 의한 것이 아니다. 아무리 유현이라고 하더라도 수백 발의 특수총탄을 전부 그런 식으로 멈춰 버리게 할 수는 없었다.

하지만 이 안을 가득 채우고 있는 영자 네트워크를 활용하면 가능하다. 유현은 지금 신윤범이 장악한 영자 네트워크를 이용, 일행을 충격으로부터 방어한 것이다.

"신윤범, 넌 너무 보안 개념이 취약해."

유현은 씩 웃으며 말했다. 동시에 그의 주변에 청백색 뇌광이 떠오르기 시작했다.

세계수를 파괴하고 침식하기 위해 만들어진 마스터키 중에 하나, 엑스칼리버.

구세계의 존재 그대로를 옮겨와 약간 변질시켰을 뿐인 세계수는 그 존재에 침식당하는 것을 피할 수 없었다. 그것을 다룰 수 있는 인간은 극히 소수였으며, 설령 다룰 수 있다 한들 방대한 정신 용량과 에너지를 가져야만 세계수의 시스템을 장악할 수 있겠지만… 신윤범으로서는 정말 재수없게도 유현은 그 모든 것을 갖춘 인간이었던 것이다.

"이 안에서라면 나도 너하고 동등한 힘 정도는 사용할 수 있는 것 같군."

"크윽, 그런 게 남아 있었을 줄은."

신윤범이 이를 갈았다. 그도 세계수의 시스템 정보를 열람해서 상황을 파악했다. 그리고 엑스칼리버가 얼마나 무서운 물건인지도.

하지만 애당초 시스템의 코어로 만들어진 신윤범과 엑스칼리버를 통해 억지로 시스템의 제어권을 확보하고 있는 유현은 차원이 다르다. 유현은 저렇게 하는 것만으로도 어마어마한 에너지를 소모해야 했고, 시스템에 대한 점유율이 높아지면 엑스칼리버의 힘을 그 외의 용도로는 사용할 수 없게 된다.

"세계수를 파괴하는 건 꽤 어렵겠군. 거기까지는 하기 곤란하도록 상당히 공을 들였어."

유현이 말하자 성아가 물었다.

"오빠를 죽인다면?"

"방어 시스템의 중추가 사라지는 셈이니 좀 수월해지겠지."

유현은 말과 함께 마법포켓을 전개했다. 여섯 자루의 검이 튀어나오더니 한순간에 커다란 빛의 칼날로 화한다. 엑스칼리버의 힘은 시스템을 장악하기 위해 다 쓰고 있어서 쓸 수 없었다.

동시에 유현은 영자 네트워크를 조작했다. 신윤범이 주변에 일어난 변화를 알아차리고 눈살을 찌푸렸다.

"나를 도망가지 못하게 하면 다 될 거라고 생각합니까?"

"될 것 같은데. 널 잡고 나면 일이 훨씬 쉬워질 것 같아."

유현이 날카롭게 미소 지었다.

신윤범이 위험한 수작을 부리지 못하도록 차단하고, 동시에 그가 텔레포트로 도망가는 것을 막는다. 그것만으로 유현은 엑스칼리버가 허용하는 시스템 장악력을 전부 써버렸다. 아무리 유현이 많은 에너지를 공급할 수 있더라도 한 번에 방출할 수 있는 양은 한계가 있고, 엑스칼리버 역시 발휘할 수 있는 능력은 제한적이었다.

과거에는 이걸로도 충분했던 것 같지만 에밀은 세계수를 개조해서 시스템 방어 능력을 훨씬 키워놓고, 세계수의 에너지와 정보 용량 역시 월등히 키워놨던 것이다. 이전의 세계수가 가진 힘이 10이었고 엑스칼리버가 그중 6, 7 정도를 점유해서 파괴할 수 있었다고 치면 지금은 세계수의 힘이 4, 50 정도는 되는 것 같았다.

"음?"

일촉즉발의 순간, 문득 유현과 신윤범이 동시에 눈살을 찌푸리며 허공을 올려다보았다.

그들과 연결된 세계수의 시스템이 알려주고 있었다. 오지윤이 궤도 엘리베이터를 타고 달로 향했다는 것을. 자재 운송용 상자 안에 있을 때는 그 존재가 드러나지 않았지만, 궤도 엘리베이터 케이블을 지나서 텔레포트할 때는 그 존재 정보가 체크되기에 두 사람 다 알아차린 것이다.

"이런, 젠장. 모건 그 영감이 말한 게 이런 거였나?"

"이런 말도 안 되는 일이! 어떻게 세계수 안에 침입해 들어왔지?"

유현과 신윤범이 오지윤에 대해 전혀 다른 감상을 내뱉었다.

유현은 즉시 텔레파시 링크를 통해 그 정보를 일행들과 공유했다. 다들 경악을 금치 못했다. 오지윤이 어떤 의도를 갖고 있는지는 모르겠지만 나쁜 의도를 갖고 있다면 돌이킬 수 없는 결과가 벌어질 수도 있었다.

'에밀 크레이그라는 작자를 저지한다고 해서 다 좋은 게 아니란 말이지.'

유현은 이를 갈았다. 마음이 급해져서 공격을 가하려는 순간, 난슬이 눈짓을 보냈다.

—진정해. 쉬운 상황이 아니잖아?

다들 지금 상황이 충분히 적을 압도할 수 있는 상황이라고 착각하고 있었지만, 난슬만은 특유의 통찰력으로 그렇지 않다는 것을 알았다. 유현은 엑스칼리버의 힘과 자신이 발휘할 수 있는 에너지 대부분을 시스템 장악에 쏟고 있는 상황이고, 신윤범은 여전히 주변의 영자 네트워크를 이용해서 강력한 힘을 발휘할 수 있으며, 흉흉한 장비를 갖춘 적들의 숫자도 대단히 많았다. 본격적으로 격돌한다면 대단히 힘든 상황이 될 것이다.

"좋아. 일단 이놈들을 끝내고… 그리고 오지윤 그놈을 따라간다."

"오빠는 내게 맡겨줘."

성아가 말했다. 유현은 잠시 동안 그녀를 바라보다가, 그 눈에 깃든 차가운 결의를 보고는 고개를 끄덕였다.

"그러지."

동시에 유현의 주변을 떠돌던 여섯 자루의 빛의 칼날이 날았다. 적들이 그에 대응하여 움직이면서 십자포화를 퍼붓기 시작했다.

* * *

세계수 안의 드넓은 공간을 두 사람이 무시무시한 속도로 이동하고 있었다. 금발을 휘날리는 아일라와 흑갈색 머리칼을 휘날리는 세르반테스는 무수한 검격을 교환하고 있었다. 실제로 검이 맞부딪치지 않는 순간에도 눈빛과 미세한 몸짓, 그리고 실제로 마법을 이용한 페인트가 날아들어 상대방을 죽음으로 현혹한다.

채채채채챙!

백은과 칠흑이 격돌하며 대기가 요동친다. 두 사람은 역겨운 생체 공장을 입체적으로 활용하면서 날고, 뛰고, 공중제비를 넘어가면서 현란하게 맞부딪쳤다. 싸우면 싸울수록 더 빨라져 가는 두 사람의 움직임은 완벽하게 닮은꼴이었다.

두 사람의 검술은 마치 신앙 같았다. 이 세상 끝에 있는 절대적인 승리의 한 수를 찾아 헤매며 수백만 번도 더 검을 휘두른 자들만이 가질 수 있는, 확신을 넘어선 신앙! 자신을 믿고 검을 믿고 마침내 그 너머에 있는 절대적인 뭔가에 손을 뻗는다. 그것은 실체없는 환상에 불과하지만 그 영역에 가 닿는 순간 검술가는 이상을 체현하는 검술의 신이 된다.

차앙!

두 사람의 신형이 서로 반대로 교차했다. 짜증날 정도로 완벽하게 맞아떨어지는 검격이 서로의 인내심을 긁어놓는다. 이렇게 하면 저렇게 막고, 저렇게 하면 이렇게 막는 것이 정해진 완벽한 공격과 완벽한 대응. 둘 다 서로에 대해 잘 알고 있는 만큼 살의만이 앞서 갈 뿐, 실제로는 상처 하나 입히지 못한 채 한 치의 양보도 없는 격돌을 계속할 뿐이다.

서로 반대편에 내려선 두 사람이 서로를 마주보았다. 세르반테스가 입매를 비틀며 말했다.

"큭, 끝이 없군."

그 말에 아일라가 고개를 끄덕였다.

"그렇군."

그녀는 검을 틀고는 자세를 바꾸었다. 지금까지와는 다른, 이상하게 어설픔이 묻어나는 그 자세에 세르반테스가 표정을 일그러뜨렸다.

"장난하자는 건가?"

"글쎄, 설령 내가 장난을 치고 있더라도, 목숨을 건 장난이라면 받아줘야 하지 않을까?"

완벽한 계산에 의한 완벽한 검술. 두 사람이 지금까지 주고받은 것은 그러한 스타일의 극치에 오른 것이었다.

그런데 지금 아일라가 그 균형을 깼다. 그녀는 검술을 처음 배운 애송이처럼 어설픔이 묻어나는 자세로 세르반테스를 도발하고 있었다. 허점이 너무 많아서 어딜 치든지 그녀의 목숨을 취할 수 있을 것 같았다. 물론 그것은 착각에 불과하지만, 세르반테스는 그녀가 지금 근육을 쓰는 법 그 자체를 바꿨다는 사실을 꿰뚫어보았다. 머리부터 발끝까지 데스트레자 검술의 극의를 체현하기 위한 존재였던 그녀가 그것을 버리고 허점을 드러낸 것이다.

숨막히는 분위기 속에서 아일라가 입을 열었다.

"릴리는 너와 내가 만날 것을 알고 있었지."

그 말에 세르반테스가 흠칫했다.

"그 애가 유일하게 남긴 전언이었다. '세르반테스, 서울'."

순간 세르반테스는 아일라의 차가운 눈동자 안에서 이글거리는 불꽃을 본 것 같았다. 잠시나마 압도당할 정도로 크고 위압적인 눈빛이다. 세르반테스는 그녀가 차가운 모습 속에 감추고 있는 분노와 증오를 보았다.

세르반테스는 왠지 미소가 지어지는 것을 느끼며 물었다.

"그 애는 이 싸움의 결말도 알고 있었을까?"

"아마 보았겠지. 하지만 그건 하나가 아니었을 것이다. 그리고 어느 쪽도 바라지 않았을 거야."

"왜 그렇게 생각하지?"

"우리 중 어느 쪽이 쓰러져도 그건 그 애에게는 비극이니까."

그렇게 말하는 아일라의 목소리에 힘이 들어가기 시작한다. 끝없이 자신을 덮치는 예지의 지옥 속에서 지쳐 버린 하얀 소녀의 미소가 뇌리를 스쳐 지나가며, 더 이상 억누를 수 없는 분노가 그녀의 얼굴을 악귀의 그것으로 바꾼다.

"…그렇군."

"그래서 차라리 지금 이 상황에 감사한다."

아일라가 으르렁거리는 목소리로 말했다.

"더 이상 그 애가 비극을 볼 필요가 없어졌으니까!"

동시에 그녀가 땅을 박차고 달려들었다. 한순간 세르반테스는 그녀를 신속하게 죽음으로 몰아넣을 수 있는 수십 가지 방법을 보았다. 그러나 다음 순간 그 모든 방법이 공허 속으로 스러지는 것을 깨달았다.

'리듬이 달라졌어?'

움직임의 리듬이, 근육이 움직이는 방식 하나하나까지 모조리 방금 전까지와는 달라졌다. 그가 접해본 그 어떤 존재와도 다른 불규칙적이고 혼란스러운 호흡에 세르반테스가 반사적으로 검격을 냈다.

어차피 최선의 수는 단 하나다. 아일라가 균형을 깨기 위해 스스로를 위기로 빠뜨리는 길을 택했다면, 그는 자신이 연마해 온 검의 극의를 믿는다. 변칙은 변칙일 뿐, 모든 변수를 초월한 절대적인 일격의 상대는 되지 못한다. 자신과 필적하는 유일한 검술가의 몰락을 안타까워하면서, 예지조차 초월한 검술가의 본능이 살의를 증명할 신의 한 수를 찾아내어 그의 검에 부여했다.

파창!

두 개의 검이 격돌하며 불꽃이 튀었다. 아일라의 균형이 무너진다. 숙련된 자신을 버리고 익숙지 못한 것을 취한 결과 계산에 어긋난 것이다. 내딛은 발이, 내려친 검이 생각 이상으로 힘이 없었다.

그 틈을 세르반테스의 왼손에 들린 암검(暗劍)이 찌르고 들어갔다. 이것으로 끝이다!

파학!

수천 번을 들어도 여전히 끔찍한 소리와 함께 검이 몸통을 꿰뚫었다. 관통된 등뒤로 피가 확 튀었다.

"……."

침묵이 두 사람 사이에 내려앉았다.

아일라의 어깨에 얼굴을 묻은 채, 세르반테스가 물었다.

"어떻게… 이런……."

"제자가 생겼어."

아일라가 대답했다.

그녀의 검이 세르반테스의 명치를 꿰뚫고 있었다. 심장을 찌르는 암검을, 갑자기 움직임의 리듬을 바꾸면서 옆구리만 스치게 하더니 그대로 달라붙으면서 마지막 일격을 가한 것이다.

"그 제자가… 굉장히 답답한 녀석이야."

아일라가 신우를 떠올리며 말했다. 그리고 그와의 만남에 감사했다. 보고 있으면 답답해서 어떻게든 교정해 주고 싶어지는 그와 만나지 못했더라면, 아일라는 어쩌면 세르반테스에게 승리할 방법을 찾지 못했을지도 모르니까.

완벽하게 연마된 자신과는 너무나도 다른 신우를 가르치면서, 아일라는 자기 자신을 되돌아볼 수 있었다. 그것은 고독하게 스스로 정한 길을 갈 때와는 깜짝 놀랄 정도로 재미있는 발견의 연속이었다. 그 속에서 아일라는 스스로에게 세르반테스를 투영시켰고 마침내 그를 무너뜨릴 방법을, 좀 창피하지만 신우를 모방함으로써 찾아낼 수 있었던 것이다.

"너는, 아니, 우리는 원래 완벽했어. 낯뜨거운 말이지만 지구상에 우리보다 완벽한 검술가는… 그래, 존재하지 않았지."

오만하다고 욕해도 좋다. 하지만 아일라는 자신의 자부심이 곧 사실임을 확신했다. 데스트레자 안에서 자신과 자신에게 쓰러진 이 남자를 당할 자가 없었듯이 지구 전역을 뒤져도 마찬가지였다. 그들은 검술의 신앙을 얻었고, 마침내 그것마저 넘어 검으로 도달할 수 있는 진리를 엿본 유일한 자들이었다.

"그리고 우리 둘 다 완벽했기 때문에 너를 무너뜨릴 수 있었다."

아일라는 그렇게 말하며 세르반테스의 몸을 밀었다. 명치를 꿰뚫은 검이 뽑혀 나오면서 흩뿌려지는 핏방울이 얼굴에 묻었지만 개의치 않고 그가 쓰러지는 모습을 바라본다. 일격으로 내장이 모조리 망가진 세르반테스는 힘없이 흐느적거리다가 뒤로 쓰러졌다.

"그렇군. 역시… 세상은 빌어먹을 곳이야."

세르반테스는 헛웃음을 지으며 말했다. 그리고 자신을 내려다보는 아일라에게 말했다.

"아일라."

"……."

"릴리는 살아 있어."

"뭐?"

아일라의 눈이 크게 떠졌다. 그녀는 세르반테스를 만난 이래 처음으로 동요하는 모습을 보이며 그에게 다가섰다. 그녀가 몸을 굽혀 세르반테스의 멱살을 잡으며 다그쳤다.

"어디에 있지? 무사히 있는 건가?"

"천공대륙… 올림푸스."

세르반테스는 꺼져 가는 목소리로 릴리아나의 위치와 그녀가 무사하다는 것을 말해주었다. 그리고 흐릿한 눈으로 허공을 올려다보며 말했다.

"그 애한테 또 싫은 일을 보게 해서 미안하다고… 전해……."

세르반테스의 말은 끝까지 이어지지 못했다. 세상에 절망하고, 도구로써 자신을 쓰는 주인들에게 절망했던 그의 고개가 힘없이 꺾였다. 동공이 풀려 버린 그의 음울한 눈동자를 바라보던 아일라는 그의 눈을 감겨주며 작게 내뱉었다.

"멍청한 녀석. 그걸 알면 처음부터… 이런 길을 택하지 말 것이지."

세상 모두가 현명하게 살아갈 수는 없다. 더 이상 물러날 곳도 없이 궁지에 몰린 자는 어쩔 수 없이, 스스로도 잘 알고 있는 파국의 구렁텅이로 걸어가기도 한다. 어딜 둘러봐도 절망과 경멸밖에 없어 그것이 스스로를 갉아먹는다면 어떻게 해야 할까? 세르반테스는 그 답을 찾지 못하고 방황했고 결국 돌이킬 수 없는 선택을 했다.

아마 이 순간 아득한 하늘 저편에서, 한 소녀가 눈물짓고 있으리라. 자신이 본 미래가 현실이 되는 순간, 소녀의 가슴에는 사라지지 않는 상처가 남는다. 그렇게 미래도, 현재도, 과거도 오로지 그녀에게 상처만을 강요하지만 그녀는 다른 누군가의 행복을 바란다.

답을 찾을 수 없어서 파국을 향해 폭주했던 남자의 마지막을 장식해 준 아일라는 천천히 몸을 일으켰다. 그녀의 눈에 우울한 그늘이 져 있었다. 하지만 감상은 여기서 끝내기로 하자. 지난 세월 동안 추구해 왔던 이야기 하나는 여기서 끝났고, 이제 또 다른 일을 해결해야 하니까.

쿠르르릉!

그때 아일라가 발 딛고 선 생체 시설이 크게 흔들렸다. 굉음이 울려 퍼지며 주변에서 발하는 황금빛이 한순간 끊어지고 어둠이 찾아온다. 그러나 그 빛은 일시적인 정전인 듯 다시 회복되었다.

뭔가 극적인 변화가 일어나고 있다. 그것을 확신한 그녀는 세르반테스의 시체를 그곳에 버려둔 채 힐링포션을 주사했다. 그리고 상처가 좀 아물고 마력이 회복되었다 싶자 일행이 있는 전장으로 돌아가기 시작했다.

*　*　*

달리면서 총격을 난사하는 전투병의 등뒤로 검은 그림자가 따라붙었다. 그가 인지할 수 있는 영역을 훨씬 초월한 속도로 눈앞을 스쳐 지나가고, 그 뒤를 따르는 잔영이 그로 하여금 표적의 위치를 착각하게 만든다. 아무것도 없는 공간에 그가 총격을 퍼붓는 순간, 그의 등뒤에서 시퍼런 눈빛이 번뜩였다.

스칵!

날카로운 소리가 울리며 전투병의 목이 날아올랐다. 동시에 그가 들고 있던 소총이 염동력에 붙잡혀 허공으로 날아오른다. 주변을 가득 채우고 있는 수십 정의 총들이 주변을 향해 총격을 가한다.

적들은 요령 좋게 거기에 대응하고 있었다. 수백 발의 총격을 퍼부어도 죽어나가는 것은 하나나 둘이다. 나머지는 신윤범이 세운 방어막에 보호받으면서 총격의 궤도로부터 회피했다.

"짜증나는군."

적들의 숫자를 차근차근 줄여 나가던 유현이 눈살을 찌푸렸다. 그런 그에게 총격이 날아들었지만 모조리 염동역장에 붙잡혀 멈춰 버리고, 엄청난 속도로 그 자리에서 이탈한 그가 검을 뽑아 들어서 또 한 명의 목을 쳐 날렸다. 피가 분수처럼 뿜어지면서 실 끊어진 인형처럼 그 시체가 무너져 내린다.

유현은 문득 뒤를 돌아보았다. 그곳에서 신우와 한얼이 격렬한 전투를 벌이고 있었다.

"우와아아아아아!"

신우는 두려움을 떨치려는 듯 소리를 질러가면서 검격을 날리고 있었다. 세 명의 적병이 신우와 한얼을 덮쳐서 공격하고 있었고, 두 사람은 몸 여기저기에 상처를 입어가면서 필사적으로 맞서고 있었다.

목을 노리고 날아드는 검격을 어깨로 받아서 비껴가게 한 신우의 뇌리에 아일라의 가르침이 스쳐 지나간다. 다음 행동이 결정됐다. 위축되지 않고 그대로 몸을 내던져서 어깨로 적을 받아버린다. 적병이 주춤거리자 그 순간 다리를 걷어차서 균형을 흐트러뜨리고 몸통을 베어버렸다.

쉬익!

"우왁!"

동료의 죽음 따위 안중에도 없다는 듯이 또 다른 공격이 날아들었다. 그것을 가까스로 피해낸 신우가 쓰러지는 적의 목덜미를 잡고 이어지는 공격을 막아냈다. 적의 공격이 동료의 시체를 꿰뚫자 그 순간을 노리고 발로 걷어차서 두 사람을 얽어버린다. 그리고 곧바로 쌍권총을 꺼내서 그 위로 난사했다.

파바바박!

두 적병이 피투성이가 되어서 쓰러진다. 그 직후 한얼도 힘겹게 상대하던 적병을 베어서 쓰러뜨렸다.

"헉헉, 끝내주는데, 이것들."

"수가 너무 많아요."

그런 그들에게 중거리에서의 총격이 날아들었다. 둘 다 이를 악물고 피해내긴 했지만 수가 너무 많다. 끝장이라고 생각했을 때였다.

우우우웅!

공간이 일그러지면서 총격이 튕겨 나갔다. 신우는 정말 사막에서 오아시스를 만난 사람처럼 기뻐하며 외쳤다.

"난슬 누나!"

적들을 끌고 달려 다니면서 하나씩 무력화시키고 있던 난슬이 도움의 손길을 뻗친 것이다. 하지만 그 덕분에 그녀가 위험에 노출되었다. 총격을 비교적 수월하게 막아내는 그녀의 등 뒤로 적병이 따라붙어서 검을 내려쳤다. 아니, 내려치려고 했다.

그 순간 폭음이 울려 퍼지며 그의 몸통이 날아가 버렸다. 그리고 그 자리에는 무시무시한 표정을 한 유현이 왼쪽 눈에서 푸른 귀광(鬼光)을 흩뿌리며 서 있었다.

"이크크, 역시 사부님."

한순간 가슴이 철렁했던 신우는 씩 웃으며 엄지손가락을 치켜세웠다. 그리고 그 직후 다시 적병이 접근해 오는 것을 보고는 가우스 라이플을 꺼내서 난사했다.

그렇게 산발적인 전투, 아니, 정확히는 유현 일행이 조금씩 수백의 적병을 학살해서 숫자를 줄여가고 있는 가운데 성아와 신윤범이 대치하고 있었다. 쓴웃음을 지은 신윤범이 말했다.

"성아야, 이제 그만 해."

그의 앞에는 지쳐서 숨을 헐떡이는 성아가 있었다. 옷자락이 찢어지고 여기저기 그슬린 채 땀을 비 오듯 흘리는 모습이 안쓰럽다. 그에 비해 신윤범은 터럭 하나 상하지 않은 상태였다.

두 사람의 힘의 차이는 압도적이었다. 신윤범은 마음만 먹으면 벌써 성아를 끝장낼 수 있었다. 유현이 중간에 성아가 위험하다 싶으면 영자 네트워크로 간간이 방해를 걸어와서 큰 타격을 주지 못하긴 했지만, 애당초 그럴 마음도 없었다.

"큭… 괴물의 개가 된 보람은 있는 모양이네. 이런 힘을 손에 넣다니."

성아가 비아냥거렸다.

분명 그녀는 강해졌다. 신령의 유해를 취한 그녀는 신윤범이 말한 대로 이전의 그녀를 훨씬 능가하고 있었다. 영적인 면만이 아니라 신체 능력 면에서도 그렇다.

하지만 그래 봤자 '뛰어난 인간' 수준을 넘지 못한다. 그녀의 힘이 강해지고, 그 힘을 다루는 기술 역시 많이 발전했지만 영자 네트워크를 자유자재로 다루는 신윤범과의 격차는 너무나도 컸다.

쾅!

그런 신윤범의 주변에 불꽃이 튀었다. 좋은 위치를 잡은 유현이 브류나크 DX212로 저격을 가한 것이다. 하지만 영자진동이 만들어낸 방어벽은 철벽이라, 대요괴조차 일격으로 거의 죽음에 이르게 하는 그 충격조차도 간단히 막아내 버린다.

하지만 신윤범의 주의가 한순간 흩어진 것만은 분명했다. 성아는 그 틈을 노리고 그에게 달려들었다. 그와 시선을 마주하며 전력으로 현혹술을 걸고, 공격주술로 폭염을 쏟아 넣는다. 신윤범이 주술의 패턴을 읽고 무력화시키는 순간 그녀의 손에 들린 검이 그의 가슴으로 날아들었다.

카강!

하지만 주술이 깃든 그 검은 신윤범에게 가까이 가는 순간 어이없게 부서져 버렸다. 마치 유리 조각처럼 산산조각 나서 흩어지는 검을 보던 성아는 넋 나간 표정을 지었다. 그런 그녀에게 신윤범이 말했다.

"난 너를 죽이고 싶지 않아. 그분께서도 내 작은 욕심 정도는 허락하실 거야."

"그분이라. 내가 할 소리는 아니지만 오빠는 신앙이 없으면 살아갈 수 없는 사람이구나. 스스로 생각하고 결정하는 일은 못하고 그저 누군가 떠밀어주길 기다릴 뿐이지. 비겁해."

"뭐라고 욕해도 좋아. 난 너와 지혜를… 새로운 세계로 데려가고 싶다."

신윤범은 쓸쓸하게 웃으며 진심을 말했다. 어떤 비난을 들어도 좋다. 그것이 다 사실임을 안다. 너무나도 나약해서 무엇하나 스스로 정할 수 없는 그에게 있어서, 마음속 깊숙이 똬리 틀고 있던 욕구를 해방시켜 주고 삶의 새로운 방향성을 제시해 준 에밀은 신앙의 대상이었다. 그의 말이라면 뭐든지 따르겠지만 단 하나, 버리지 못한 미련이 바로 성아와 지혜였다.

"필요없어. 닥쳐."

"그래. 마음껏 원망해라. 내 마음대로 할 테니까."

신윤범은 단호하게 대답하고는 손을 뻗었다.

"슬슬 상황이 좋지 않게 돌아가서, 너한테만 시간을 할애할 수가 없겠다."

그가 성아에게 묶여 있는 덕분에 전황이 상당히 불리하게 돌아가고 있었다. 일단은 성아를 제압해 놓고 적극적으로 유현 일행을 하나하나 처리해야겠다.

찌이이잉.

그렇게 생각한 순간, 그의 뇌를 후벼파는 듯한 통증이 일었다. 신윤범은 깜짝 놀라서 뒤로 물러났다. 동시에 영자 네트워크를 뒤틀어서 그런 타격을 준 유현이 그와 성아 사이를 가로막는다.

"모건! 구경만 하지 말고 나와!"

유현이 검격을 뿌리며 외쳤다. 신윤범이 머리를 감싸 쥔 채 눈을 부릅떴다. 모건? 지금 이 녀석이 무슨 말을 하는 것이지? 이 전장에 자신이 파악하지 못한 존재 따위…….

휘이이이이!

갑자기 눈보라가 휘몰아쳤다. 기온이 급속도로 떨어져 영하 80도 이하까지 되면서 주변이 새하얗게 물들어간다. 내열주문을 걸지 않았던 병력들이 거기에 휘말려 한순간에 얼음기둥으로 변해 버렸다. 그리고 그 사이에서 금발을 휘날리는 여자가 모습을 드러냈다.

"라리사 고르디바?"

경악하는 신윤범의 앞쪽에서 유현의 검격이 쏟아졌다. 뜻하지 않게 공격을 받고 흐트러진 신윤범은 그것을 막아내는 것만으로도 식은땀이 흐르는 것을 느꼈다. 거의 음속으로 날아드는 유현의 검격이 그의 방어를 두들기면서 육체에 상처를 내고 있었다.

"크!"

"실컷 잘난 척했으니 이제 대가를 치르시지!"

유현이 사납게 외치며 초가속에 들어갔다. 신윤범은 떨어지는 유현의 검격이 한순간 마하 3까지 가속되는 것을 보았다. 언젠가 겪은 상황이 그대로 재현되는 것 같다. 하지만 그때와 같은 결과를 낼 생각은 없었다.

파창!

충격파가 터지며 공간이 요동쳤다. 신윤범이 그 반동을 이용해 뒤로 빠지면서 유현을 노려본다. 유현은 공격이 막힌다고 판단한 순간, 그 반동을 버텨내는 대신 검을 놔버리고 뒤로 물러났다. 서로가 나노초 단위로 움직임을 인지하는 감각을 가졌기에 가능한 일이었다.

채채채채챙!

새로운 검을 꺼내 격렬하게 공격을 퍼붓는 유현과 자신도 검을 불러내 거기에 맞서는 신윤범의 눈빛이 사납게 교차했다. 하지만 검투에서는 유현이 월등히 위다. 설령 신윤범이 감각과 육체 능력 면에서 유현을 따라붙었다고 하더라도 그걸 사용하는 기량의 차원이 달랐다.

스칵!

결국 유현의 검이 신윤범의 팔을 베어냈다. 하지만 신윤범은 아무런 고통도 느끼지 못하는 눈으로 유현을 노려보고 있었다. 유현이 불길함을 느끼는 순간 공간이 요동치며 파열한다.

쾅!

유현과 신윤범이 서로 반대 방향으로 튕겨 나갔다. 신윤범은 독하게 자기 자신까지 공격의 대상으로 끼워 넣어서 유현을 후려친 것이다. 일방적으로 두들겨 맞을 바에는 이런 식으로라도 흐름을 바꾸는 것이 분명 전술적으로 현명한 선택일지도 모른다.

"하, 하하. 생각보다 의지가 대단한데."

아무리 통각을 끊었다고 하더라도, 한순간에 자신의 목숨이 끊어질 수도 있다는 것을 알면서 자폭공격을 하기는 어렵다. 유현은 몸을 일으켜서 재생포션을 주사하고 신윤범을 노려보았다. 그의 주변에서 무수한 총기들이 떠올라서 신윤범을 향해 일제사격을 퍼부었다.

동시에 신윤범이 옆으로 달려나갔다. 눈에서 절망의 불길을 뿌려내며 공간을 진동시켜 총격을 모조리 튕겨낸다. 그 궤적을 따라서 충격파가 터지고 이윽고 거기에 따라잡힌 신윤범은, 놀랍게도 그것을 타고 허공으로 치솟으며 유현을 향해 공격을 퍼부었다.

폭음이 연이어 울렸다. 플라즈마화된 불길이 작렬하면서 유현이 있는 자리가 수만 도의 불길에 휩싸였다. 하지만 유현은 질풍 같은 움직임으로 그 공격 범위에서 벗어나고는 신윤범을 향해 달려들었다. 신윤범이 불러낸 공간진동과 유현이 불러낸 퀘이사 에너지가 충돌한다.

콰각!

아무리 공간진동이라고 하더라도 모든 것을 소멸시키는 퀘이사 에너지를 막아낼 수는 없었다. 지금의 유현조차도 아주 적은 양을 이끌어내어 제어하는 것이 고작인 그것이 푸른 궤적을 그리며 신윤범의 몸을 찢고 지나간다.

"크윽!"

신윤범이 자신의 신체 상태를 파악하고 신음했다. 슬쩍 긁고 지나간 것 같은데, 보통 방법으로는 재생이 불가능할 정도로 영체까지 통째로 소멸해 버렸다. 그러나 그는 인간이 아니다. 시스템의 코어인 그는 영자 네트워크의 힘으로 파손된 육체도 얼마든지 복원할 수 있었다. 그리고 공간진동이 일으킨 충격파가 유현을 덮쳐서 그를 지상으로 날려 버렸다.

"아니?!"

다음 순간 신윤범의 안색이 굳었다. 갑자기 영자 네트워크의 제어권이 혼선을 일으키는 게 아닌가? 그를 지켜주던 공간진동이 멈추면서, 상처가 벌어져서 피가 왈칵 쏟아져 나왔다. 거기에 통각까지 되살아나자 신윤범은 더 이상 비명을 참을 수 없었다.

"크아아악! 어, 어떻게 이런……!"

"감히 내 전공 분야에서 나를 이긴 척 우쭐해하면 곤란하지, 애송이."

그런 그에게 사형선고처럼 모건의 목소리가 들려왔다. 신윤범은 경악해서 위를 올려다보았다. 모건이 유령처럼 흩어졌다 다시 모아졌다를 반복하면서 섬뜩한 미소를 짓고 있었다. 그를 보는 순간 신윤범은 자신의 시스템 통제권이 치명적인 타격을 입었다는 사실을 깨달았다. 모건은 진유현이 시스템을 뒤흔들어 놓은 틈을 타서 신윤범의 뒤통수를 친 것이다.

"모, 모건……!"

이 순간 신윤범은 모건의 무서움을 깨달았다. 왜 신과 같은 능력을 갖고 있던 에밀조차 그를 두려워하고, 어떻게든 격리시켜 두려고 했는지 알 수 있을 것 같았다.

그리고 지상으로 떨어져 내리는 그를 향해 돌진하는 사람이 있었다. 전신을 푸른 불길로 감싼 채 돌진하는 것은 성아였다. 성아는 새로운 검을 뽑아 든 채 신윤범을 향해 살기를 쏘아보냈다. 신윤범은 그 시선을 느끼고 그녀와 눈을 맞추었다. 마음속까지 꿰뚫어 버릴 듯한 그 날카로운 시선에 가슴이 두근거린다.

"성아……."

그의 입이 열리는 것과 동시에 성아가 그의 품에 도달했다. 성아의 남은 영력을 전부 담은 검이 몸을 깊숙이 가르고 지나갔다.

'아…….'

신윤범은 갑자기 시간이 멈춘 것 같은 착각을 느꼈다.

한없이 느려진 시간 속에서 성아의 눈빛이 그를 관통한다. 전속력으로 그를 베어버린 성아가 그를 지나치면서 몸을 회전시키고, 그러면서도 시선만은 그에게 고정한 채로 다시 검을 들어 올린다.

그 앞쪽에서 그는 춤을 추듯이 비틀거리며 쓰러지고 있었다. 시스템의 통제권이 모건에게 해킹당해서 흔들리고, 그를 지켜주던 영자 네트워크의 힘이 역류하면서 신체가 붕괴한다.

쓰러지던 그가 손을 뻗었다. 힘있게 땅을 딛고 서 있던 성아의 목에 그의 팔이 걸린다. 유현에게 뼈까지 베어져서 덜렁거리는 팔이었지만, 어떻게 그녀에게 매달릴 수는 있게 해주었다.

"성아야……."

"끝이야, 오빠."

"안타깝구나."

성아는 그의 속삭임을 들으며 그의 심장에 검을 깊숙이 박아 넣었다. 그리고 그의 몸을 뿌리치면서 뒤로 물러났다.

심장이 파괴당한 신윤범의 입가에 공허한 미소가 걸렸다. 마지막 순간, 그는 스쳐 가는 성아의 얼굴을 보며 생각했다.

'어차피 모두가 파멸할 텐데…….'

이 증오스러운 세상이 멸망할 운명이라면, 하다못해 자신의 유일한 미련이라도 구하고 싶었다. 하지만 그러한 집착은 그 자신까지 함께 파멸하는 결과를 불러왔을 뿐이다. 신윤범이 허공을 바라보며 파멸을 예견하는 순간, 검에서 터져 나온 불길이 그의 몸을 산산이 부숴 버렸다.

흩어지는 그의 시체를 보며 성아가 조용히 중얼거렸다.

"나도 마찬가지야, 오빠."

두 사람의 말은 서로 엇갈린 마음을 담은 채 그 자리에서 스러져 갔다.

Chapter 최종장

유년기의 끝

"신윤범이 죽었어?"

그 순간, 천공대륙 올림푸스에서 왕좌에 앉아 있던 아홉 명의 요괴는 경악했다. 세계 전역의 시스템을 장악해서 무적의 힘을 자랑할 것 같던 신윤범이 죽다니? 게다가 그가 시스템 중추에서 사라졌다는 사실을 알 수 있을 뿐, 그 일의 전말을 전혀 알 수 없다는 점이 그들을 동요시켰다. 시스템의 제어 권한에 혼선이 오면서 그들이 열람할 수 없는 정보가 기하급수적으로 늘어나기 시작했다.

"무슨 일이 벌어지고 있는 거지?"

그들의 심장이 불안과 두려움으로 쿵쾅거렸다. 이 순간 그들은 거들먹거리며 세상을 오시하던 미드가르드의 아홉 왕이 아니라, 죽음이 싫어서 금지된 비술을 이용해 인간을 버렸지만 7대세력이 무서워 쥐새끼처럼 숨어 살아가던 그때로 돌아가 있었다.

절대적인 힘과 미래에 대한 확신이 있었기에 그들은 당당할 수 있었다. 그것이 한순간이라도 사라지면 그들은 너무나도 나약하고 추악한 존재에 불과했다.

"일단 시스템 붕괴를 막아! 우리가 시스템을 장악해야 한다!"

그들 중 그래도 생각이 있는 자가 말했다. 아홉 명은 그 의견에 동의하고 다시 자리에 앉았다. 그리고 정신을 집중해 주인을 잃고 혼란에 빠진 시스템을 장악하기 위해 모든 역량을 집중시켰다.

그렇기에 그들은 몰랐다, 그들의 옆쪽에 길게 이어진 궤도 엘리베이터 케이블을 통해서 또 한 사람이 달로 향했다는 사실을.

* * *

신윤범이 죽고 나자 상황은 빠르게 정리되었다. 영자 네트워크는 유현과 모건에게 장악당했고, 그에 힘입어 일행을 압박하던 적들의 전력이 형편없이 낮아졌던 것이다. 거기에 세르반테스에게 승리하고 돌아온 아일라까지 합류하자 일방적인 학살전이 이어졌다.

"모건."

피바다가 된 세계수 내부에서 유현이 모건을 바라보았다. 모건은 더 이상 인간이라고 할 수도 없었다. 일단 그를 압박하던 시스템의 주체를 없앤 이상 언제든지 상태를 회복할 수 있으리라 예측하는 게 보통이리라. 하지만 유현은 왠지 그를 보며 멀지 않다는 느낌이 들었다. 그의 왼쪽 눈이 모건을 보며 그렇게 말해주고 있었다.

모건이 피식 웃으며 유현을 바라보았다. 유현의 표정을 통해 그 심중을 읽고, 그 자신도 알고 있다고 말하는 것처럼.

"자네는 어서 달로 가게."

"……."

"뭘 해야 할지, 이미 알고 있지 않나?"

오지윤을 한발 앞서서 달로 보낸 모건은, 이제 유현에게도 그 뒤를 따라갈 것을 권하고 있었다. 유현은 석연치 않은 구석을 느끼며 말했다.

"난 세계수를 파괴해야 해."

"그건 내가 하겠네. 아니, 정확히는 우리가 할 수 있을 걸세. 시스템 심장부를 움켜쥔 이상 자네와 엑스칼리버의 도움은 더 필요없네. 이제부터는 전력을 다해서 싸울 때지. 멀린 영감님을 포함해서 7대세력의 생존자들이 나를 도울 테니 걱정하지 말게나."

"걱정이 문제가 아니고……."

"그리고 자네는 세계수를 파괴한 후의 뒤처리는 어떻게 할 생각이지? 이 빌어먹을 나무가 영맥을 안정시켜 주고 있는 것은 사실일세. 이게 사라지면, 이제는 또다시 드러날 성흔의 폭주를 막아낼 만한 힘이 지구에 존재하지 않아."

"그럼 어쩌라는 거지?"

"그건 내가 어떻게든 하겠네. 그러니 어서 가게나. 우리가 아무리 세계수의 시스템을 장악하고 그것들을 파괴한다고 하더라도, 에밀이 우주에서 하고 있는 작업이 완성되면 모든 것이 끝장이라네."

모건은 유현의 어깨에 손을 얹으며 웃었다.

"자네가 무사히 돌아온다면 그땐 기꺼이 자네 손에 죽어주겠네. 그러니까 가."

"아, 당신 진짜……."

유현은 뭐라고 한마디 하려다가 그냥 그만두었다. 모건의 목숨은 이제 멀지 않았다. 어쩌면 훨씬 전부터 그는 그 사실을 알고 있었는지도 모른다는 생각이 들었다.

'아마도 그때부터…….'

유현과 함께 퀘이사의 폭주를 저지하고, 저런 몸이 되어버렸던 순간부터 그는 자신의 끝을 알고 있었던 것은 아닐까.

유현은 한숨을 쉬며 그에게서 몸을 돌렸다. 성아가 산산조각 난 신윤범의 시체를 한곳으로 모아서 불태우고 있었다. 원래는 온전한 시체로 짜맞출 생각이었는데, 마지막에 터진 일격이 워낙 위력이 커서 도저히 그렇게 할 수가 없었다.

"하아."

그녀는 한숨을 쉬며 신윤범의 사념이 흩어지는 것을 지켜보았다. 그리고 유현을 돌아보며 말했다.

"달로 가는 거야?"

"그래야 할 것 같아."

"따라갈 수는… 없겠지?"

"안 될 거야. 여기 남아서 저 아저씨가 수상한 짓 안 하나 감시나 해줘."

유현은 모건을 흘겨본 다음 일행을 하나하나 둘러보았다. 다들 실력이 뛰어난 이들이다 보니 데려가면 도움이 될지도 모르겠지만, 문제는 장소가 달이라는 것이다. 엑스칼리버로 시스템을 장악해서 달로 이동하는 것까지는 가능하겠지만, 유현 외의 다른 사람들은 달에서 생존할 수 없었다.

그리고… 그런 문제가 아니더라도 이들을 데려갈 생각은 처음부터 없었다.

아일라가 그와 눈빛을 마주하며 살짝 고개를 끄덕였다.

한얼은 그냥 어색하게 웃었고, 신우는 뭐라고 말해야 할지 모르는 복잡한 표정을 짓고 있었다. 유현이 말했다.

"표정이 왜 그래?"

"아뇨. 뭐랄까… 사부님 혼자 보내는 게 좀 그래서요."

"네가 나 걱정할 군번이냐? 여기도 완전히 안전해진 게 아니니까 알아서 잘해."

"뭐 이제 제 앞가림 할 정도는 된다고요."

"아까도 죽을 뻔해놓고 무슨."

유현은 신우를 한번 쥐어박고는, 마지막으로 난슬을 바라보았다. 난슬은 가만히 그를 바라보고 있다가 배시시 웃었다.

"하나만 말할게."

"뭔데?"

"무사히 돌아와."

"……."

유현은 대답하지 않고 쓴웃음을 지었다. 그런 그에게 난슬이 조용히 다가와서는 양손을 내밀었다. 그리고는 그 손으로 유현의 얼굴을 잡고 살며시 자신에게로 끌어당긴다.

"저, 저저저저……!"

신우가 눈을 휘둥그레 뜨고 성아의 표정은 아예 비명을 지를 듯이 경악에 물들었다. 아일라도 호오, 하며 눈을 조금 크게 떴다.

모두가 보는 앞에서 두 사람의 입술이 맞닿았다.

잠시 후, 난슬이 입술을 떼며 미소 지었다. 평소의 그녀와는 달리 어딘가 유혹적이고 요염해 보이는 미소였다. 왠지 유현은 가슴이 두근거렸는데 그녀의 눈빛과 표정 때문인지, 아니면 방금 당한 키스 때문인지 모르겠다. 유현은 처음으로 그녀가 남자를 현혹해서 잡아먹는 것으로 유명한 구미호라는 사실을 실감했다.

난슬이 말했다.

"지난번에 당한 거, 내 첫키스였어."

"어, 진짜?"

유현은 당황했다. 아니, 구미호씩이나 되는 여자가 400년 동안 살면서 키스 한 번 안 해보고 살았다고?

난슬이 생긋 웃으며 고개를 끄덕였다.

"응. 비싼 걸 훔쳐갔으니까, 꼭 돌아와서 보상해야 해?"

"뭐… 노력하지."

유현은 살짝 얼굴을 붉히면서 그렇게 대답하고 말았다. 신우가 옆에서 막 휘파람을 불어댔다.

"와, 뜨겁네요, 뜨거워."

"시끄러워, 인마."

"아, 애인 없는 사람 서러워서 살겠나. 사부님 죽어도 여한이 없겠네요."

"그 말을 들으니 왠지 무슨 일이 있어도 살아서 돌아와야겠다는 생각이 드는구나."

유현은 끝까지 까불거리는 신우를 한 대 더 쥐어박고는 몸을 돌렸다. 그가 자신의 옆을 지나칠 때, 성아는 아예 혼이 나간 얼굴로 망부석처럼 굳어 있었다.

유현의 모습이 자재 운반 라인 안으로 사라졌다. 그리고 가동하기 시작한 엘리베이터가 그의 몸을 빠르게 상공으로 이동시키기 시작했다.

"꼭 돌아와, 유현……."

난슬이 다른 사람에게 들리지 않게 중얼거렸다. 처음부터 유현의 마음을 읽기라도 한 것처럼.

몸이 분해되어 빛으로 화했다가 원래대로 돌아오는 경험은 그리 유쾌하진 않았다. 궤도 엘리베이터를 타고 무시무시하게 가속, 고도 36,000킬로미터 지점에서 육체를 양자화하여 텔레포트한 유현은 달에 발을 딛으면서 부르르 몸을 떨었다. 무의식중에 자신의 몸이 정말 멀쩡하게 재구성되었나 확인해 볼 정도로 끔찍한 한순간의 경험이었다.

텔레포트가 이루어지기 전에 유현은 이미 달에서 생존하기 위해 필요한 모든 주문을 스스로에게 걸어두고 있었다. 원래 이런 주문들을 알고 있었던 것은 아니다. 모건이 자신이 장악한 영자 네트워크를 통해서 유현에게 생존에 필요한 술식들을 이식해 주었던 것이다. 그 결과 유현은 자신의 몸이 아닌, 최강의 마법기인 엑스칼리버를 이용해서 그 마법들을 구현할 수 있게 되었다.

"달이라……."

왠지 자신이 달에 와 있다는 사실이 실감나지 않는다. 당장 몸에는 6분의 1의 중력만이 걸려서 깃털처럼 가벼운 느낌이 드는데다 무한한 진공의 우주가 주변에 펼쳐져 있고, 그 너머에는 푸른 구슬 같은 지구의 모습이 보이는데도… 왠지 이 모든 것이 어설프게 꾸며진 세트장 같은 느낌이 들었다.

그것은 달 표면의 모습이 상상한 것과는 전혀 달랐기 때문인지도 모른다. 폭발로 인해 일어난 장대한 먼지구름이 앞쪽 시야를 완전히 가리며 뭉게뭉게 피어나고 있었고, 그 너머에는 거대한, 너무나도 거대한 세계수의 모습이 있었으니까.

"오지윤, 벌써 한바탕 한 모양이군."

달 표면 위를 걷던 유현은 주변에 깔린 나무 포장도로와 그 위에 완전히 파괴되어 널브러진 수십 개체의 나무 골렘들을 발견했다. 그들이 들어 나르던 세계수 자재들이 지저분하게 널려 있었다.

그리고 그 주변에도 얼마 되지 않은 것으로 보이는 압도적인 파괴의 흔적들이 있었다. 지름 수 미터에서 수백 미터에 이르는 크레이터 수십 개가 주변에 형성되어 있었고 먼지구름은 거기서 일어난 것이다.

"여어."

그런 지점을 걸어서 벗어나고 나자 이미 익숙해진 목소리가 들려왔다. 아니, 정확히는 목소리처럼 인식되는 정신파가 영자 네트워크를 통해 흘러든 것이다.

유현이 고개를 돌리자 길이 17킬로미터의 거대한 세계수와 그 아래쪽의 황금빛 숲의 도시로부터 얼마 떨어지지 않은 바위 위에 오지윤이 걸터앉아 있었다. 주변의 영자 네트워크가 진동하면서 마력을 생성, 그에게 강대한 힘을 부어 넣고 있는 것이 느껴진다.

그 아래쪽에 누군가의 시체가 쓰러져 있었다. 비즈니스 수트를 입은 금발의 남자가 한쪽 팔이 뜯겨져 나가고 전신이 피투성이가 되어 있다. 이미 생명 반응은 끊어져 있었다.

"그건 누구지?"

"에밀 크레이그."

지윤이 대답했다. 세계를 파멸의 구렁텅이로 끌어넣고 신세계를 창조하려던 남자를 죽여 없앴다고, 너무나도 가벼운 목소리로 말하고 있는 것이다.

하지만 유현은 동요하지 않고 재차 물었다.

"에밀 크레이그는 확실히 죽었나?"

"아니."

지윤이 예상한 대답을 들려주었다. 그의 말이 이어졌다.

"이건 본체가 아니고 전투용으로 내보낸 클론이지. 본체는 아마 세계수 중추와 융화되어 있을 거야. 덕분에 영자 네트워크를 통해 시스템 코어에 일종의 바이러스 술식을 침투시켜서 행동을 멈추게 할 수 있었지. 안 그랬으면 이렇게 쉽게 이기진 못했을 거고."

에밀 크레이그의 힘은 막강했다. 세계수의 힘을 받아들여 스스로를 변화시키고, 아카샤 시스템을 완벽하게 활용할 수 있게 된 지윤조차도 죽음의 위기를 느껴야 했을 만큼.

하지만 지윤이 달의 지면을 밟은 시점에서 승리는 확정되어 있었다고 해도 과언은 아니다. 모건은 아주 오랜 시간 동안 이 순간을 준비해 왔고, 세계수가 강림하는 그 순간 거기에 박아 넣은 지혜의 파편을 이용해서 시스템을 다운시킬 만한 데이터 폭탄을 만들어내는 데도 성공했다.

지구의 세계수 시스템과 아카샤 시스템의 연산, 그리고 지혜의 파편이 더해진 그 일격은 에밀의 허를 찔렀고 그는 단번에 궁지에 몰렸다. 모건은 달에 있던 미미르의 샘에서 두 개의 지혜의 파편을 퍼올리면서 결정적인 순간에 써먹기 위한 조작을 가해두었고, 지윤이 가진 지혜의 파편과 미미르의 샘이 공명하면서 계략이 완성되었던 것이다.

그 결과 에밀은 지금은 시스템을 잠식하는 모건의 수작을 해결하기 위해 세계수 중추에 묶여 버렸다. 그리고 오지윤을 상대하기 위해 요정인들을 생산하기 위한 세계수 도시의 자체적인 방어 시스템을 깨워두었다.

설명을 다 들은 유현이 말했다.

"모건 그 양반 정말 악마 같군."

"그 말은 동감이야. 정말 악마 같은 양반이지. 메피스토텔레스도 한 수 접어줘야 할걸."

지윤이 키득거렸다. 유현은 가만히 그를 바라보고 있다가 물었다.

"그런데 그런 이야기를 친절하게 해주는 의도는 뭐지?"

"뭐, 일단은 시간을 벌어야겠다는 게 첫 번째고……."

에밀을 쓰러뜨리긴 했지만 지윤의 마력은 거의 한도까지 소모되어 있었다. 그래서 영자 네트워크를 이용해서 마력을 복원하고 있던 참에 유현이 나타난 것이다.

"그리고 왠지 네가 여기 와 있다는 것은… 모건 이 영감님이 둘이 결판을 내라는 수작을 부려둔 것 같거든. 아마 여기서 내가 하려는 일과 네가 하려는 일은 꽤나 거리가 먼 것 같은데 굳이 둘을 붙여놓는다면 뻔하지 않겠어?"

"그 말은 동감이다. 하지만 여기서 명확히 해두지. 네가 하려는 일이라는 걸 말해주지 않겠나?"

"그러지."

지윤은 바위 위에서 훌쩍 뛰어서 유현 앞에 서면서 말했다.

"난 지금 세계가 굉장히 마음에 들어. 더 이상 누가 이유도 없이 희생당해서 돼지보다도 무능하고 무지한 것들의 삶을 책임져 줄 필요가 없는 이 끝내주는 세계가 말야."

"그 건에 대해서는 나랑 완전히 견해가 갈리는군."

"그럴 줄 알았어. 하지만 말이지, 아무리 그래도 인류가 완전히 멸망해 버리고 에밀이 요정인들을 부활시킨다, 이런 것은 좀 아니라고 생각하거든. 그래서 에밀을 죽이고 지구를 내가 장악하겠어. 그리고 산산조각 난 인류를 이끄는 신세계의 신이 된다. 어때, 근사한 야망이지?"

지윤이 히죽 웃었다. 붉은 머리칼 아래 생기에 찬 눈동자가 유현을 바라본다. 동시에 두 개의 장검이 환영처럼 허공에 떠오르고 그가 그것을 쥐었다.

유현이 차갑게 대답했다.

"시시하군."

그리고 유현 역시 검을 불러내어 손에 쥐었다. 가볍고 현란한 연격을 주력으로 삼는 지윤과는 달리 선이 굵은 일격을 선호하는 그답게 커다란 장군검이었다.

"스케일은 더 크고 방법이 좀 황당하지만, 결국 기회를 틈타서 세계정복 한번 해보겠다 이런 소리지? 정말 시시해. 역시 너라는 놈의 그릇은 그 정도밖에 안 되는군."

"말투 진짜 짜증나네. 그러는 너는?"

"글쎄. 실은 딱히 생각해 둔 것은 없어. 다만 너처럼 철없는 놈이 세상을 지배하는 건 막아야겠어."

"대안도 없이 일단 주도권부터 쥐고 봐야겠다니, 추악해서 구역질이 난……."

지윤의 말은 끝까지 이어지지 못했다. 대기가 없는 달 위라는 것을 증명하기라도 하듯, 아무런 소리도 없이 총격이 그를 덮쳤기 때문이다. 지윤을 지키는 자동 방어 술식이 반응해서 그것을 막아냈지만 그 순간 유현이 달려들었다.

"젠장! 기습 아니면 써먹을 레퍼토리가 없냐!"

멀리 떨어진 곳에 총을 불러내고 염동력으로 조작, 총격을 가한 유현에게 지윤이 신경질적으로 마검술을 퍼부었다. 빛에 휘감긴 두 자루의 검이 폭풍처럼 유현에게 쇄도한다. 하지만 유현은 힘있게 내지른 초음속의 일격으로 그 모든 것을 한꺼번에 쓸어버리고, 그와 동시에 엑스칼리버를 전개했다.

꽈르르르릉!

소리는 울리지 않는다. 그러나 두 사람은 작렬하는 뇌광 속에서 소리의 이미지를 듣는다. 푸른 뇌광의 폭풍 속에서 지윤이 탈출했다. 영자 네트워크를 이용해서 가까스로 그것을 막아낸 다음 타흘룸을 전개한다. 열두 개로 분화된 빛의 파편이 마하 10의 속도로 유현을 노렸다. 지혜의 파편과 아카샤 시스템이 있는 한 마법 운용 능력과 연산 능력은 지윤 쪽이 위다.

하지만 유현의 대응도 만만치 않았다. 그의 주변 공간이 물결치더니 대기를 통하지 않는 충격파가 발생, 전방위에서 날아드는 타홀룸을 전부 튕겨내 버렸다.

'공간진동?!'

신윤범이 쓰는 것을 본 유현이 그가 쓰러진 후 시스템의 데이터 베이스를 열람해서 그것을 재현해 낸 것이다. 영자 네트워크의 활용법은 무궁무진했고 유현도 한 번 본 것이라면 얼마든지 흉내 낼 수 있었다. 지윤처럼 무한한 연산 능력을 이용해서 동시다발적인 공격 운용을 할 수는 없지만, 퀘이사 에너지로 가속된 유현의 감각은 나노초 단위의 시간을 인지하고 거기에 반응할 정도다. 정신 용량이 모자라는 것도 발군의 사고 속도로 충분히 커버할 수 있었다.

마치 뇌신이 해머를 들어 내려치듯이 뇌격이 쏟아진다. 압도적인 마력 용량이 엑스칼리버의 출력을 최대로 이끌어내고, 영자진동에 의해 일어난 불가해한 현상이 그것을 수십 배로 증폭시켰다. 차원 저편의 존재조차 격살할 수 있는 순수한 에너지의 격류는 그것을 맞아들여야 하는 지윤을 전율시켰다.

"크! 출력으론 상대가 안 되는 건가!"

타홀룸이 접근도 못하고 흩어지는 것을 본 지윤이 이를 악물었다. 동시에 그의 오른쪽 눈동자가 빛나면서 영자 네트워크를 이용하기 위한 연산이 개시된다. 유현이 사용하는 공간진동을 그라고 못 쓸 이유는 없었다. 그의 주변이 물결치면서 충격파가 터지고 그것이 엑스칼리버의 공격을 막아냈다.

하지만 거기까지였다. 유현은 수십 배로 증폭시킨 엑스칼리버의 에너지를 사방팔방으로 전개시키고 있었다. 순수에너지의 파동에 특수한 영자진동이 더해지면서, 에너지의 위치 좌표가 정상적으로 인식할 수 있는 범위를 넘어섰다. 공간을 타넘으면서 흐르는 뇌격이 정면에서, 좌측에서, 우측에서, 뒤쪽에서, 위에서, 아래에서… 모든 좌표에서 쏟아져 지윤을 꿰뚫었다.

콰아아아앙!

달의 표면에서 청백색 섬광이 작렬하면서 폭음이 울려 퍼졌다. 대기가 존재하지 않더라도 격렬한 에너지의 파동과 지면을 타고 전해지는 진동이 유현에게 이 폭발이 현실에서 일어나고 있는 것이라고 일깨워 주는 것 같았다.

승리를 확신해야 할 것 같은 순간이었지만 유현은 뭔가 위험한 번뜩임이 뇌리를 스쳐 가는 것을 느꼈다. 사방팔방으로 흩어지는 에너지의 흐름 속에서 자신에게 경고를 던지는 패턴을 발견하고 회피하는 순간, 허공으로부터 쏘아진 섬광이 팔을 스치고 지나갔다.

"큭!"

그 섬광이 수십 개의 파편으로 화해서 유현에게 달려들었다. 한 번에 엑스칼리버를 전부 방출해 버린 유현은 공간진동을 일으켜서 그것들을 받아냈다.

그런데 이상하다. 그 빛의 파편들은 공간진동에 튕겨 나가지 않고, 그 표면에 달라붙어서 마치 수면 위를 떠다니는 나뭇잎처럼 팔랑팔랑 흘러 다닌다. 주변의 지표가 터져 나가고 사방으로 돌가루가 휘날리는데도 떨어져 나갈 생각을 하지 않았다.

'잠식당했어?'

다음 순간 유현은 그 파편들이 진동하는 공간을 집어삼키며 시야를 가리는 것을 보았다. 분화된 타흘룸들은 영자 네트워크가 일으키는 현상의 패턴을 해석하고 그것을 역으로 잠식해 버린 것이다.

유현이 어떤 행동을 취하는 순간 빛이 그를 덮쳤다. 섬광이 공간을 잡아 찢으면서 또다시 폭발이 일어난다. 그 너머에서 머리칼이 좀 그슬리고 옷 여기저기가 찢겨진 지윤이 모습을 드러내고 있었다.

다음 순간 그의 눈이 유현의 눈과 똑바로 마주했다. 유현이 텔레포트로 빛의 폭발에서 빠져나오면서 브류나크 DX212를 겨누었던 것이다.

"맙소사!"

지윤이 경악하는 순간, 유현이 그의 심장을 겨누고 방아쇠를 당겼다.

2

지구상에 만들어진 궤도 엘리베이터는 지구와 달, 그리고 나아가서는 지구와 태양계 전역을 잇기 위한 통로였다. 모건의 그것과는 완전히 다른 방식으로 전개되는 텔레포트는 정확히 별들끼리의 좌표를 잇고 있다. 시스템에 등록된 자라면 누구나 간단하게 그것을 이용해 다른 별로 갈 수 있었다.

하지만 모건은 그럴 수가 없었다. 그는 시스템을 장악하고 조작할 수는 있어도 그 힘을 온전히 이용할 수는 없는 존재였다.

'이미 나를 살아 있는 존재로 인식하질 않는군.'

모건은 세계수의 시스템 코어에 선 채 짜증을 냈다. 불길처럼 흩어졌다 다시 모아졌다를 반복하는 그는 세계수 시스템에게 있어서는 아예 살아 있는 존재로 인식되질 않고 있었다. 아니, 그걸 넘어서 물리적으로 존재하지 않는 것으로 취급한다. 망령이나 허상과 같은 존재가 세계수의 시설을 이용해서 달로 텔레포트를 할 수는 없는 노릇이다.

결국 모건은 한숨을 쉬면서 그 편한 수단을 포기했다. 세계수의 시설을 이용할 수는 없어도 필터링을 푸는 데는 성공했다. 이제부터는 자기 자신의 힘으로 달로 향하면 된다.

"갈 건가?"

현실의 목소리는 아니었다. 모건에 의해 시스템과 연결된 멀린이 심상공간을 통해 이야기하고 있었다.

그는 어색한 기계인간의 몸 대신 본연의 모습으로 모건과 마주하고 있었다. 물론 현실의 그는 여전히 기계인간의 몸에 깃들어 있고, 그의 본체는 사경을 헤매고 있는 중이다. 하지만 이 심상공간에서만큼은 모건이 기억하고 있는 바로 그 모습으로 나타날 수 있었다. 단정한 백발과 수염, 그리고 고급스러운 슈트를 걸쳐 입은 풍채 좋은 멋쟁이 노인이다.

"그러고 있으니 좀 대마법사 같군요."

모건이 지치고 피로한 목소리로 말했다. 멀린이 못마땅한 표정으로 대꾸했다.

"네놈에게 그런 소리 듣고 싶진 않다. 그런데 정말 갈 거냐? 아직은 늦지 않았을지도 모르는데."

"아뇨. 이미 늦었습니다."

"그건 모르는 일이잖나. 이제부터 네 상태를 연구해서 대응책을 찾으면……."

"멀린."

모건이 그의 말을 막았다. 그리고 처음으로 그에게 정중하게 고개를 숙였다.

"제게 마음 써주신 것, 감사드립니다."

"무, 무슨……."

갑자기 돌변한 모건의 태도에 멀린이 당황했다. 모건이 부드럽게 웃으며 말했다.

"하지만 마지막까지… 저는 제멋대로 해야 할 것 같습니다. 당신의 호의, 당신의 기대를 모두 받아들이지 못하고 가는 것을 용서하십시오."

"고얀 놈."

"3년 전부터 이미 결정되어 있었던 일입니다. 단지 진리를 바라고 멸망의 대계 위에 올라타 무력하게 동참해 온 죄, 이렇게라도 청산해야지요."

"……."

멀린은 아무 말도 하지 못하고 모건을 바라보았다.

기나긴 세월 동안 살아온 멀린은 그동안 이루 헤아릴 수 없을 정도로 많은 재능의 소유자들을 보았다. 그러나 그중 마법에 있어서 자신이 인정할 만한 천재는 단 한 명도 없었다. 오로지 모셔야 할 위치 퀸과 자신만이 세계의 이면에 군림하며 그렇게… 인간의 가능성은 너무나도 시시한 것이라고, 재능은 귀하지만 그렇기에 천 년의 세월 속에서도 찾을 수 없는 것이라고 생각하고 있었다.

그 권태와 오만 속에서 눈이 번쩍 뜨이게 만들어준 것이 모건이다. 현대, 아인슈타인의 상대성 이론과 함께 폭발적으로 발전한 문명은 마법의 모든 것을 새로운 경지로 도약시켰다. 그리고 모건은 그 속에서 나타난 진정한 천재였다.

멀린은 무슨 일이 있어도 그를 손에 넣고 싶었다. 수천 년 만에 발견한 태양 같은 재능의 소유자를 소중히 가꾸어서 눈부시게 개화시키고 싶어서 미칠 지경이었다.

그러나 그 재능은 그의 것이 아니었다. 긴긴 세월, 유일하게 만난 자신과 필적하는 재능의 소유자는 누구에게도 소유되지 않은 채 저 넓은 창공을 훨훨 날았고 마지막까지 지상에 내려오려고 하지 않았다.

"빌어먹을 놈, 마음대로 해라."

"뒷일을 부탁드리겠습니다."

모건은 다시 한 번 정중하게 고개를 숙이고는 심상공간에서 물러났다. 동시에 세계수 꼭대기로 공간이동해서 하늘을 올려다본다. 영자 네트워크의 필터링 명령이 사라져서 그런지 거의 부담없이 이동하는 게 가능했다.

하늘 끝까지 이어진 궤도 엘리베이터 케이블을 올려다보던 그는 문득 잊은 것이 있다는 사실을 떠올렸다. 다시 지상을 굽어보면서 그곳에 있는 사람에게 정신파를 보냈다.

—라리사.

"예."

라리사는 사라진 모건의 정신파를 받고는 고개를 들었다. 물론 세계수 안에 있는 그녀에게 모건의 모습은 보이지 않는다. 멀고도 아득한 곳에서 전해지는 정신파만이 그의 존재를 증거할 뿐.

—세영이를 부탁하네. 그 녀석, 그동안 우리 뒷바라지하느라 고생 많이 했잖나.

"그건 맡겨주십시오."

—자네도 부디 살아남게나.

모건은 그 말을 끝으로 정신파를 끊었다. 그리고 하늘을 올려다보며 감각을 수십만 킬로미터 저편까지 뻗어서 필요한 좌표를 계산했다. 지구의 움직임, 별들의 움직임, 중력이 만들어내는 미묘한 변화들… 그 모든 것들을 계산한 뒤에 자신이 갈 곳을 결정한다. 눈에 보이는 것을 토대로 생각해서는 상상을 초월한 오차를 빚어낼 수밖에 없는 진실의 숫자들이 그의 존재를 가득 메우면서, 그가 마지막 공간 도약을 시도했다.

"부디 원하는 바를 이루시길."

정령을 통해 그가 사라지는 순간을 지켜본 라리사가 조용히 중얼거렸다.

* * *

달 표면 위를 달리는 두 사람의 움직임은 인간을 초월해 있었다. 시속 수백 킬로미터의 속도로 이동하면서 상대방을 향해 인간을 수천 번도 더 죽일 수 있을 것 같은 공격을 연속적으로 퍼붓는다.

하지만 좀처럼 서로에게 타격을 입힐 수 없었다. 유현의 감각은 마인혈 이상으로 빠르고, 그것을 뒤따르는 어마어마한 파워가 있었다. 그에 비해 지윤은 지혜의 파편과 아카샤 시스템의 무한 연산 능력과 술식 운용 능력으로 힘과 스피드의 차이를 커버하고 있었다. 현 시점에서 두 사람의 전력은 완전히 호각이다.

그리고 서로에게 살의를 불태우는 두 사람을 죽이고자 하는 제3의 의지가 있었다.

쿵! 쿵! 쿵!

전장 30미터 이상의 초대형 나무 골렘들이 걸어온다. 그 위로 새와 비슷한 형태를 한 나무 전투기가, 그리고 나무가 변이되어 만들어진 공격 무기들이 사방에서 모습을 드러냈다. 사방팔방에서 총격과 포격이 날아들고 레이저포가 공간을 갈라

버렸다.

"골치 아프군."

그것들을 막고 피해내면서 유현이 눈살을 찌푸렸다. 세계수 도시의 방어 시스템이 완전히 깨어났다. 게다가 영자 네트워크를 통해서 흘러드는 정보에 의하면 지윤만이 아니고 유현도 적으로 간주한 모양이다.

정신없이 적들의 포격을 피해내던 두 사람의 눈길이 마주쳤다. 두 사람은 거의 반사적으로 검격을 날려서 충돌한 다음, 그대로 대치한 채 입을 열었다. 먼저 유현이 말했다.

"이런 말 하긴 싫은데……."

"나도 마찬가지인데, 일단 협력할까?"

"그러지."

방금 전까지만 해도 서로를 죽이려고 싸우던 두 사람이 한 순간에 태도를 바꾸었다. 어차피 저 세계수 도시는 파괴해야 한다. 인간의 자리를 강탈하고 부활하기 위해 만들어진 요정인 개체들을 파괴하고, 그 시스템 중추를 파괴하거나 장악하는 것이 그들이 할 일이었다.

두 사람은 정신파 채널을 열고는 정보를 주고받으며 돌진하기 시작했다. 적들이 세계수 도시를 방어하겠다고 일어선 이상, 그들의 의도는 뻔하다. 제거 대상인 두 사람을 세계수 도시에서 떨어진 곳에 몰아넣고 없애 버릴 셈이다.

그런 의도를 알면서 말려들어 줄 이유는 없었다. 두 사람은 포격을 피하면서 무서운 속도로 전진했다. 여섯 자루의 검이

길이 6미터 이상의 빛의 칼날로 화해서 달 표면을 날았다.

초음속으로 날아든 빛의 칼날이 초대형 나무 골렘을 꿰뚫었다. 나무 골렘들은 공간진동을 일으켜서 그 공격을 방어해 냈지만, 유현은 이미 그것을 무력화시킬 수단을 강구하고 있었다. 영자 네트워크를 통해서 방해술식이 입력되어서 혼선을 일으키는 순간, 막대한 에너지의 칼날이 그 몸을 관통한다.

콰드드드등!

느릿느릿하게 몸이 기울어진 나무 골렘이 쓰러지자 지진 같은 진동이 일어났다. 유현은 그 몸체를 밟고 날아올라서 장군검을 휘둘렀다. 한순간 장군검으로부터 뻗어나간 빛의 칼날이 20미터 이상의 길이로 백렬하면서 나무 전투기를 양단해 버렸다.

"엄청난데?"

지윤은 그걸 보면서 혀를 내둘렀다. 역시 스피드와 파워에서는 못 이기겠다. 하지만 그에게는 그것을 커버해 줄 효율적인 운용 능력이 있었다.

"이건 어떨까?"

지윤이 지면을 걷어차서 커다란 월석 조각을 들어 올렸다. 그리고 그 위에 타흘룸을 덧씌운 다음 목표지에서 먼 뒤쪽을 향해 날린다. 그렇게 일곱 개를 쳐서 날리자 그것들이 달의 중력 영향권 내에서 정지, 달의 표면과 오지윤의 염동력으로 연결된 채 달의 자전을 따라서 스윙바이의 원리로 가속하기 시작했다.

"미티어 스트라이크."

초속 80킬로미터 이상으로 가속된 타흘룸 월석이 한순간 궤도를 이탈에서 월면으로 떨어져 내리기 시작했다. 붉은 섬광으로 화한 그것이 처음 떠오를 때의 질량을 그대로 간직한 채 세계수 도시 위로 떨어져 내린다. 할리우드 블록버스터에 나왔다면 그 자체로 멸망의 도화선이 되었을 운석 낙하의 공격이다!

보통이라면 그것만으로도 적의 멸절을 낙관할 수 있었을 것이다. 하지만 지윤은 그렇게 하는 대신 방어 시스템에 접속해서 해킹을 시도했다. 세계수 도시의 방어 능력은 상상을 초월한다고 봐야 한다. 그저 물리적인 일격을 가한다고 해서 통하리라고는 생각할 수 없었다.

"역시."

그가 혀를 찼다.

떨어져 내리던 일곱 개의 운석이 어느 순간 사라져 버렸다. 그리고 멀리 떨어진 곳에서 폭발이 치솟으면서 대지가 진동한다. 거의 핵폭발에 필적하는 그 폭발은 분명 지윤이 가속시켜 낙하시킨 타흘룸 월석들이었다. 세계수 도시는 공간결계와 비슷한 원리로 운석이 떨어지는 궤도 앞에 다른 곳으로 통하는 웜홀을 열어버린 것이다.

하지만 그런 방법을 사용한 것은 세계수 도시의 방어 시스템만이 아니었다.

꽈아아아아아앙!

도시의 일부를 날려 버리는 폭발과 함께 대지가 또다시 요동쳤다. 이어지는 충격파에 붉은 머리칼을 휘날리며 지윤이 웃었다.

"하하하. 그 정도로 작은 것까지 다 막아낼 수는 없었나 보지?"

지윤은 일곱 개의 월석을 차올리는 것에 그치지 않고, 자잘한 월석 수십 개가 그 뒤를 따르게 했던 것이다. 그리고 영자 네트워크를 이용해 그것들을 불규칙하게 연속 텔레포트시키면서 방어 시스템을 해킹해 인식이 쉽지 않도록 했다. 방어 시스템은 그중 대다수를 처리하긴 했어도 몇 개는 놓치고 말았고 그것만으로도 도시의 5분의 1이 날아갔다.

"황당한 짓을 하는군."

유현이 충격파를 받아내면서 혀를 찼다. 그로서는 저런 식의 공격은 생각해 보지도 않았다. 적의 중추로 들어가면 영자 네트워크를 이용해서 핵폭발을 일으켜서 도시를 쓸어버리려고 생각하고 있었는데 지윤은 훨씬 더 영리한 방식으로 대규모 파괴를 일으킨 것이다.

물론 저런 공격은 두 사람이 싸울 때는 통하지 않는다. 저런 짓을 할 정도의 여유를 주지도 않을뿐더러, 발동할 때쯤에는 이미 다 알아차리고 유효 범위에서 벗어나게 될 것이다. 하지만 도시라는 거대한 표적을 앞에 두었을 때는 굉장히 효율적인 방법이다.

방금 전의 일격으로 방어 시스템이 흔들리고, 무기들이 일제히 쓸려 나갔다. 유현도 그 틈을 노려서 엑스칼리버를 전개했다. 검에 엑스칼리버의 힘을 부여한 다음 지윤과 같은 수법을 이용했다. 수십 개의 검이 달의 중력권 내에서 자전을 따라 가속해서 지상으로 떨어져 내리다가, 불규칙하게 텔레포트하면서 계속해서 좌표를 바꾸었다.

꽈아아아아앙!

그중 몇 개는 도시에 작렬, 다시 몇 개는 엉뚱한 곳에서 작렬하고 나머지는 초대형 나무 골렘을 비롯한 적의 무기들을 쓸어버렸다. 아직도 많은 개체들이 남아 있었지만 유현과 지윤은 그들이 흔들리는 틈을 타서 세계수 도시 안으로 잠입했다. 사방에 설치된 포들이 그들을 겨누고 공격을 쏟아냈지만 둘 다 공간진동으로 가볍게 방어하면서 안쪽으로 들어간다.

안쪽은 지옥 같은 열기가 끓어오르고 있었다. 핵폭발에 필적하는 공격들이 연이어 작렬했으니 당연한 일이었다.

두 사람은 내열주문과 방사능 방어 주문으로 스스로를 보호하고는 그 도시를 가로질렀다.

'기분 나쁜 곳이군.'

두 사람 다 기괴한 나무의 도시를 보면서 눈살을 찌푸렸다. 인간이 만들어낸 건물을 닮도록 뒤틀리고 변이된 나무들 속에는 침대와 옷장 같은 가구들까지 재현되어 있었다. 그리고 그곳에서 살아야 할 것 같은 주민들은 남김없이 투명한 황금빛 주머니에 들어서 실오라기 하나 걸치지 않은 몸을 웅크리고 있었다. 어머니의 자궁 속에서 태어날 날을 기다리는 아기들처럼.

그런 이들의 숫자가 수백만을 넘는다. 유현과 지윤이 거리를 달리는 동안에도 새로운 주머니가 자라나고, 그 속에 양수 같은 액체가 채워진 뒤에 황금빛이 들어가면서 인간을 닮은 형체가 그 속에서 빠르게 자라나는 것을 볼 수 있었다.

"진짜 요정인 공장이군. 구토가 나올 것 같아."

지윤이 투덜거렸다. 동시에 두 사람의 눈빛이 교차했다. 그 뒤를 따라 섬광이 번뜩이며 칼날이 충돌했다.

차앙!

동맹의 시간은 끝났다. 두 사람은 도시에 들어간 순간 그 사실을 알았다. 이제 세계수의 중추에 도달하기 전까지 한 사람만을 남기기 위한 마지막 전투가 시작될 것이다.

칼날을 부딪친 반동으로 튕겨 나가면서 지윤이 말했다.

"그럼 이제 끝장을 보자고!"

"바라는 바다."

유현이 차갑게 대꾸하며 권총을 꺼내어서 총격을 가했다.

그리고 그 순간 그들이 도달하고자 하는 곳에서는 모건이 에밀을 내려다보고 있었다.

*　　*　　*

모건은 초췌해진 모습으로 에밀을 내려다보았다. 황금빛으로 빛나는 세계수의 내부, 지상에서 5킬로미터 정도 높이 지점에는 신경 다발을 닮은 투명한 나무뿌리들과 연결된 커다란 관 같은 것이 있었다. 그리고 그 속에 에밀이 지상에서의 모습 그대로 눈을 감고 잠들어 있는 게 보였다.

"에밀."

모건이 흩어지는 몸을 바로잡으며 그를 불렀다. 한참 세계수의 코어를 파고든 문젯거리를 해결하고 있던 에밀이 정신의 일부를 할애해서 눈을 떴다.

"모건."

두 사람은 잠시 동안 서로를 바라보고 있었다. 인간의 탈을 벗어 던지고 본연의 모습으로 돌아온, 하지만 여전히 인간의 옷을 입은 남자와 더 이상 인간은커녕 생물이라고도 할 수 없는 허상이 되어가는 남자가 서로를 바라본다. 두 사람 사이에는 어떤 친애의 정도 없었고 서로를 이해하는 마음도 없었지만… 이 순간 왠지 서로의 마음을 손바닥 보듯이 들여다볼 수 있을 것 같은 기분이 든다.

에밀이 쓴웃음을 지었다.

"당신은 정말 대단해."

완벽하다고 생각했던 그의 계획이 뒤틀어진 것은 모두 모건 때문이었다. 처음 만났을 때는 그저 재능이 특출난 애송이에 지나지 않았는데, 어느새 이렇게 두려운 존재로 자라나 수만 년 동안 계획한 일을 뒤흔들어놓을 수 있게 된 것일까.

운명이라는 게 있다면, 에밀은 그것을 증오할 것이다. 모든 것을 손에 쥘 수 있다고 확신하고 있었거늘 고작 3년 전에 지구로 낙하해 온 퀘이사의 파편 때문에 일이 이렇게까지 틀어지다니.

모건이 고개를 저었다.

"필사적이었을 뿐이야. 당신이 그리는 미래가 현실화되지 않길 바랐으니까."

그는 정말 필사적이었다. 도저히 대적할 엄두가 나지 않는 에밀을 상대로 어떻게든 반전의 순간을 만들어내기 위해 고심하고 또 고심했다. 진리에 도달하고 나서도 도저히 그를 정면에서 막아낼 방법이 떠오르지 않았기 때문에, 그의 계획을 역이용해서 모든 것을 바꿔놓으려고 한 것이다.

물론 모건에게도 이루고자 하는 것이 있었다.

그는 이 막을 수 없는 재앙 속에서 세계의 변혁을 바랐다. 수만 년 동안 이어져 내려온 부조리 투성이의 세계를 파괴하고, 인류가 진실을 똑바로 쳐다본 채 새로운 미래로 걸어나가길 원했다.

이제 그 모든 것이 이루어지느냐 마느냐의 기로에 서 있다. 모건은 미래를 자신의 뜻대로 결정하지 않을 것이다. 그것을 결정하는 것은 곧 시간의 흐름 속으로 사라져 갈 망령인 자신이 아니라, 새로운 시대를 살아갈 자들의 몫이다.

"그리고 당신도 마찬가지다. 자신들의 과오, 그리고 생존 경쟁에서 패배해서 사라진 당신들은 그저 시대의 저편으로 사라지면 되는 거야."

"항상 빼앗은 자들이 그런 논리를 펼치곤 하지."

"그렇지. 그리고 자식을 내버리고 책임지지 않는 부모가 당신 같은 소릴 하더군."

그렇게 말하던 모건이 문득 눈살을 찌푸렸다. 시스템 중추 바깥에서 일어나고 있는 일을 포착했기 때문이다. 에밀도, 모건도 이렇게 대화를 나누고 있는 것은 그들의 정신 용량의 극히 일부를 활용한 행위에 불과했다. 실제로는 세계수 시스템 내에서 주도권을 두고 초당 수십억 번의 다툼을 벌이면서 바깥 상황을 모니터링하고 있었다.

"녀석들이 오는군."

"건방진 애송이들에게 미래를 맡겨볼 셈인가?"

에밀이 물었다.

진유현과 오지윤이 세계수 도시를 초토화시켜 가면서 격돌하고 있었다. 절대진공의 세계 속에서 엄청난 힘과 속도로 겨루는 두 사람은 이미 인간의 영역을 초월했다. 마음만 먹으면 세계를 멸망시키는 것조차 간단할 것이다.

"그럴 생각이라네."

"자네도 심술궂군. 이제 와서 선택을 남에게 미루다니."

"그렇군. 녀석들의 의지는 내 마음의 갈림길과 같지. 새로운 세대 운운하면서 선택을 미루는 나도 역시 나약하고 비겁한 인간에 불과해."

하지만 그래도 모건은 미래가 누구의 손에 쥐어질지 보고 싶었다.

모든 것의 시작이었던 설악산의 퀘이사 폭주 사건, 그때 세계를 구했던 진유현에게는 미래를 결정할 자격이 있었다. 그리고 그에게 이끌려 야망을 키워온 오지윤은 모건이 다른 가능성을 모색하기 위해 준비한 대항마였다.

"하지만 일이 이렇게 풀릴 거라곤 생각하지 못했지. 사실 진유현은 내 계획 속에서 언제 이탈할지 모르는 존재였거든. 오지윤이야말로 내가 당신 뒤통수를 치기 위해 준비한 카드였다네."

진유현이 이 수준까지 퀘이사의 힘을 각성하고, 전세계 실세들의 관심을 모아 운명의 특이점으로 화할 줄은 상상도 못했다. 그는 모건이 제어할 수 있는 요소가 아니기에 오지윤을 차근차근 성장시켜서 오늘을 대비했었다. 모든 것을 준비하고도 하늘의 뜻이 어떤지 드러나길 기다릴 수밖에 없기에 세상은 재미있는 것인지도 모른다.

에밀이 쓴웃음을 지었다.

"저런 애송이가 말이지. 그를 영입할 때는 일이 이렇게 될 줄은 상상도 못했는데."

에밀이 전세계에서 스카웃한 인물들은 전부 연옥의 부조리를 참을 수 없고 공허한 열망에 시달리는 자들이었다. 그들의 마음을 간파하고 손길을 뻗었기에 에밀은 강력한 부대를 만들어낼 수 있었다. 그런데 그 말들이 그의 통제에서 하나씩 벗어나 이런 상황을 만들어낼 줄은 상상도 못했다.

문득 모건이 물었다.

"궁금증 하나 풀어주지 않겠나?"

"뭔가?"

"왜 굳이 달에 와서 작업을 한 건가?"

그것은 모건에게는 풀리지 않는 의문이었다.

에밀은 이미 지구를 완전히 장악했다. 마음만 먹으면 지구의 기후를 폭주시켜서 간단히 인류를 멸망하게 만들 수 있었을 것이다. 하지만 굳이 그는 세계 전역을 녹지화시키고, 문명을 파괴해 가면서 환경을 바꾸었고 요괴를 생성해 내 인간의 숫자를 줄이는 길을 택했다. 모건으로서는 이해할 수 없을 정도로 비합리적인 방법이었다.

"그렇군. 자네도 거기까지는 읽어내지 못한 건가."

"도저히. 달이 예전에 요정인들에게 중요한 시설이 있던 곳이라는 것까지는 알겠어. 하지만 굳이 요정인들을 여기에서 만들어낼 이유는 뭐지? 어차피 자네는 필요한 숫자만큼만 인류를 살려둔 채, 그들의 종으로서의 존립 권한을 빼앗아서 나락으로 떨굴 생각이었던 게 아닌가?"

"그건 반만 맞는 이야기야."

에밀이 대답했다.

그가 눈을 한 번 깜빡이자 주변의 풍경이 변했다. 홀로그램이 떠오르면서 지구와 달의 영상이 그려진다. 그리고 그 위로 헤아릴 수 없을 정도로 복잡한 패턴을 그리며 흐르고 있는 영맥의 모습이 보였다.

"내가 달에서 동족들을 재생시킬 생각을 한 것은 이곳이 지구의 영맥으로부터 벗어난, 독립적인 영맥을 가진 곳이기 때문이다."

"그건 알겠어. 하지만 그래 봐야 생명체가 살 수 없는 땅에 불과하지 않은가?"

"하지만 영맥 자체는 순수하고 강력하다. 인간의 의념조차도 여기까지는 좀처럼 닿지 않기에 거의 오염되지도 않았어. 물론 중력의 영향이 미치듯이 영적 인력으로부터 완전히 자유롭지는 않지만, 이곳의 영맥은 독자적인 순환 사이클을 갖고 있고 따라서 지구의 영맥의 영향을 뿌리치고 작업하는 게 가능하지."

그렇기에 에밀은 지구의 영맥으로부터 비롯되는 존립 권한을 인간에게서 빼앗기 전에 여기서 요정인을 부활시키려고 했다. 생명체가 살 수 없는 땅이라고 해도, 인공적으로 생존 가능한 환경을 만들어주기만 하면 선도 종족이 만들어지는 것도 불가능한 일이 아니니까.

"단순히 아무것도 없는 자가 인간의 권한을 빼앗는 것이 아니라, 달의 영맥이 인정한 온전한 생명체로서 존재하는 우리들이 인간으로부터 지구의 존립 권한을 강탈하는 것이다. 여기까지 들려줬으면 자네도 무슨 의미인지 알 수 있겠지?"

"허어, 기가 막히는군! 그런 의미였나? 더 이상 '인간' 이나 '요괴' 가 만들어지지 않도록?"

"바로 그거다."

구세계에서 '인간' 이 태어나게 된 것은 요정인들의 실수로 영맥에 이상이 발생했기 때문이다. 그 시대로부터 이어져 내려온 존립 권한에는 여전히 이상이 존재하고, 요정인들이 다시 인간으로부터 그 권한을 되찾아온다 한들 지금의 요괴와 같은 '인간' 들이 끊임없이 태어날 것이다. 의념은 무한히 생성되고 퀘이사의 힘으로 변질된 지구 영맥은 그것을 받아들여 일그러진 존재를 낳을 테니까.

하지만 달의 영맥을 이용해 요정인들이 존립 권한을 획득한다면?

달의 영맥은 지구의 영맥과는 달리 이상이 일어나지도 않았고, 생명체에게 오염되지도 않은 순수한 영맥이다. 그것을 이용해서 요정인들을 부활시키고, 그로써 지구의 영맥을 치유하게 한다면 요정인들은 과오를 범하기 이전처럼 완전한 세상을 가질 수 있게 된다!

"게다가 종족 번식 문제 역시 해결 방법을 찾았지. 다른 생명체들과는 다른 방식으로, 세계수를 통해 이전에 존재하지 않았던 영적, 유전적 정보를 가진 요정인 개체를 만들어내면 돼. 그렇게 우리는 진정한 세계수의 아이가 된다."

"이거 진짜 감탄스럽군. 당신은 정말 대단해."

모건은 혀를 내둘렀다. 달의 영맥을 이용해서 지구의 영맥을 치유한다는 것은 그로서도 상상도 못한 발상이었다. 지금까지 그가 생각한 것은 일곱 개의 세계수 시스템을 이용해서 지구를 치유하는 것이었다. 하지만 이제 또 새로운 가능성이 그의 앞에 모습을 드러냈다.

"이렇게 되면 더더욱 당신을 쓰러뜨리고, 이번에야말로 완전한 미래를 손에 넣어야겠어."

"가능하다면 말이지."

에밀이 미소 지었다. 아까 전부터 계속되던 시스템 쟁탈전은 서서히 에밀에게로 주도권이 넘어가고 있었다. 모건이 심어놓은 데이터 폭탄을 해결하고 방어 체계를 회복, 천천히 그를 압박해서 몰아넣는 중이다.

하지만 모건은 태연했다.

"내 쪽도 슬슬 작업이 끝난 것 같군."

"뭐?"

"지구와의 회선이 연결되었어. 그리고 잊고 있는 것 같은데 미미르의 샘도 내 통제 안에 있지. 어디 해봅시다."

모건이 눈을 부릅떴다. 그의 몸이 불길처럼 흩어지며 눈동자만이 에밀과 비슷하게 황금빛으로 빛나기 시작했다.

"크……."

에밀의 입에서 신음이 흘러나왔다.

그새 모건과 7대세력의 생존자들에게 완전히 장악된 서울의 세계수가 모건을 백업하고, 달 표면에 있는 미미르의 샘이 지혜의 파편과 공명하여 영맥을 뒤흔들어 놓는다. 달의 세계수는 지구의 세계수에 비해 압도적인 용량을 갖고 있었지만 에밀이 다시 밀리기 시작했다.

모건이 천천히 앞으로 나아가며 선고했다.

"망령이여, 무덤으로 돌아가게나. 한번 무덤에 잠든 자는 그것을 요람으로 착각해서는 안 되는 법이니!"

"크윽, 모건! 이렇게 어이없게 끝날 수는 없어!"

에밀이 비명을 질렀다. 모건은 망령처럼 몸을 흐트러뜨리며 그의 몸 위로 떠올랐다. 그리고 작게 심호흡을 한 다음 그의 몸속으로 파고들었다.

두 사람의 의식이 겹쳐지며 모든 것이 새하얗게 물들었다.

3

천공대륙 올림푸스의 고도는 계속 떨어지고 있었다. 시스템의 중추였던 신윤범이 사망하고, 그 틈을 모건과 세계 7대세력의 생존자들에게 잠식당한 시점에서 이사진들은 통제를 잃어버리고 말았다.

"젠장! 이대로는 안 되겠어!"

"탈출하는 수밖에 없는 건가?"

고도가 1만 7천 미터 밑까지 떨어지자 그들은 이제 틀렸다는 사실을 알았다.

무엇보다 위치가 너무 나빴다. 서울의 세계수를 제외한 여섯 그루의 세계수는 아직 온전하게 기능하고 있다. 하지만 하필 죽은 신윤범이 다이렉트로 연결되어 있던 서울의 세계수가 바로 밑에 있는 것이다.

"젠장! 일단 도망치는 수밖에 없어! 다른 세계수가 있는 곳으로 도망쳐서 반격을……!"

그들은 올림푸스를 포기하고 영자 네트워크를 이용, 텔레포트해서 다른 세계수가 있는 곳으로 도망치려고 했다. 하지만 곧 그것이 불가능하다는 사실을 알았다.

"텔레포트가 차단당했어. 빌어먹을 자식들!"

그들의 얼굴에 낭패한 기색이 떠올랐다. 이렇게 된 이상 어떻게든 물리적으로 도망치는 수밖에 없다. 텔레포트가 차단당했어도 그들은 여전히 영자 네트워크를 이용해서 이적을 행사할 수 있었고, 그들 자신의 비술 역시 만만한 것이 아니었다.

쾅!

그러나 그때 그들이 있는 회의실 문이 폭음과 함께 터져 나갔다. 그리고 그 너머에서 키가 크고 긴 검은 머리칼을 휘날리는 동양인 여자가 들어와서 총을 겨누었다.

"너, 너는 뭐냐?"

"신아연이라고 하지. 뭐, 이 정도면 저승길 선물로는 충분하겠지?"

신아연은 차갑게 웃으며 방아쇠를 당겼다. 귀가 먹먹해지는 폭음이 울리면서 이사진 중 하나의 몸이 날아가 버렸다. 강렬한 충격과 열파가 한순간에 피를 태우면서 살조각과 함께 사방으로 날아간다. 그것을 뒤집어쓴 다른 이사진들이 경악했다.

"이런 말도 안 되는……!"

분명히 자동 방어 술식이 기동했을 텐데 일격에 날아가 버리다니, 이 황당한 위력은 도대체 뭐란 말인가?

다음 순간 그들은 영자 네트워크를 이용해서 방어막을 짰다. 공간진동이 일어나면서 충격파가 발생하자 여자가 칫 하고 혀를 찼다. 일단 뒤로, 문밖으로 물러나서 복도를 타고 달리자 강철로 된 벽이 산산조각으로 터져 나가며 파편들이 휘날린다.

그 뒤를 따라 이사진들이 달려나왔다. 첫 한 방은 기습을 당하는 바람에 허용했지만 이제부터는 그들이 일방적으로 반격할 시간이다. 보아하니 7대세력의 전투 병력인 모양이었지만, 아무리 강력한 총기라고 하더라도 공간진동 앞에서는 무력하다.

그렇게 생각했을 때였다.

후우우웅…….

"아니?!"

이사진들은 경악했다. 갑자기 그들이 발산하는 것과는 다른 주파수의 영자진동이 일어나면서 공간진동을 무력화시키는 게 아닌가?

동시에 그들에게 생전 처음 들어보는 목소리가, 아니, 정확히는 정신파가 바로 옆에서 말하는 것처럼 또렷하게 들려왔다.

"가레스가 누구지?"

이사진들은 깜짝 놀라서 옆을 바라보았다. 그 옆에는 30대 후반 정도로 보이는 세련된 차림새의 동양인 여자가 서 있었다.

아니, 이것은 환영이다. 이 자리에 존재하지 않는 이가 막강한 텔레파시 능력으로 그들을 농락하며 시각 정보를 교란시키고 있었다. 어울리지 않게 긴 곰방대를 물고 나른한 표정을 짓고 있는 그녀가 이사진 중 적황색의 털을 가진 호랑이 인간을 바라보며 말했다.

"네놈이군."

"너, 너는 도대체……."

"나는 육도의 김지아."

환몽여제 김지아가 씩 웃으며 자신을 소개했다. 그녀의 정체를 알게 된 이사진들이 침음성을 흘렸다.

"환몽여제……."

"그래, 잘 알고 있군. 당신들은 거기서 죽을 거야. 근데 가레스 당신은 내가 직접 주리를 틀어주지 않으면 분이 안 풀리겠더라고. 내가 다른 양반들한테 딱히 동료 의식이 넘치거나 한 건 아니었는데 그래도 나름 좋아하던 양반들도 있었거든?"

찌이이잉!

그녀의 미소가 잔혹함을 띠는 순간 날카로운 정신파가 가레스의 뇌리를 파고들었다. 두개골을 열고 뇌를 매스로 직접 후벼파는 듯한 통증에 가레스가 비명조차 지르지 못하고 주저앉았다. 남에게 고통을 주는 것은 익숙하지만 자신이 고통받는 것에는 전혀 익숙하지 못한 그의 정신이 너무나도 쉽게 해체됐다. 온몸이 세포 단위로 잘근잘근 씹혀서 해체되는 듯한 통증에 눈물 콧물이 줄줄 흘러내리고 온몸이 경련했다.

그것을 차가운 눈으로 바라보던 김지아가 명령했다.

"죽어."

"크허어어엉!"

가레스가 절규했다. 절규와 동시에 그가 벼락처럼 땅을 박차고 자신의 동료들을 덮쳤다. 그의 커다란 이빨이 옆에 있던 독수리 인간의 목줄기를 물어뜯고 콰드득콰드득 씹는다.

"큭, 이 자식 미쳤어!"

다른 이사진들이 경악해서 뒤로 물러났다. 애당초 동료 의식 따윈 없던 그들이 주저없이 가레스에게 공격을 퍼부었다. 불꽃과 뇌전과 독기가 가레스를 덮쳐서 그 몸을 갈가리 찢어버린다.

가레스는 몸이 불타고 찢겨서 사라지는 고통을 고스란히 느끼고 있었다. 분명 몸이 박살 났는데도 감각은 고스란히 살아서 영혼을 유린한다. 느껴질 리 없는 고통이 계속되며 그에게 지옥을 선사하고 있었다.

눈앞을 가린 핏빛 불길 위로 김지아의 환영이 보였다. 그는 가레스에게 몸을 굽히고 담배연기를 후, 하고 뿜어내며 말했다.

"당신에게 딱 1억 초를 선물하지. 나는 관대하니 그 정도로 죽음에 도달하는 것을 허하노라."

"아, 안 돼……!"

가레스가 비명을 질렀지만 김지아는 이미 몸을 돌려 사라진 후였다.

몸이 갈가리 찢기는 그의 정신이 무한히 가속되며 1초의 순간이 1억 배로 확장되었다. 남들은 결코 느낄 수 없는 찰나와 무한의 틈새에서 그는 끝없이 고통받으며 비명을 질렀다. 하지만 그 비명은 누구에게도 닿지 않고 불길 속에서 스러져 갔다.

쾅!

그리고 그에게 공격을 퍼붓던 이사진 중에 하나의 몸이 날아갔다. 잠깐 김지아에게 주의가 쏠린 틈을 타서 신아연이 다시 돌아와서 총격을 퍼부었던 것이다. 브류나크 DX212가 연달아 불을 뿜으면서 이사진들을 날려 버리고, 총탄이 다 떨어지자 연사형 라이플을 꺼내서 그들에게 난사했다.

이사진들도 악에 받쳐서 반격했다. 브류나크 DX212라면 몰라도 연사형 라이플 정도는 그들의 비술로도 막아낼 수 있었다. 하지만 그때 그들의 주변 공간이 물결치기 시작했다.

"고, 공간진동?!"

지근거리에서 일어난 공간진동이 그들을 휩쓸었다. 공간 좌표가 뒤틀리면서 일어난 충격파가 그들의 몸을 갈가리 찢었다. 그리고 무방비 상태로 노출된 그들의 몸 위로 신아연이 퍼붓는 총격이 숨통을 끊어버렸다.

후두두두둑…….

마지막 이사진이 쓰러지고, 그들의 살점이 쏟아져 내리자 신아연이 총격을 멈추었다. 그녀는 총을 집어넣고 품에서 담배 한 개비를 꺼내서 입에 물었다. 그리고 손을 들어서 마법으로 불을 붙이려고 할 때, 그녀의 뒤쪽으로 다가온 기척이 한발 먼저 불을 붙여주었다. 그녀는 씩 웃으며 한 모금을 빨았다가 뱉은 다음 뒤를 돌아보며 말했다.

"선희, 너도 꽤 하는구나."

"이 정도는 기본이죠."

기이한 푸른 안광을 흘리는 단발머리 소녀는 육도의 마법사인 진선희였다. 졸지에 육도의 생존자들 중에는 꽤나 서열이 높아져 버린 두 사람이 올림푸스의 이사진들을 완전히 끝장내기 위해 투입되었던 것이다.

서울의 세계수를 장악한 인물들 중에 하나, 김지아는 두 사람과 또 한 사람을 올림푸스로 텔레포트시켰고 그들은 훌륭하게 임무를 수행했다. 신아연이 앞에서 돌격하고, 영자 네트워크의 권한 일부를 받은 진선희가 백업함으로써 올림푸스를 지키는 수많은 병력들을 쓸어버리고 이사진까지 척살한 것이다.

신아연이 다시 담배연기를 뿜어내며 말했다.

"그럼 우린 일단 가지. 할 수 있는 일은 거의 다 한 것 같군."

"그렇군요. 그녀는?"

"알아서 잘하겠지. 설마 이런 데서 뒈지진 않을 거야. 그 정도로 약한 여자 아니거든."

신아연은 왠지 짜증을 내면서 몸을 돌렸다. 그녀가 손을 튕겨 던진 담배꽁초가 이사진들의 시체 위로 떨어졌을 때, 두 사람은 텔레포트로 올림푸스를 떠난 뒤였다.

* * *

올림푸스에 잔존한 병력들은 혼란에 빠져 있었다.

그들 중에 자아를 유지하고 있는 이들은 거의 없다. 신윤범이나 세르반테스처럼 에밀에게 선택받은 일부 인원들, 즉 한때 연옥에서 이름 좀 알렸던 강자들만이 제정신을 유지했고 나머지는 모두 시스템에 휘둘리는 꼭두각시가 되어 있었다.

그들 중 하나인 쿠로카미 출신의 천(天) 급 닌자 이토 카즈키는 고전하고 있었다. 이미 그를 백업하던 퀸 오더 출신의 마법사 제임스 와이즈맨은 상대의 검에 꿰뚫려 살해당했다. 그리고 아직 남아 있는 30명의 꼭두각시 병사를 이용해 적을 몰아붙이고 있었지만 오히려 이쪽이 압도당하고 있었다.

쉭!

카즈키가 던진 여섯 개의 수리검을 피한 상대가 벽을 박차고, 다시 천장을 벅차고 병사들의 총격이 그리는 화망에서 빠져나왔다. 그리고 카즈키 앞에 있던 병사의 목이 잘려져 날아가면서 피가 확 튄다. 그의 그림자에 숨어 있던 카즈키는 쓰러지는 그의 옆쪽으로 빠져나왔다. 동시에 날카로운 세검이 섬전처럼 날아들었다.

차앙!

카즈키는 닌자도를 들어 그것을 막아낸 다음 자세를 바로잡았다. 불꽃이 튀면서 그의 닌자도의 윤곽이 얼핏 드러났다가 다시 공간 속으로 녹아든다. 두 개의 닌자도를 들고 이도류 자세를 취하고 있지만 그 칼날이 보이지 않았다.

그의 앞쪽에 금발을 찰랑거리는 키가 큰 여자가 있었다. 아일라 스카우드라는 이름을 가진 데스트레자 출신의 검의 천재. 카즈키가 현역일 때도 이름을 들어본 적이 있었던 강자다.

'큭, 사면초가로군. 빠져나갈 타이밍을 찾아야 하는데…….'

상황이 이상하다는 것은 알아차리고 있었다. 그래서 제임스와 함께 빠져나갈 타이밍을 재고 있었는데 갑자기 아일라가 나타난 것이다. 싸워봤자 별 이득이 없는 상황이긴 했지만 카즈키와 제임스는 거의 반사적으로 그녀에게 공격을 가했다. 숫자의 차이가 압도적이니 금방 제압할 수 있으리라고 생각한 탓이었다.

하지만 그러한 착각의 대가는 컸다. 이제는 말로 상황을 풀어볼 단계도 지났고 어느 한쪽이 죽는 수밖에 없다.

투두두두두!

다시 뒤쪽에서 가해진 총격을 아일라가 입체적인 움직임으로 피해냈다. 그녀의 몸에서 일어난 환영들이 수십 개로 갈라지면서 눈을 현혹시킨다. 그리고 거의 음속에 달하는 속도의 검격이 연달아 공간을 가르면서 검광을 흩뿌렸다. 마검술식이 발동해서 그 궤적으로부터 무수한 검풍과 검광이 쏟아진다.

파파파파파!

그것만으로도 가까이 있던 병력들이 모조리 쓸려 버렸다. 그리고 그 뒤쪽에서 쏘아진 총격들도 모조리 튕겨 나가고 그들은 목표를 잃는다. 게다가 그녀는 그렇게 달려나가면서 벽에 깊숙한 검흔들을 남겨놓았다. 그 위로 강한 충격이 가해지자 굉음과 함께 천장이 무너져 내렸다.

쿠우우우웅!

그것으로 남은 병력과 그녀 사이가 차단되었다. 홀로 남은 카즈키는 긴장으로 침을 꿀꺽 삼켰다.

'젠장. 공격했어야 했나?'

이성적으로 생각하면 그녀가 벽을 무너뜨리는 그 순간 파고들었어야 했다. 하지만 전장에서 연마된 감이 그의 행동을 가로막았다. 아일라는 신경을 분산시킨 것처럼 보이지만 실은 그 순간에 들어가면 반드시 죽는다고, 그런 예감이 행동에 제동을 걸었던 것이다.

"시간이 별로 없으니, 끝내지."

아일라가 차갑게 내뱉으며 카즈키에게 다가왔다. 자주색 눈동자가 날카로운 빛을 발한다. 카즈키는 더 이상 물러날 데가 없다는 사실을 깨닫고 공격을 가했다.

쉬쉬쉬쉭!

각종 인술이 새겨진 그림자 수리검들이 비처럼 쏟아진다. 한순간에 수십 개의 수리검을 쏟아내고, 그 위에 인술을 더해 수백, 수천 개가 몰아치는 효과를 낸 수법은 발군이라 하지 않을 수 없었다.

아일라가 질풍처럼 검을 휘둘러 그것들을 쳐냈다. 그녀의 검이 닿는 공간은 모두 그녀가 지배하는 절대영역, 아무리 많은 수리검이 쏟아져도 그 칼날이 그녀에게 닿는 일은 없다.

하지만 다음 순간 그녀가 방어를 도외시하고 수리검의 폭풍 속으로 몸을 던졌다. 그 아래쪽에서 보이지 않는 두 자루의 칼날이 그녀를 노리고 날아든다. 카즈키는 수리검 폭풍의 그림자 속에 숨어서 아일라를 죽이고자 달려들었던 것이다.

두 사람의 눈빛이 교차했다. 수리검의 폭풍이 흩어지면서 두 사람의 몸이 숨결이 닿을 것 같은 거리에서 스쳐 지나갔다. 팽이처럼 빙글빙글 돌면서 나아가던 아일라가 어느 순간 중심을 잃고 휘청거렸다. 그녀는 검을 땅에 꽂아서 몸을 지탱하며 뒤를 돌아보았다.

"훌륭해."

"크… 멋진 승부였……."

카즈키가 마지막 미소를 머금는 순간, 그의 몸이 두 동강 나며 그 자리에 쓰러졌다. 그의 몸에서 흘러나오는 피가 바닥을 새빨갛게 적시는 것을 보던 아일라가 숨을 고르고 자세를 바로 했다.

"닌자답게 독이 잔뜩이군."

카즈키의 암습을 막아내느라 수리검 일부를 맞았다. 거기에 발라진 독액이 몸을 잠식하는 걸 느끼며 아일라는 해독용 포션을 꺼내서 몸에 주사했다. 완전히 해독된다는 보장은 없지만 이 약과 그녀의 신체 조율 능력이 더해지면 일단 한동안은 버텨줄 것이다.

카즈키의 시체를 넘어서 걸어가던 아일라는 문득 자신이 환상을 보고 있나 생각했다. 엉망진창이 된 복도 너머에 백발을 늘어뜨린 소녀가 서 있었던 것이다.

"릴리……."

—아일라.

데스트레자의 예언자, 릴리아나는 당장에라도 눈물을 흘릴 것 같은 얼굴로 입을 벙긋거렸다. 그녀가 달려와서 아일라에게 안겼다. 아일라가 안도하는 기색이 역력한 목소리로 말했다.

"무사했구나."

—응. 당신이 구해주러 올 거라고… 방금 전에 알았어요.

세계의 향방이 혼돈에 빠져 있는 이 상황 속에서는 그녀의 예지도 절대적이지 않았다. 무수히 쏟아지는 예지의 환영 속에서 그녀는 기적적으로 아일라가 자신을 구하러 올 것임을 알았고, 그녀가 카즈키를 쓰러뜨리는 것이 확정되는 순간 이 자리에 온 것이다.

아일라가 그녀의 머리를 쓰다듬으며 말했다.

"세르반테스는……."

—알아요.

릴리아나는 괴로운 표정으로 고개를 저었다.

—다 알아요.

그녀의 입모양을 본 아일라는 그 일에 대해서는 더 이상 아무런 말도 해줄 필요가 없다는 사실을 알았다. 릴리아나는 분명 세르반테스의 마지막 유언까지도 예지의 환영 속에서 들은 것이리라.

"가자."

—네.

아일라는 릴리아나를 끌어안고 지상에 통신을 보냈다. 곧 멀린이 그녀의 통신을 받아들여서 두 사람을 지상으로 텔레포트시켰다.

쿠르르릉……!

그리고 주인을 잃은 올림푸스가 상공에서 일어나는 거대한 공간진동에 연달아 얻어맞고 산산이 부서져 가기 시작했다.

4

끝없는 어둠이 펼쳐져 있는 달 위에서 빛이 쏟아지고 있었다. 온통 불길한 황금빛으로 물들어 있는 기괴한 나무의 도시에서, 뇌전이 플라즈마로 화해 공간을 관통하고, 그 형태가 자유자재로 변하는 에너지체가 초음속으로 표적을 노린다.

"핫!"

기합성과 함께 두 사람의 신형이 교차했다. 공간진동을 끌어안은 두 사람의 충돌 지점에서 충격파가 터져 나가면서 주변을 휩쓸었다. 인간의 건물을 닮았던 나무집이 부서지면서 그 안에서 태어날 순간을 기다리고 있던 요정인이 참혹하게 터져 흩어진다.

유현은 날아드는 타흘룸을 쳐내면서 검광을 뿌렸다. 수십 미터 길이로 백렬하는 검광이 공간을 통째로 베어내면서 지윤을 노린다.

지윤은 근거리 텔레포트를 연속적으로 시전해 그것을 흘려내면서 유현에게 접근했다. 그 뒤를 따라오는 뇌격을 모건의 그것을 흉내 낸 공간결계로 뿌리치고, 쌍검에 덧씌운 청백색 플라즈마 제트로 유현을 공격했다.

파파파파파팡!

이미 초음속에 달해 있는 두 사람의 움직임이 서로의 감각마저 초월해서 교차한다.

유현은 지윤의 눈빛 속에서 자신을 보았다. 자신의 선택을 끝없이 후회하고 회의하던 나날들. 한순간의 선택으로 끝없이 계속되는 고통 속에 발을 들여놓은 것을 얼마나 후회했던가. 다만 가족을 지켜냈다는 사실만이 황량한 가슴에 남은 유일한 훈장이었다. 기억조차 희미한 가족들에 대한 상처를 악착같이 붙잡고 자신을 지켜냈다.

그리고 그들의 현재를 확인했을 때, 후회는 사라졌다. 자신을 기억하지도 못하는 그들이 건강하게 살아가고 있음을 보았을 때 유현은 지난 세월을 보상받은 기분을 느꼈다. 동시에 참을 수 없는 공허에 시달리며 새로운 삶을 찾아 헤맸다.

결과적으로 그런 발악은 전부 무의미한 것이 되어버렸지만, 나쁘지는 않다. 신뢰할 만한 동료들이 생겼고, 인간적으로 정이 가는 녀석도 생겼고, 그리고…….

"무사히 돌아와."

다 알고 있다는 눈으로 자신을 바라보던 난슬을 만났다.

그녀와의 만남으로 유현은 구원받았다.

터무니없을 정도로 순수하고 선량한 그녀는 단단히 잠겨 있던 유현의 마음을 열고 그 속에 따뜻한 숨결을 부어준 존재다. 녹슨 밀랍인형 같던 그에게 생명을 부여해 준 그녀와 만난 것만으로도 그의 삶은 새로운 의미를 얻었다. 그러니까 그녀를 위해 죽는다고 하더라도 아쉽지 않았다.

'난슬, 미안해.'

유현은 마음속으로 그녀에게 사과했다.

달에 올 때부터 유현은 마지막을 예감하고 있었다. 이곳에서 자신이 할 수 있는 일이 무엇일지 생각해 봤다. 세계 전체를 흔드는 거대한 망집을 부수고, 세계가 다시 파멸을 향해 치달을 때… 그는 모든 것을 다해 그것을 막아낼 것이다. 그리고 그 결과 이 왼쪽 눈에 깃든 힘과 함께 스러진다고 해도 어쩔 수 없었다.

그러기 위해서는 지금 이 싸움에서 이겨야 했다. 악귀처럼 자신의 앞을 가로막는 지윤을 쓰러뜨리고 미래를 결정할 자격을 손에 넣어야 한다.

"오지윤!"

유현의 움직임이 빨라졌다. 점점 더 빨라지는 그 움직임 속에서 왼쪽 눈이 흘려내는 시퍼런 귀광만이 아스라이 보인다.

지윤은 점점 그 속도를 따라가기 버거워지는 것을 느꼈다.

몸이 비명을 지른다. 모든 경우의 수를 연산해 예지에 가까운 예측으로 유현의 공격을 받아내고 반격하지만, 그의 몸은 지금 방출하고 있는 힘을 장시간 버텨낼 수 없었다.

하지만 여기서 몸이 부서져도 좋다. 아무런 회의도 없이 그저 광기에 젖어 하루하루 춤추던 삶, 그런 의지없는 인형이었던 자신의 머리를 깨고 열망을 심어준 이 남자를 이기기 위해서라면 여기서 죽어도 물러날 수 없었다.

"하아아아아!"

피를 토하는 절규와 함께 지윤이 유현에게 접근한다. 유현이 뿜어내는 검광이 몸을 스쳐 피가 뿜어졌지만 개의치 않는다. 균형이 완전히 무너지기 전에 승리할 수 있는 길을 찾는다!

서로 눈이 마주치며 유현의 왼쪽 눈과 지윤의 오른쪽 눈이 서로의 내면까지 꿰뚫는다.

언제 죽어도 상관없는 삶이었다. 남에게 쓰이는 전투기계로서 삶의 목적도, 즐거움도, 심지어 살의조차도 타인의 것을 빌려 살아갈 뿐이었다.

하지만 지금은 아니다. 유현의 보여준 의지, 연옥 속에서 모든 것이 마모되었으면서도 자신의 의지로 미래를 선택하길 바라는 그 모습이 지윤을 바꾸었다.

유니크한 존재가 되고 싶었다.

세상 어디에나 널려 있는, 언제 죽어도 쉽게 그 자리를 대체

할 수 있는 대용품이 널려 있는 그런 존재가 아니라… 그 무엇으로도 대체할 수 없는 그런 존재가 되고 싶었다. 하지만 아무리 고민해도 연옥의 회색에 찌든 머리는 답을 찾아내지 못했다. 그저 뒤늦게 된 열망이 공허를 부채질하는 것에 괴로워하며 폭주할 뿐.

'그런 거라면 이미 됐잖아.'

문득 이하영의 목소리가 기억 속에서 재생된다.

자신이 구해낸 그녀, 자신에게 은혜를 갚겠다고 말하며 따라온 그녀, 자신이 하려는 일을 알면서도 왠지 수줍어하면서 곁에 있어준 그녀.

알고 있었다. 그녀가 자신을 좋아한다는 것쯤은. 그래서 그가 쌓는 죄업의 산을 보면서도 모든 것을 포용해 주려고 했다는 것을… 알고 있었다.

하지만 여자의 사랑에 공허가 채워질 만큼 그의 영혼은 낭만적이지 않았다. 그의 내면에 똬리 튼 광기가 달려가라고, 모든 것을 부수고 오로지 너만을 바라보는 세계를 손에 쥐라고 부추긴다. 지윤은 그 속삭임을 부정할 수 없었다.

핏! 피피피핏!

몸이 베어져 나간다. 귀광을 흩뿌리는 유현의 검격이 방어를 뚫고 계속해서 생채기를 만들어내고 있었다.

그래도 지윤은 전진한다. 신체에 기능장애를 일으킬 정도의 상처만 재생하고 나머지 힘은 모조리 공방에 쏟는다. 숨결이 닿을 정도의 거리까지 접근해야만 한다. 바로 거기에 유일한 승리의 길이 있었다.

두 사람의 공허가 교차했다. 두 사람은 서로의 눈빛 속에서 서로가 품고 있는 공허를 읽었다. 무엇을 해도 충족되지 않고, 무엇을 해도 자신이 인간이 될 수 없다는 아득한 절망감.

그러나 이제 두 사람은 변했다. 유현은 자신에게 손을 내밀어준 이들의 마음을 끌어안고 자신을 버리고자 한다. 그리고 지윤은 그 모든 것을 뿌리친 채 오로지 열망을 충족시키고자 한다.

마침내 두 사람의 거리가 지척까지 좁혀졌다. 그리고 지윤의 쌍검이 벼락처럼 움직였다. 공간전이된 타흘룸이 지근거리에서 유현을 노리고 날아든다. 유현 역시 엑스칼리버로 그것을 막아냈지만 그 순간 아카샤 시스템이 찾아낸 단 하나의 틈을 검이 찌르고 들어갔다.

콰학!

지윤의 검이 유현의 몸을 관통했다.

"크……!"

"내가 이겼어."

지윤이 긴 숨을 토해내며 말했다. 검이 유현의 옆구리를 관통하면서 그것을 통해 퍼부어진 힘이 체내를 장악한다. 아무리 유현이 강한 힘을 갖고 있어도 이렇게 당한 이상…….

"…내가 할 말이다."

다음 순간 유현이 힘겹게 내뱉은 말에 지윤의 눈이 크게 떠졌다. 유현은 육체가 잠식당하는 것은 전혀 신경 쓰지 않고 왼

손을 들어 지윤의 어깨를 짚었다. 지윤이 섬뜩함을 느끼는 순간 유현의 왼쪽 눈에 어린 귀광이 강해진다. 손끝으로부터 순수한 퀘이사 에너지가 뿜어져 나왔다.

콰드드득!

"크아아아악!"

지윤이 비명을 질렀다. 유현의 손이 퀘이사 에너지를 뿜어내는 빛의 갈퀴가 되어 지윤의 몸을 가르고 지나갔다. 검으로 베이는 것보다 더 깊숙이 베어진 몸에서 튄 피가 진공으로 빨려들어 간다.

유현의 오른손이 벼락같이 움직여서 지윤의 팔을 끊어놓았다. 끊어진 팔과 핏방울이 검은 허공으로 떠오른다. 그것을 꿰뚫고 유현이 지윤에게 달려들었다. 피에 물들어 귀신의 형상을 한 유현의 얼굴이 가까워진다. 그 눈빛을 마주하는 순간 지윤은 정신이 번쩍 들었다.

"진유현!"

반파된 몸이 움직인다. 아카샤 시스템에 의해 통제되는 염동은 이토록 파괴된 몸조차 인형을 조종하듯이 움직이게 할 수 있었다.

그 위로 유현이 일으킨 공간진동이 작렬했다. 충격파가 둘 모두를 쓸어버리고 유현도 피투성이가 되어 뒤로 날아간다. 하지만 곧바로 허공에서 반전, 허공을 떠다니던 검을 잡고 지윤을 향해 날아들었다.

검이 불타오른다. 지금까지와는 다른 기이한 빛이 검신을 감싸고, 아니, 잡아먹으면서 치솟았다. 지윤은 그것이 유현의 왼쪽 눈이 뿜어내는 것과 똑같은 빛이라는 것을 깨달았다. 흐느적거리던 몸이 그 빛에 관통당하는 순간, 요동치는 몸 위로 과거의 목소리가 스쳐 지나간다.

"…우리가 너를 특별하게 생각하잖아."

아아, 그래. 어쩌면 그것으로 충분했을지도 모른다. 내면에서 속삭이는 괴물의 목소리를 무시하고, 거기에 만족했으면… 지윤은 그것만으로도 인간이 될 수 있었을지도 모른다.

돌이켜 보면 즐거운 시간이었다. 그것이 인간을 흉내 내는 괴물들의 즐거움이라고 할지라도, 동료가 되어준 이현종과 지금은 죽은 김혁과 함께한 시간은… 분명 즐겁고 행복했다.

'바보 같군.'

지윤은 피식 웃었다.

사실은 알고 있지 않은가?

이러한 후회가 부질없는 것이며, 죽음을 앞두고 스스로를 속여 넘기려고 만들어낸 추악한 허상에 불과하다는 것을.

그런 시간에 만족할 수 없었기에, 그들이 내밀어준 손길을 붙잡고도 스스로가 인간임을 확신할 수 없었기에 여기까지 온 것이다. 첫 시작부터 그는 어긋나 있었다. 하나부터 열까지 고장나 있던 녀석이 그런 인간적이고 훈훈한 결론에 도달할 수 없는 것은 정해진 일이었는지도 모른다.

팍!

엉망진창으로 망가진 채 진공 속을 유영하는 지윤의 머리를 유현의 손이 움켜쥔다. 마지막으로 지윤과 유현의 눈동자가 마주쳤다.

'그래…….'

이 녀석이 마지막을 장식해 줘서 다행이다. 다른 어떤 존재가 목숨을 끊어놓더라도 미련이 남았을 것이다. 하지만 닮은 꼴의 공허와 그것을 뛰어넘은 열망을 부술 상대가 이 녀석이라면 그것만큼 어울리는 일도 없겠지.

지윤이 부들부들 떨리는 손을 들어 검은 하늘을 가리킨다. 그 위에 푸른 지구가 보였다.

'하영아, 현종아, 미안하다.'

유현이 마지막 일격을 가하기 직전, 한 호흡 여유를 둔 것은 지윤의 마음을 읽어내서였을까? 알 수 없었다. 어쨌든 그 덕분에 지윤은 지구로 마지막 메시지를 날릴 수 있었다.

"마지막으로 보는 게 달 대신 지구라니… 빌어먹을 정도로 낭만적인걸."

그리고 지윤이 유언과도 같은 말을 내뱉는 것과 동시에, 유현의 손바닥에서 발해진 섬광이 그의 의식을 영원히 끊어놓았다.

*　　　*　　　*

이하영은 왠지 모르게 이상한 기분을 느끼면서 방에서 나왔다. 그녀가 있는 곳은 설악산에 모건이 마련해 둔 비밀 거처였다. 마지막 결전을 앞두고 모건과 라리사는 서울을 향해 떠났지만 전투원이 아닌 그녀와 이현종은 이곳에 남아 결과가 나오길 기다리고 있었다.

밖으로 나오던 이하영은 이현종의 모습을 발견했다. 온라인 게임 서버가 다 죽어버린 지금, 다운로드 받아뒀던 옛날 패키지 게임들을 줄창 즐기면서 시간을 보내던 그가 이상한 표정으로 밖으로 나오고 있었다.

"하영아?"

"현종이 너도?"

두 사람은 서로를 보고 눈을 동그랗게 떴다. 왠지 모르게 가슴이 뛴다. 두 사람은 서둘러 밖으로 나왔다.

우우우웅…….

어딘가 아련한 느낌이 드는 진동이 그들을 스치고 지나간다. 이하영과 이현종은 그것이 지구 전역을 뒤덮고 있는 영자 네트워크로부터 비롯된 진동임을 알아보았다.

―미안하다.

언뜻 두 사람이 아주 잘 아는 목소리가 들려온 것 같았다. 두 사람은 깜짝 놀라서 하늘을 올려다보았다. 아직 해가 지기 전인데도 잘 보이는 황금빛 달, 거기서부터… 오지윤의 목소리가 들려오고 있었다.

―돌아가지 못하게 됐어. 하지만 후회는 없다. 그러니까 잘

살아.

"이 바보 자식!"

그 말이 의미하는 바를 깨닫고 이현종이 화를 냈다. 그는 달을 노려보며 온갖 욕설을 퍼붓기 시작했다.

잠시 망연자실해 있던 이하영은 다리가 풀리는 것을 느끼며 그 자리에 주저앉았다. 눈에서 눈물이 주르륵 흘러내린다. 떨리는 목소리가 흘러나왔다.

"바보… 거짓말쟁이……."

지윤이 그녀에게 약속한 것은 아무것도 없었다. 하지만 이하영은 얼굴을 감싸 쥐고 울면서 그를 매도했다. 쏟아지는 눈물이 그칠 때까지 계속.

5

지윤을 처리한 유현은 세계수를 향해 가다가 문득 하늘을 올려다보았다. 인간적인 감각이 허용되지 않는 검은 우주 위에 푸른 구슬 같은 지구의 모습이 보인다. 지구에서 보는 달과는 달리 너무나도 선명한 그 모습은 마치 유현을 유혹하는 것 같았다.

돌아오라고.

다시 돌아와서 겨우 손에 넣은 행복을 만끽하라고.

"돌아가고 싶어……."

유현은 잠시 동안 넋을 잃고 지구를 올려다보며 중얼거렸다.

그 어느 때보다도 삶이 소중해졌다. 황량한 흑백이었던 세상이 총천연색으로 빛나고 그의 가슴도 인간의 그것처럼 온기를 알게 되었다.

하지만 그렇기에 유현은 이 쓸쓸한 진공 속에서 죽을 각오를 굳혔다. 유현은 고개를 드는 미련을 떨쳐 내며 결연한 표정으로 달렸다.

달에 있는 세계수 도시의 방어 시스템은 붕괴했다. 그것을 확신한 유현은 본격적인 파괴 작업에 들어갔다. 마법포켓에서 검들을 띄워서 달 궤도를 따라서 가속, 그대로 낙하시켰다.

꽈아아아앙!

정직하게 한 바퀴를 돌고 온 첫 번째 검이 폭발을 일으켰을 때, 유현은 이미 세계수 위에 도달하고 있었다. 그는 충격파의 진동을 버텨내면서 비틀거렸다.

"큭……."

오지윤과 싸우면서 입은 상처가 상당히 심했다. 대부분의 상처는 영자진동을 이용해서 재생했지만 마지막에 찔린 상처만은 그렇게 되지 않았다. 일단 출혈을 막고 피부는 재생시켜 두었지만 내부가 엉망진창이다. 아무래도 시간이 꽤 걸릴 것 같았다.

'어차피 그때까지 살아 있을지는 모르겠지만…….'

이제 곧 모든 것이 끝난다.

유현은 왼쪽 눈이 욱신거리는 것을 느끼며 파국을 예감했다. 앞으로 몇십 초 안에 순차적으로 달 궤도를 돌아서 가속한 검들이 떨어져 내리며 이 도시를 쓸어버릴 것이다. 그리고 자신은 시스템 중추로 가서 에밀 크레이그를 해치우고 마지막 작업을 개시해야만 한다.

'할 수 있을까?'

솔직히 에밀 크레이그와 영자 네트워크를 통해 정보전을 벌여서 이길 자신은 없다. 그랬다가는 필패다. 결국 유현이 생각해 낸 방법은 소프트웨어(정신) 레벨에서 싸우는 게 아니라 하드웨어(물질) 레벨에서 승부를 내는 것이었다.

에밀 크레이그를 죽이고, 세계수를 파괴한다.

그렇게 되면 아마 유현도 지구로 돌아가지 못할 것이다. 영자 네트워크의 힘을 빌리지 않으면 텔레포트가 불가능하니까.

하지만 그래도 상관은 없다. 처음부터 모든 것을 끝낼 각오로 여기에 왔다. 자신이 여기에서 에밀을 해치우고 쓸쓸하게 죽어가고 나면 뒷일은 살아남은 자들이 어떻게든 할 것이다. 거기까지는 유현이 책임질 일이 아니다.

에밀 크레이그가 어떤 수단을 동원하더라도 유현이 일으킬 파괴를 막을 수는 없었다. 아직까지도 미량밖에 제어하지 못하는 순수한 퀘이사 에너지를 폭주시켜서 대량으로 방출한다면 어떤 것이든지 파괴된다.

유현은 엑스칼리버를 사용해서 세계수를 변이시켰다. 세계수가 기분 나쁘게 꿈틀거리면서 안으로 통하는 길을 연다. 유현은 황금빛으로 물든 세계수의 체내를 걸어서 시스템의 중추를 찾았다. 그리고 그 지점을 찾는 순간 영자 네트워크를 이용해서 텔레포트했다.

그곳에서 한 남자가 유현을 기다리고 있었다.

"에밀 크레이그……."

남자는 은은한 황금빛을 발하면서 허공을 바라보고 있었다.

지상에서 5킬로미터 정도 떨어진 지점, 신경 다발을 닮은 투명한 나무뿌리들이 심장과 연결된 혈관처럼 맥동하고 그것과 연결된 투명한 관이 있었다. 그리고 그 속에서 일어난 금발의 남자가 황금빛 눈동자로 유현을 바라보았다.

그가 입을 열었다.

"마침내 여기까지 왔군."

유현이 눈살을 찌푸렸다. 그의 목소리가 기이한 울림을 담고 있기 때문이었다. 살아 있는 생명체가 내는 것이라고는 생각할 수 없는 뒤틀린 울림이 섞인 목소리다.

"아아, 그래."

"이제 어쩔 생각인가?"

"당신을 죽이고, 이 빌어먹을 나무를 세상에서 없앤다."

유현의 말과 동시에 주변에 무수한 검과 총들이 떠올랐다. 염동력에 조종되는 그 무기들이 1밀리미터의 오차도 없이 에밀을 겨눈다.

하지만 유현은 평소와는 달리 곧바로 공격을 가하지 않았다. 뭔가 이상하다. 그의 눈이 눈앞에 있는 존재가 이상하다고, 그가 알고 있는 어떤 존재와 닮았다고 말해주고 있었다.

"쯧쯧. 진짜 못 알아보다니 좀 서운하구만."

"…모건?"

그가 혀를 차며 말하자 유현이 깜짝 놀랐다. 저 말투는 그가 알고 있는 대마법사 모건의 것이 아닌가?

좀 더 집중해서 살펴보자 에밀 크레이그의 육체 위로 투명한 불길 같은 것이 일렁이는 것이 보였다. 황금빛과 섞여서 잘 보이지 않았을 뿐이다. 그리고 에밀의 생체 정보와 겹쳐져서 모건의 존재 정보를 읽어낼 수 있었다.

"당신이 왜 여기 있는 거지?"

"끝을 내기 위해서 왔지."

"지구는 맡겨두라더니……."

유현은 어처구니가 없었다. 지구의 운명은 당신한테 달렸다는 식으로 비장한 모습으로 사람을 달로 보내고는 한발 앞서 와서 에밀을 처치해 버리다니.

모건이 말했다.

"그쪽은 대충 다 해결됐다네. 잔당들은 대략 처리했고 서울의 세계수를 완전히 장악했지. 일단 세계수림이 더 이상 증식하지 못하도록 차단했고 다른 여섯 그루의 세계수를 해킹하고 있는 중일세."

"그런데 당신은 왜 그런 꼴이 되어 있는 거지?"

"그건 나도 슬슬 인간으로서 있을 수 있는 시간이 다 됐거든. 힘을 쓰면 쓸수록 그렇게 되더니 결국 이제 망령 비슷한 꼴이 되고 말았지."

"그래서 에밀 크레이그에게 빙의한 건가?"

"비슷하네. 에밀에게서 이 세계수의 시스템을 빼앗고 그의 몸에 빙의해서 의식을 억눌러 버렸지. 그는 지금 심층 의식 밑에 잠들어 있다네."

미소 지으며 설명한 모건은 천천히 유현에게 다가왔다. 유현도 무기들을 거두고 그를 바라보았다. 조금 떨어진 곳에서 멈춰 선 그가 유현을 바라보며 말했다.

"결국 자네가 이겼군. 난 내심 지윤이 녀석을 응원했는데 말일세."

"그거 안됐군. 그러고 보니 일이 다 끝나고 나면 당신을 죽여 버리겠다고 말했지?"

유현은 생각났다는 듯 그를 노려보았다. 모건이 고개를 저으며 말했다.

"뭐, 그런 문제라면 자네가 손쓸 것도 없을 걸세. 그보다 한 가지 부탁하고 싶은 게 있는데……."

"뭐지?"

"나한테 자네 목숨을 주지 않겠나?"

"……."

유현은 잠시 할말을 잃었다. 예상치 못한 이야기에 잠깐 멍해졌다가, 이윽고 실소를 머금고 말았다.

"당신, 레퍼토리가 그것밖에 없는 건가?"

"미안하군."

모건도 실소했다. 그러고 보니 3년 전에도 이것과 똑같은 말을 유현에게 했었다는 사실이 기억난 것이다.

"이유는… 말로 하는 것보다는 이쪽이 빠르겠군."

모건은 영자 네트워크를 통해서 유현에게 정보를 전달했다. 그 정보를 읽어들인 유현이 눈살을 찌푸렸다.

"에밀이라는 작자, 생각했던 것보다 더 터무니없는 놈이었군."

"그렇지. 내 예상도 살짝 초월했다네. 마무리가 약해서 다행이었네만."

"뭐, 좋아. 내가 뭘 어쩌면 되지?"

유현은 별로 고민할 것도 없이 그의 제안을 받아들이기로 했다. 에밀을 쓰러뜨리고 시스템을 완전히 장악한 모건이라면 유현이 생각한 것보다는 좋은 방법을 생각해 낼 것이다. 실제로 지금 받은 정보만으로도 그가 좀 더 나은 길을 선택하려고 한다는 것을 알 수 있었다.

모건이 조금 어이없어하며 말했다.

"이번에도 참… 쉽게 대답하는구만."

"난 처음부터 돌아가는 걸 포기하고 이걸 없애 버리려고 했어. 그리고 나머지는 당신들한테 맡길 생각이었는데… 이렇게 된 이상 좀 더 확실한 길을 택하는 게 좋겠지."

"세상이 없어지는 것보다는 자네가 없어지는 게 낫기 때문인가?"

"그 대답은… 아마 예전과 똑같을 거야."

"살고 싶은 마음은 없는 건가?"

이어지는 모건의 물음에 유현은 잠시 입을 다물었다. 그리고 씁쓸하게 웃으며 대답했다.

"살고 싶어."

예전과는 달리, 지금은 살고 싶었다. 모든 문제를 해결하고 지구로 돌아가서… 다시 그들과 함께 새로운 세계를 살아가고 싶었다.

하지만 자신이 희생해야만 그들이 살아갈 수 있다면 주저하지 않는다. 이제야 비로소 자신을 사랑하고 다른 사람을 사랑할 수 있게 되었는데, 그 이전과 같은 결론을 내리게 되더니 이것도 참 웃기는 일이다.

"…그렇군."

모건이 부드럽게 미소 지으며 고개를 끄덕였다.

그는 심호흡을 한 번 하고는 유현에게 자신의 계획을 설명했다.

"이 달의 세계수는 에밀의 계획에서 핵심을 이루는 존재일세. 이것만으로도 달의 영맥을 완벽하게 제어해서 요정인들을 부활시키고, 지구에 심어진 일곱 세계수를 통제해서 원래 계획하던 일을 일으킬 셈이었지."

문제는 에밀이 아닌 한 세계수를 완벽하게 다루는 것은 불가능하다는 것이다. 단순히 세계수의 시스템 일부를 점유하거나, 세계수를 파괴하는 일이라면 가능하겠지만 그 기능을 전부 활용하는 것은 오로지 요정인인 에밀에게만 가능한 일이다. 에밀의 몸을 잠식한 모건조차도 그렇게 할 수는 없었다.

"하지만 자네가 있으면 가능해."

"내 눈의 힘을 쓰려는 건가?"

"그래. 달에는 내가 장악한 미미르의 샘이 있으니 그것을 통해서 자네의 힘을 완전히 이끌어낼 수 있을 거야. 그 힘을 이용해서 이 세계수의 기능을 완전히 장악, 달의 영맥을 제어하고 그로써 지구의 영맥을 치유하는 작업에 들어갈 걸세."

"지구의 영맥을 치유한다… 그럼 요정인은 부활하지 않아도 요괴를 없애는 것은 가능하다는 뜻인가?"

모건이 하려는 일의 핵심은 그것이었다.

성흔을 치유하고, 영맥의 뒤틀림으로부터 태어나는 요괴의 존재도 없앤다.

그로써 인간은 더 이상 불운한 자들을 연옥 속에 던져 넣을 필요가 없어진다. 지구는 태곳적처럼 온전한 모습으로 생명체들의 존재를 허용할 것이고, 인류는 오로지 자연에만 맞서면서 아득한 시간을 살아가게 되리라.

본래 그는 에밀을 죽이고 세계수를 인류의 것으로 남겨둠으로써 성흔의 문제를 해결하려 했다. 그러면 더 이상 7대세력의 존재도 필요하지 않고, 요괴의 존재 역시 이전에 비해 훨씬 적게 발생할 테니 무지에서 깨어난 인류가 충분히 대처할 수 있었다.

하지만 에밀이 그의 상상을 초월한 해법을 제시해 주었다. 이런 수단을 손에 넣은 이상 거기서 만족할 이유가 없었다.

그의 설명을 다 들은 유현이 말했다.

"이제 와서 걱정할 문제는 아닌 것 같지만… 그렇게 하면 연옥은 사라져도 영자 네트워크를 손에 넣은 소수가 세상을 지배하게 되겠군."

유현 자신이 사용 중이기 때문에 안다. 영자 네트워크의 힘은 압도적이다. 이 힘이 있으면 모든 비술을 압도하고 세상을 지배할 수 있으리라. 세계수를 이용해서 세상의 환경을 바꾸고, 궤도 엘리베이터를 이용해 우주로 향하는 것까지도 자유자재다. 그 모든 것이 이전의 인류가 미칠 듯이 손에 넣고 싶어했던 힘이다.

모건이 웃었다.

"그렇게는 안 될 걸세."

"왜지?"

"자네는 엑스칼리버를 이용해서 영자 네트워크에 접속하고 있지 않나? 그게 없으면 접속할 수 없겠지?"

"그렇지."

"저들도 마찬가지일세. 저들은 다른 무엇도 아닌 나라는 존재를 이용해서 영자 네트워크에 접속하고 있지. 내가 사라지면 저들도 더 이상 영자 네트워크에 접속하는 게 불가능하다네."

지금의 모건은 무선공유기 같은 존재다. 그와 접촉하고 허가를 받은 이들만이 영자 네트워크에 접속해서 그 힘을 사용하는 게 가능했다.

그러나 이제 모건은 사라질 것이다. 그렇게 되면 저들도 더 이상 영자 네트워크에 접속하지 못하게 된다. 나중에 다른 방법을 찾을 수도 있겠지만 모건은 그럴 여지를 완전히 없애 버릴 생각이었다.

유현은 그의 말에서 한 가지 사실을 읽어내고 말했다.

"음. 그렇다는 것은… 당신도……."

"그렇지. 뭐, 좀 위로가 되지 않나? 자네 혼자 희생되지는 않을 거야. 나도 같이 따라가 줄 테니."

"그러게 당신 레퍼토리가 너무 진부하다니까. 게다가 칙칙한 아저씨가 마지막 길동무를 해준다고 위로가 될 리가 있나."

유현은 장난스레 쏘아주고는 허공을 올려다보았다. 영자 네트워크를 통해서 그에게 세계수 밖의 상황이 보인다. 그가 달의 중력권을 타고 가속시킨 검들이 모두 떨어져 내려서 세계수 도시를 초토화시켰다. 바깥은 완전히 열기가 끓어오르는 지옥으로 화해 있었다. 이걸로 혹시 요정인이 살아남아서 눈을 뜨거나 하는 상황은 걱정하지 않아도 되리라.

문득 그는 영상 정보를 돌려서 지구를 바라보았다. 황량한 달과는 너무나도 다른 푸르고 아름다운 별. 자신이 왔고 다시는 돌아가지 못할 그 별을 마지막으로 망막에 새긴다.

이것으로 미련은 없어졌다.

유현은 외부 영상 정보를 끊고 모건에게 말했다.

"그럼 시작하지."

"좋아."

모건이 고개를 끄덕이고는 미미르의 샘을 이용해서 유현에게 접촉을 시도했다. 유현의 눈을 통해 설악산의 퀘이사가 반응하면서 맹렬하게 요동친다. 어마어마한 에너지가 끌어올려져서 모건의 의도대로 변환되기 시작했다.

'크…….'

시야가 빛으로 변한다.

온통 빛으로 둘러싸인 세계 속에서 의식이 확장되기 시작한다. 어느새 그는 달의 상공에서 세계수를 굽어보고 있었다. 은은한 황금빛을 띠었던 달의 표면으로 영맥의 흐름이 드러나는 것이 보였다. 어지러울 정도로 복잡한 패턴으로 얽혀 있는 그 빛은 점차로 그 세기를 더해가더니 마침내 달 전체를 집어삼키고 태양처럼 빛나기 시작했다.

아마도 지구에서도 이 빛이 보였을 것이다. 그렇게 생각한 순간 달이 손을 내밀 듯이 빛의 줄기가 뻗어나가 지구에 가 닿는다. 지구도 그에 반응하여 영맥의 흐름이 드러나기 시작하고, 마침내 지구 전체가 빛에 휘감겼다.

유현은 왼쪽 눈에서 뿜어지는 빛이 자신을 집어삼켜 가는 것을 느꼈다. 퀘이사 에너지는 본질적으로 다른 모든 존재를 잠식하는 성질을 갖고 있다. 강한 의념을 일으키거나 혹은 이것과 같은 퀘이사의 파편이 특정한 의도로 변질된 경우를 통해서만 제어할 수 있는데, 지금 모건에 의해 끌어올려진 에너지의 양은 그렇게 제어할 수 있는 한계를 넘어섰다.

'아…….'

두 번 다시 맛보고 싶지 않았던 감각이 찾아온다. 진유현이라는 인간이 해체되어 가는 감각. 육체가 최소 입자 단위로 분해되어 퀘이사로 환원되고, 영혼이 갈기갈기 찢겨져 사라져 간다. 그 속에서 정신만이 남아서 고통받고 있다는 인식을 무한히 반복한다.

유현은 타오르는 빛의 격류에 삼켜져 가며 웃었다. 비명을 지르며 날뛰고 싶을 정도로 고통스럽지만, 이번에는 왠지 웃으면서 마지막을 맞이할 수 있을 것 같았다.

'이별이군.'

그 속에서 모건의 목소리가 들려왔다. 유현이 뭐라고 대답하기 전에 갑자기 의식이 어디론가 확 끌려 들어가는 느낌이 찾아들었다. 이제 눈으로 본다는 개념조차 사라진 유현의 정신에 눈부시게 빛나는 푸른 구슬이 들어왔다. 지구의 중력에 이끌린 유성처럼 그의 정신이 그 안쪽으로 떨어져 내리고 있었다.

'잘 가게나. 인연이 있다면 다음 생에서 만나지. 자네는 악연이라고 생각하니 달가워하지 않을 것 같네만, 난 제법 즐거웠다네.'

왠지 유쾌한 듯한 모건의 목소리가 멀어져 간다.

유현은 자신의 모든 것이 불타 사라지는 감각을 맛보며 의식을 잠재웠다. 빛나는 별 위로 한줄기 유성이 불타며 떨어져 내렸다.

6

"……."

시야를 가득 채운 어둠이 흔들리고 있었다. 지진이라도 일어나는 것처럼 모든 것이 끊임없이 진동한다. 누군가 멱살을 잡고 흔들어대는 것 같은 감각에 머리가 어지럽다. 금방이라도 토할 것 같은 상황이 되자 어쩔 수 없이 뭔가를 향해 손을 뻗는다. 그리고 다 죽어가는 목소리로 말했다.

"그만… 해……."

갈라져 나오는 자신의 목소리에 깜짝 놀란다. 흐릿해져 있던 의식이 깨어난다. 눈꺼풀이 부르르 떨리면서 어둠이 희미해지고 비로소 자신에게 눈이라는 기관이 있다는 사실을 인식한다. 눈을 뜬다는 것이 어떤 의미를 가진 행위인지 떠올리는 순간, 눈이 번쩍 떠졌다.

"…어?"

유현은 잠시 동안 멍한 표정을 짓고 있었다.

그 위로 뭔가 뜨거운 것이 툭 떨어진다. 움찔하면서 눈을 찌푸리는데 다시 또 하나가 떨어졌다. 유현은 뺨을 타고 흘러내리는 그것이 온기를 가진 액체라는 것을 비로소 알았다.

"이 바보야!"

누군가의 목소리가 고막을 파고든다.

그 순간 막혀 있던 귀가 뚫린 것처럼 세상의 소리가 쏟아져 들어오기 시작했다. 유현은 자신도 모르게 손을 들어서 얼굴에 묻은 액체를 닦아냈다. 그리고 고개를 들어 자기 위에 드리워진 그림자를 바라보았다.

"난슬."

새하얀 머리칼을 늘어뜨린 소녀가 그를 내려다보며 눈물을 뚝뚝 흘리고 있었다.

왠지 웃음이 나온다. 예전에도 이런 일이 한 번 있지 않았던가? 그녀와 자신은 항상 재회를 이런 식으로 맞이할 운명이라도 가진 것은 아닐까? 그런 말도 안 되는 생각을 하면서 유현은 손을 뻗어 그녀의 볼을 감싸 쥐었다.

"고마워."

유현은 그녀를 끌어다겨 안으면서 속삭였다. 그리고 고개를 들어 주변을 바라보았다.

세상이 온통 황금빛으로 물들어 있었다.

허공에 무수한 빛의 입자들이 떠올라 흩어져 간다. 엑스칼리버를 가진 유현은 지구 전역을 뒤덮고 있던 영자 네트워크가 붕괴하는 것을 느꼈다. 처음부터 없었던 것처럼 허공으로 녹아들어 가면서 사라져 간다.

"뭐가 어떻게 된 거지?"

"네가……."

난슬이 살짝 붉어진 얼굴로 유현에게서 떨어지며 말했다.

"하늘에서 떨어졌어. 릴리아나 씨가 알려줘서 여기로 온 거야."

"하늘에서?"

유현은 당혹감을 느꼈다. 그렇다면 마지막에 지구를 향해 떨어져 내리던 것도 환각을 본 게 아니었단 말인가?

도대체 자신이 어떻게 무사할 수 있었던 것인지 모르겠다. 분명히 퀘이사의 힘이 격류가 되어 몰아치는 속에서 자신은 완전히 분해되어 사라져 가고 있었는데…….

그 순간 갑자기 기억이 되돌아가며 벼락같은 깨달음이 찾아들었다. 유현은 반사적으로 왼쪽 눈에 손을 가져가며 으르렁거리는 목소리로 중얼거렸다.

"모건, 이 빌어먹을 작자가……."

왼쪽 눈에 깃들어 있던 퀘이사의 힘이 사라졌다.

마지막에 모건은 그에게 사기를 쳤다. 그가 세계의 변혁을 의도했던 것은 맞다. 그리고 동시에 그는 미미르의 샘과 세계수 시스템을 이용, 유현에게서 퀘이사의 힘을 빼앗아가서 혼자 모든 것을 끌어안고 사라져 갔던 것이다. 유현이 자신이 퀘이사의 힘에 먹혀 사라진다고 생각했던 것은, 예전에 퀘이사를 품은 단말로써 완성되었던 과정을 거꾸로 겪었던 것뿐이었다. 그리고 그 끝에는 퀘이사를 품지 않은 유현 자신이 있었다.

난슬이 고개를 갸웃하며 물었다.

"왜?"

"아니, 아무것도 아냐. 나한테 공갈을 친 양반이 있어서."

유현은 그녀의 눈물을 닦아주며 미소 지었다.

완전히 졌다. 처음부터 끝까지 무엇 하나 이기지 못하고 그의 뜻대로 휘둘렸다는 것을 인정하지 않을 수 없었다. 마지막에는 거짓으로 목숨을 희생할 각오까지 하게 만들고는 이렇게 무사히 지구로 돌려보내 줬으니 더 뭐라고 할 수 있을까?

'쳇. 뭐, 당신이 말한 다음 생이 있다면 그때는… 좀 존경해 주지.'

유현은 사라진 그를 향해 빈정거렸다. 그리고 난슬을 끌어안은 채로 주변을 보았다.

세계수가 사라진다.

지구상 어디에서나 보였던 일곱 그루의 거대한 나무가 황금빛 입자로 변해서 스러져 가고, 그들을 중심으로 구축되었던 영자 네트워크가 붕괴한다. 그렇게 요정인의 흔적은 사라지고 지구의 영맥은 치유되어 성흔도, 요괴를 만들어내는 뒤틀림도 없이 도도하게 흘러간다.

모건은 지구를 완전히 치유했다. 세계수로부터 비롯된 세계수림은 그대로 남아 있겠지만 이전처럼 비정상적으로 폭증하며 대지를 집어삼키지는 않으리라.

"사부님!"

문득 익숙한 목소리가 들려왔다. 유현은 고개를 돌려 목소리의 주인을 바라보았다. 신우와 유얼, 그리고 성아가 헐레벌떡 달려오고 있었다. 그 뒤에서 아일라가 새하얀 소녀와 함께 느긋하게 걸어오는 모습도 보인다. 여전히 기계인간의 몸을 한 멀린도 있었다.

"여어."

"진짜 살아 돌아오셨네요!"

신우가 믿을 수 없다는 듯 유현을 위아래로 살펴보면서 호들갑을 떨었다. 유현이 인상을 팍 찌푸리면서 신우의 머리를 쥐어박았다.

"아주 내가 죽길 바라고 고사를 지낸 모양이구나?"

"그, 그럴 리가요! 저는 그냥 기쁜 마음에!"

"어휴. 이 화상은 세계가 멸망할 뻔해도 바뀌질 않는구만."

유현은 고개를 절레절레 저었다. 그리고 다가온 사람들을 하나하나 바라보았다. 이제는 가족이 되어버린 신우와 한얼은 그렇다 치고, 성아가 잔뜩 토라진 표정을 짓고 있는 게 마음에 걸린다.

"무사해서 다행이다."

"그, 그래."

성아는 우물쭈물거리면서 얼굴을 붉혔다. 유현이 의아한 듯이 바라보자 그의 옆에 붙어 있는 난슬을 흘끔 바라보더니 결국 한숨을 쉰다. 유현은 왠지 그녀의 속내가 손에 잡힐 듯이 보이는 것 같아서 쓴웃음을 짓고 말았다.

하지만 그렇다고 그가 해줄 만한 말은 없었다. 성아가 자신의 마음을 정면으로 고백한 것도 아니고, 유현은 이미 난슬을 선택했으니까. 다른 여성을 선택한 남자가 뭐라고 말해줄 수 있겠는가? 그저 다른 좋은 남자 찾길 바랄 뿐이지.

"살아 있었군."

유현은 아일라와 릴리아나를 보며 말했다. 릴리아나와는 한 번도 직접 만난 적은 없었지만 예전, 서울이 붕괴할 때 예지의 환영 속에서 본 경험 덕에 쉽게 알아볼 수 있었다. 멋쩍은 듯이 미소를 짓는 아일라의 옆에서 릴리아나가 환하게 웃으며 고개를 끄덕였다.

네.

물론 그녀는 목소리를 낼 수 없었기 때문에 품에서 핸드폰을 꺼내더니 눈부신 속도로 타이핑해서 보여준 것이다.

유현은 잠시 그녀를 바라보았다.

세상은 변했지만 그녀의 삶은 별로 변하지 않을 것이다. 그녀는 여전히 지나치게 강한 예지능력을 갖고 있었고 언제나 무수한 예지의 환영에 시달리며 살아가야 할 테니까. 잠시나마 그 지옥 같은 절망을 맛본 유현은 그녀가 정말 경이로워 보였다.

하지만 그럼에도 불구하고 그녀는 환하게 웃고 있었다. 심지가 굳기 때문일까, 아니면 무수한 절망 속에서도 의지할 만한 사람이 옆에 있기 때문일까? 어느 쪽이든 유현은 그녀에게 경의를 표할 것이다.

"무사히 돌아와서 다행일세."

가만히 기다리고 있던 멀린이 타이밍을 잡고 나섰다. 유현이 그를 바라보자 그가 잠깐 머뭇거리다가, 이윽고 조심스럽게 묻는다.

"그… 모건 녀석은 어떻게 됐나?"

그렇게 죽여 버리겠다, 지옥을 맛보여주겠다 했던 주제에 이런 식으로 묻는 모습을 보니 왠지 우습다. 하지만 유현은 그런 점을 지적하는 대신 차분하게 대답해 주었다.

"다 끌어안고 가버렸어."

"…그런가."

"분하지만 그 양반한테는 하나부터 열까지 이길 수가 없었어. 정말 대단한 인간이라니까."

"나도 그렇게 생각하네."

멀린이 쓴웃음을 지었다.

유현은 잠시 동안 그렇게 서서 황금빛으로 물든 세상을 바라보았다. 그러다가 점차로 하늘이 어둠으로 물들어가고, 황금빛이 약해지기 시작하자 입을 열었다.

"그럼 갈까."

"어디로?"

난슬이 중요한 문제를 끄집어냈다.

그들은 지금 집도 절도 없는 신세다. 이렇게 엉망진창이 되어버린 세상 속에서 도대체 어디로 가야 할까? 유현은 잠깐 당혹스러워하다가 대답했다.

"음. 뭐, 일단 광주로 가보지. 거긴 도시가 온전하게 유지된 것 같고 하니까 육도 측하고 만나서 상황도 살펴볼 겸."

"응."

난슬이 찬성이라는 듯 고개를 끄덕였다. 다른 사람도 그 의견에 찬성하고는 광주 쪽을 향해 이동하기 시작했다.

유현은 자신을 끊임없이 괴롭히던 퀘이사의 힘이 사라져 버린 것에 묘한 상실감을 느끼며 하늘을 올려다보았다. 희미한 황금빛으로 뿌옇게 흐려진 밤하늘 저편에 그 어느 때보다도 밝게 빛나는 달이 보였다.

"……."

유현은 정상으로 돌아온 왼쪽 눈을 한번 매만지고는 다른 사람들의 뒤를 따라 걷기 시작했다.

에필로그

일곱 그루의 세계수가 황금빛의 입자로 변해 사라진 후, 세상은 급격하게 질서를 회복해 갔다. 정부 수뇌들이 모조리 죽어버린 일곱 국가는 심한 혼란기를 겪긴 했지만, 다들 새로운 정치적 지도자를 선출하고 체제를 정비하면서 그럭저럭 다시 사회를 회복할 수 있었다. 반년이 지난 지금은 비교적 온전하게 남아 있었던 지역의 사람들과 그곳으로 흘러든 유민들 사이에 갈등이 심화되고 있고 그 외에도 무수한 문제들이 드러나고 있긴 하지만 그럭저럭 회복세에 접어들었다고 할 수 있었다.

무엇보다 큰 문제는 요괴의 존재다. 인류는 당면한 적과 싸우기 위해서 비술을 사용하는 군대를 육성하고 도시 방위를 철저하게 다지고 있었다.

반년 전의 사건 이래로 요괴가 더 이상 발생하는 일은 없어졌다. 하지만 이미 발생한 요괴들은 고스란히 남아 있었던 것이다. 아니, 그걸 넘어서 더 이상 인간을 먹지 않으면 존재를 유지할 수 없는 불완전한 생명이 아니고 아예 새로운 돌연변이 종, '요괴수'라고 명명된 존재로 안정되고 말았다. 그래서 자기들끼리 교미해서 숫자가 늘어나는 등 여러모로 골치 아픈 적으로 성장했다. 그들 중에는 인간 이상의 지능을 가진 존재도 있었기에 나름대로 세력을 형성하고 부족사회 비슷한 것을 이루기까지 하는 모양이다.

그런 와중에 한국에서는 육도의 지배자인 김지아가 적극적으로 나서서 사회를 회복시켰다. 천 명을 동시에 지배할 수 있는 막강한 텔레파시 능력으로 혼란을 최소화시키고, 적합한 인물을 전면에 내세워서 사람들의 뜻을 하나로 모으는 그녀는 어둠의 여왕이라고 해도 과언이 아니었다.

"하아. 피곤하군."

오늘도 밀린 업무를 처리하고, 텔레파시 능력을 사용해서 광주 곳곳에서 일어나는 혼란을 정리한 김지아는 머리를 감싸며 한숨을 쉬었다.

서울이 괴멸하고 그곳에서 가까운 곳일수록 피해가 큰 지금, 광주는 한국의 새로운 수도로 기능하고 있었다. 지금은 이곳에 임시정부를 세우고 사회적인 인프라를 하나하나 회복시키는 중이다.

"누가 들으면 당신만 힘든 줄 알겠습니다."

그렇게 투덜거린 것은 신아연이었다. 군 제복을 입은 그녀는 담배를 꼬나문 채 쌓인 서류를 읽어보며 업무를 처리하고 있었다.

육도의 고위 인력 생존자가 거의 없다 보니 원래 수라 급이었던 그녀는 서열 2위로 등극했다. 지금은 김지아의 보좌이자, 공식적으로는 대한민국 전군의 병력 육성 어드바이저로 어느 군에서나 중장 급 대우를 받는 이상한 위치에 있었다. 덕분에 요즘 그녀도 김지아에게 지지 않을 정도로 많은 업무량에 시달리는 중이다.

"그렇군. 그러고 보니 선희는?"

"걔 오늘 휴가잖아요. 데이트하러 갔죠."

"데이트? 아, 그 김신우라는 꼬맹이랑?"

"네. 지난주에 영화관이 다시 개관해서 거기 간다던데."

"청춘이네. 부럽다. 아연이 너는 남자 안 만들어?"

"남자 사귈 여유나 주고 말씀하시죠? 이러다 일하고 결혼하겠습니다?"

신아연이 눈을 번뜩이며 쏘아붙였다. 비술에 대한 노하우가 없는 군을 재편해서 단기간에 쓸 만한 병력을 양성하는 것은 보통 어려운 일이 아니었다. 일단 반년이 지난 지금에야 제대로 된 무기를 생산할 수 있는 공장이 돌아가기 시작했고, 그걸 쓸 인력들은 아직도 쓸 만해지려면 멀었다.

"그렇군. 뭐, 빨리 애들 좀 키워놓고 쉬라고."

"내가 미쳤지, 서열 2위라는 말에 혹해서는."

신아연은 육도를 떠나지 않은 것을 후회하면서 또 한 장의 서류를 결재하고 옆으로 치워 버렸다.

"아, 진짜. 질투 나네. 나는 이렇게 고생하는데 선희 그 녀석은 팔자 좋게 영계 잡아서 놀러 다니고."

신아연은 담뱃재를 털면서 으르렁거렸다. 이걸 다 끝내면 새로 장만한 스포츠카를 타고 드라이브라도 한번 가야겠다.

*　　*　　*

오랜만에 평일 휴가를 얻은 진선희는 왠지 으스스한 한기를 느꼈다. 10월이니까 좀 쌀쌀하긴 하지만 이렇게 한기가 느껴질 정도는 아닐 텐데 뭔가 이상하다. 요즘 답답한 인간들 모아놓고 마법 가르친다고 스트레스를 너무 많이 받았나?

"아, 누나."

몇 개월 만에 다시 개관한 영화관 앞으로 가자 기다리고 있던 신우가 반갑게 손을 흔들었다. 지난 반년 동안 신우도 키가 좀 커서 이제 땅꼬마 소리는 안 들을 정도는 되었다. 잘 단련된 신체는 균형 잡혀 보였고 한얼이 워낙 잘 챙겨주는 덕분에 옷맵시도 괜찮다. 하지만 얼굴은 여전히 동안이라 귀엽기만 했다.

"미, 미안. 내가 좀 늦었지?"

"아뇨. 저도 막 왔어요."

약속 시간 30분 전부터 기다렸지만 신우는 전혀 그런 티를 내지 않고 웃었다.

둘이 사귀기 시작한 것은 3개월 전부터의 일이다. 전부터 그녀에게 호의를 갖고 있던 신우가, 유현과 난슬이 친밀하게 지내는 것을 보고는 배알이 뒤틀려서 저돌적으로 진선희에게 대시한 것이다. 이성에게 고백받은 경험이 한 번도 없던 진선희는 당혹해하며 대답을 미루다가 결국 넘어가고 말았다. 그 후로는 휴일마다 만나서 그나마 남아 있는 괜찮은 장소들을 돌아다니면서 데이트를 즐기는 중이다.

"음. 슬슬 상영 시간 다 되어가니까 들어가죠. 영화 끝나고 뭐 먹을래요?"

"응. 그전에 보여준 그 인도 요리집 괜찮아 보이던데."

"아, 거기요? 그럼 거기 가는 걸로 해요."

신우가 씩 웃으며 진선희의 손을 잡았다. 몇 번이나 겪은 일이건만 진선희는 흠칫 놀랐다가 이윽고 얼굴을 살며시 붉히면서 신우의 뒤를 따라갔다.

* * *

영국에서는 퀸 오더가 다시 자리를 잡고 국가 정비를 돕고 있었다. 이쪽도 런던 궤멸과 함께 왕실도 전부 전멸하고 거기서부터 세계수림이 뻗어나가는 바람에 나라 꼴이 말도 못하게 나빴다.

멀린은 아직도 기계인간의 몸으로 생활하고 있었다. 한동안 좀 쉬면서 회복을 해야 할 텐데, 워낙 할 일이 많아서 마력을 펑펑 써대다 보니까 본체가 도통 회복될 기미가 안 보인다.

그의 뒤에는 거구의 청년이 뒤따르고 있었다. 한국인과 흑인 혼혈 청년으로 두터운 마법서를 든 채 조심스럽게 뒤따르는 모습이 왠지 덩치와 안 어울린다. 그는 바로 미드가르드의 네크로맨서였던 이현종이었다.

“스승님, 꼭 저도 같이 가야 되나요?”

세계수 사건 이후 퀸 오더로 소속을 옮긴 이현종은 선택의 여지없이 멀린의 제자가 되고 말았다. 천재적인 소질을 가진 이현종은 멀린 휘하에서 많은 마법을 배웠고, 그 이상으로 업무 처리 능력이 나날이 향상되고 있었다. 멀린이 자신이 할 업무의 태반을 이현종에게 떠넘기고 있었기 때문이다.

“너는 너무 여왕 폐하를 기피하지 않느냐. 너도 곧 원탁의 기사로 서임받을 텐데 언제까지고 그러면 안 되지.”

멀린이 딱 잘라 말했다.

퀸 오더가 전멸할 때 원탁의 기사는 전멸, 상위 마법사의 태반이 죽어나간 관계로 이현종 수준의 인재는 정말 귀중했다. 지금 조직 내에 남아 있는 마법사의 랭킹을 따져 보면 그는 분명 열 손가락 안에는 드는 인재였다. 아직은 수준 미달인 부분이 있었지만 조금만 더 가르치면 원탁의 기사로 서임되기에 충분할 것이다.

‘뭐, 그전에 한참 더 써먹어야겠지만.’

세계가 엉망인만큼 일거리가 나날이 폭주 중이다. 이런 와중에 조금이라도 놀 시간을 늘리고 세계 곳곳에 잔존해 있는 장난감 프리미엄 아이템들을 챙길 여유를 가지려면 이현종의 업무 능력이 절실했다. 따라서 멀린은 한동안 그를 독립시킬 생각이 없었다. 적어도 몇 년은 더 써먹고, 조직이 슬슬 안정됐다 싶으면 그때는 그를 전면에 내세우고 여유있게 뒤로 빠질 생각이다.

어쨌든 두 사람은 위치 퀸이 휴식을 취하고 있는 정원을 찾아가다가 예상한 얼굴을 만났다.

"라리사."

정원 입구에는 전직 스패쯔나쯔의 정령술사 라리사 고르디바가 서 있었다. 그녀는 반년 전의 사태가 끝난 후 멀린에게 스카우트되어서 위치 퀸의 경호기사가 되었다. 그때 그녀는 자신의 신변 외에도 네크로맨서 이현종과 마법사 이하영의 신변을 보장해 줄 것을 요구했고 멀린은 그것을 받아들였다. 그래서 이현종은 멀린의 제자로, 그리고 이하영은 위치 퀸의 제자 겸 비서로 일하고 있는 중이었다.

"거, 담배는 좀 자제하지?"

라리사는 정원 입구에 기대어 선 채 담배를 피우고 있었다. 멀린의 한마디에도 그녀는 태연했다.

"공기 오염될 일은 없으니 걱정 마시죠."

그녀는 정령들을 이용해서 담배연기를 정화시키고 있었던 것이다. 멀린은 좀 못마땅한 기색이었지만 더 말하지 않고 정원 안으로 들어갔다. 이현종도 그녀와 눈인사를 주고받고는 안으로 들어갔다.

마법으로 조성된 정원 안은 그야말로 한가로운 봄날이었다. 새가 지저귀고 나비가 날아다니는 아름다운 정원 한가운데서 위치 퀸은 테이블을 놓고 우아하게 홍차를 마시고 있었다. 그리고 그 옆에서는 하영이 그녀를 대신해서 잡무를 처리하면서 담소를 나누는 중이었다. 위치 퀸의 경우 원래 자신의 모습에 맞는 10대 소녀와 놀기를 좋아하는 편이었기 때문에 하영은 그녀와 죽이 잘 맞는 편이었다.

"여왕 폐하."

멀린이 그녀를 부르고는 대뜸 서류 뭉치를 내밀었다. 티타임을 방해받은 그녀가 눈살을 찌푸렸다.

"뭐예요?"

"직접 결재하셔야 할 서류입니다. 오늘 내로 살펴보시고 내일 아침까지 보내주시죠."

"꼭 이런 때 귀찮게 해야 하나요?"

위치 퀸은 투덜거리면서도 서류를 받아 들었다. 어차피 그녀가 꼭 손대야 할 업무를 제외하면 거의 이하영이 처리하고 있어서 이런 걸로 투덜거릴 처지는 아니었다.

이하영이 이현종을 보고 눈인사를 보냈다. 이현종은 위치 퀸과 멀린 사이에서 흐르는 마력의 기류 때문에 움츠러들었지만 애써 미소 지었다.

'어휴, 내가 어쩌다 이런 신세가 됐담.'

마음속으로 한숨을 쉬어보지만 그나마 지금이 꽤 행복한 상황이라는 것은 잘 알고 있다. 모건 대신에 인류 최고의 대마법사의 제자로 들어갔겠다, 든든한 세력에 들어와서 신변의 걱정도 최소화되었으니 라리사에게 아무리 감사해도 모자랄 판이다.

그 점은 이하영도 마찬가지였다. 오지윤이 죽는 바람에 많이 낙담하긴 했지만 라리사 덕분에 이렇게 다시 살겠다는 의욕을 낼 수 있었다. 사람 대하는 게 서투른 라리사지만 그들을 많이 위하는 것만은 분명했다.

'그놈은 저승에서도 블로그질이나 하고 있으려나.'

이하영은 문득 노트북을 열고 인터넷에 접속해 보았다. 세계가 황폐화되면서 많은 서버들이 망가지긴 했지만 그래도 웹은 의외로 많은 부분이 멀쩡하게 살아남았다.

그중에는 신기하게도 지윤의 블로그였던 '오지윤의 IT월드' 도 있었다. 이하영은 충동적으로 지윤의 마지막 포스팅에 비밀 덧글을 달고는 시각 공유의 마법을 사용해서 이현종에게도 보여주었다. 이현종이 잠깐 의아해하는가 싶더니 곧 피식 웃어버린다.

'이 나쁜 놈아, 지옥에 가서도 악마들과 싸우며 블로그질을 하고 있겠지?'

그렇게 주인이 사라진 블로그에는 하나의 덧글이 영원히 돌아오지 않을 대답을 기다리며 남겨지게 되었다.

*　　　*　　　*

성아는 책상 위에 얼굴을 묻은 채로 잠들어 있었다. 한참 서류를 처리하다가 잠든 그녀에게 홍승영이 살며시 다가가서 옷을 덮어주었다. 하지만 예민한 성아는 그 기척에 눈을 뜨고 말았다.

"아, 이런. 내 정신 좀 봐."

"이런. 죄송합니다, 아가씨."

홍승영이 사과했다. 하지만 성아는 고개를 저었다.

"아녜요. 이거 오늘까지 다 끝내놔야 하는데 피곤해서 그만… 어라?"

문득 성아는 문밖에서 누군가 달려오는 기척을 느꼈다. 곧 문이 벌컥 열리면서 연지혜가 기운차게 뛰어들어 왔다.

"언니, 언니!"

"응? 왜 그래?"

"나 릴리 언니네 놀러 가도 돼? 오늘 한얼 오빠가 요리 가르쳐 주는데 흥미있으면 오래."

"아, 응. 다녀와."

성아가 쓴웃음을 지으며 말했다. 그 얼굴을 본 지혜가 흠칫했다.

광주로 온 이후로 망혼은 사설 무력 단체로 활동하고 있었다. 말하자면 용병이다. 국가와 계약을 맺고 주변 지역에 출몰하는 요괴수들을 처리하고 있었고, 필요하면 인원을 빌려주거나 아니면 민간의 의뢰를 받고 경호를 하기도 하고, 군에 인원을 보내 교관 역할을 하거나 장차 요괴수 헌터를 꿈꾸는 이들을 위해 트레이너 일도 한다.

그런 만큼 망혼의 인원도 계속 늘어나고 있었고, 당주가 된 성아의 업무도 그에 맞추어 끝없이 늘어났다. 하지만 성아는 웬만하면 지혜에게는 그런 업무를 나누어주지 않고 아이들을 가르치는 정도의 일만 시키고 있었다.

지혜로서는 많이 미안한 일이었다. 하지만 성아의 뜻이 워낙 완강해서 따르지 않을 수 없었다.

"마, 맛있는 거 만들어 올게."

지혜는 조심스럽게 말하곤 방에서 나갔다. 그녀가 나간 자리를 보던 성아는 한숨을 쉬며 중얼거렸다.

"나도 슬슬 연애나 해볼까?"

그럴 시간도 없고, 아직도 마음속에는 유현의 그림자가 드리워져 있었지만 말이다. 하지만 열심히 살다 보면 언젠가는 좋은 남자가 나타나겠지. 그녀는 그렇게 생각하면서 다시 서류를 살펴보기 시작했다.

* * *

한시애는 광주의 위기예보센터에 다니면서 아르바이트를 하고 있었다. 한창 세계 전체가 혼란의 도가니에 빠졌을 때, 그녀는 군을 뒤에서 지배한다고 하는 육도라는 단체의 인원들에게 구해져서 광주 지하 플랜트에서 지내게 되었다. 그리고 그곳에서 마법에 대한 교육을 받다가 자신의 숨겨진 재능을 눈뜨게 되었으니 그것이 바로 예지능력이었다.

그 이후로 그녀는 예지능력자들과 텔레파시스트들이 일하는 위기예보센터에서 차근차근 교육을 받고 아르바이트로 일하게 되었다. 나이가 어려서 아직 정규직으로는 써줄 수 없단다.

예지능력이라는 게 시도 때도 없이 이상한 감으로 경고를 해와서 괴롭긴 했지만, 요즘 세상에서는 그리 나쁜 일이 아니었다. 위기예보센터의 증폭기에 접속하지 않으면 아주 뚜렷하게 어떤 일이 보일 정도는 아니었고, 고아인 그녀로서는 꽤 높은 수입을 받고, 주거지도 마련되고, 학비까지 공짜로 지원되고 있었으니까 말이다.

학교가 좀 늦게 끝나서 지각을 하게 생긴 그녀는 헐레벌떡 뛰어가고 있었다. 그리고 모퉁이를 돌다가 누군가와 부딪치고 말았다.

"악!"

쓰러지는 그녀를 그녀와 부딪친 사람이 번개처럼 움직여서 붙잡아주었다. 시애는 놀라서 그 사람을 바라보았다. 키가 큰 금발의 외국인 여자가 손에 뭔가 잔뜩 들어 있는 장바구니를 든 채 자신을 내려다보고 있었다.

"괜찮나?"

여자가 능숙한 한국어로 말하는 바람에 시애는 더더욱 놀랐다. 그러다가 퍼뜩 정신을 차리고는 사과했다.

"아, 네. 죄송합니다."

"다치지 않았으면 됐어."

그녀는 그렇게 말하고는 장바구니를 새빨간 스포츠카에 실었다. 한국에는 정말 몇 대 안 남아 있는 페라리의 F430 스파이더 컨버터블 모델이었지만 그녀로서는 알아볼 재주가 없었다. 그저 눈을 휘둥그렇게 뜨고 바라볼 뿐이었다.

'어라? 다른 사람이 있네?'

운전석 옆에는 웬 청년이 앉아서 그녀를 바라보고 있었다. 왠지 그가 낯익다는 느낌이 들었지만 그는 금방 고개를 돌려 버렸다.

"그럼."

그리고 외국인 여자가 운전석에서 살짝 고개를 숙이고는 액셀을 밟아서 그 자리를 떠났다. 멀어져 가는 붉은 스포츠카의 뒷모습을 멍하니 바라보던 시애는 왠지 코끝이 찡해지는 것을 느꼈다.

"어? 왜… 이러지?"

왠지 모르게 굉장히 그리운 느낌이 든다. 이 기분은 도대체 어디에서 비롯된 것일까? 그녀는 고개를 갸웃거리다가 다시 자신의 처지를 깨닫고는 헐레벌떡 뛰어가기 시작했다.

* * *

서수영, 서나영 자매는 힘들게 광주까지 왔다. 무당인 그녀들은 한동안 주변 지역에서 죽은 자들의 넋을 달래고 성불시키는 작업을 하고 있었는데, 이제 한숨 돌릴 만한 상황이 되자 백아산 산신령이 유현 일행이 광주에 있다는 것을 알려줘서 휴가차 오게 된 것이다.

그녀들이 있는 백아산은 전라남도에 있었기 때문에 세계수 강림 사태 때도 멀리까지 온 요괴들만 조심하면 별문제없이 지낼 수 있었다. 하지만 여기까지 오는 길에는 요괴들이 출몰했기 때문에 많은 돈을 주고 경호원들을 고용해야 했다.

하지만 유현의 집에 도착한 그들은 유현이 부재중이라는 것을 알고 눈을 동그랗게 떴다.

"어라? 유현 씨는 안 계신가요?"

"점괘에는 계시다고 나왔는데……."

두 자매는 고개를 갸웃했다.

유현의 집은 광주 외곽의 개인주택이었다. 이곳에 유현과 난슬, 아일라와 릴리아나, 신우와 한얼까지 여섯 사람이 함께 살고 있었다. 그중에서 유현과 아일라, 신우와 한얼이 프리랜서 요괴수 헌터로 뛰고 있는 중인데 당연하지만 굉장히 높은 레벨로 평가받고 있었고 그만큼 대우도 좋았다.

"음. 좀 전에 급하게 일이 들어와서 나갔어요. 하지만 인근에서 일어난 문제를 해결하는 거니까 저녁까지는 들어올 겁니다."

한얼이 웃으면서 대답했다.

그는 한창 여자애들을 모아놓고 요리를 가르쳐 주고 있던 참이었다. 릴리아나와 연지혜가 앞치마를 두르고 서서 열심히 그의 가르침을 받고 있었다.

"아, 여기 이분들은……."

두 자매는 릴리아나도 연지혜도 처음 만났다. 하지만 척 보는 순간 범상치 않은 사람이라는 것을 알 수 있었다. 릴리아나는 지금도 세계 최고 수준의 예지능력자라 종종 육도에서 협력 요청이 들어오고 있었고, 지혜의 경우에도 성아의 정책 때문에 좀처럼 일선에는 나서지 않지만 막강한 능력을 가진 주술사다.

안녕하세요. 전 릴리아나예요. 만나서 반가워요.

릴리아나는 핸드폰 자판을 두들겨서 두 자매에게 인사했다. 두 자매는 비로소 그녀가 벙어리라는 사실을 알고는 황급히 고개를 숙였다.

"안녕하세요. 서수영이에요."

"전 서나영이에요."

두 사람의 인사에 지혜가 반색했다.

"아, 두 분 이야기는 좀 들었어요. 저희 언니와는 전에 만나 보셨다죠?"

"혹시……."

"망혼의 당주님 동생 분이신가요?"

"맞아요."

지혜가 고개를 끄덕였다.

네 사람은 금방 친해져서 이것저것 대화를 나누었다. 한얼은 그녀들의 모습을 보며 과자와 과일을 담아 내가면서 말했다.

"뭐라도 좀 먹고들 하세요."

이제는 왠지 요괴수 헌터보다는 요리사로 사는 편이 낫겠다는 생각을 하고 있는 한얼이었다.

* * *

기분 나쁠 정도로 맑고 푸른 가을 하늘 아래, 사방으로 피를 뿌린 채 죽어 있는 괴물의 시체가 있었다. 요괴, 아니, 이제는 요괴수라 불리는 괴물로 그 덩치가 3미터에 달할 정도로 큰 개가 변형한 종이었다.

그것을 참살한 유현은 아일라를 돌아보았다. 이 요괴수를 감당할 수 없어서 협력 요청을 보낸 군인들이 아일라와 뒤처리 문제를 이야기하고 있었다.

"아일라."

"응?"

"나 잠깐 저쪽 좀 살펴보고 올게."

"아, 그래. 뒷일은 내가 처리하지. 바로 집으로 갈 건가?"

"그럴게. 잠깐 난슬한테 들르려고."

"알겠어."

아일라의 대답을 들은 유현은 전투복을 탈착하고 보통 차림으로 돌아가서 그 자리를 박찼다. 마치 날다람쥐 같은 움직임으로 한 번에 나무 위로 도약, 다시 나뭇가지를 밟고 반대편으로 날아간다. 비록 쾌이사의 힘을 잃기는 했지만 하늘의 왼손과 땅의 오른손으로 그 힘의 잔재를 이끌어내는 유현의 기량은 어딜 가도 초일류로 대접받을 수 있는 수준이었다.

그렇게 이동하던 그가 상가건물을 넘어서 인도 위에 내려섰다. 지나가던 사람들이 깜짝 놀라서 그를 바라보았다가, 그가 태평하게 걸어가기 시작하자 이내 시선을 거둔다. 요괴수가 설치는 이 세상에서 초인적인 운동 능력을 가진 인물들은 그렇게 신기한 존재는 아니었다.

유현은 사람들 사이를 거닐다가 한 가족의 모습을 발견했다. 좀 후줄근한 아저씨 패션을 차려입은 남자와 그보다는 훨씬 세련된 느낌의 부인, 그리고 그들을 따라서 레스토랑 쪽으로 향하고 있는 한 소년.

소년은 왠지 유현과 닮아 있었다. 유현이 좀 날카롭고 살육을 경험해 본 사람 특유의 황량한 분위기를 풍기고 있어서 차이가 많이 나 보이긴 했지만 객관적으로 살펴보면 상당히 비슷하다. 다만 나이가 한두 살 정도 어릴 뿐이지.

그 가족은 유현이 다가오자 잠깐 눈길을 주었지만 그뿐, 곧 관심을 끄고 레스토랑 쪽으로 걸어갔다. 그들과 스쳐 지나간 유현은 돌아보지 않고 중얼거렸다.

"광현이 녀석, 그래도 좀 믿음직스러워졌군."

세 사람은 유현의 가족들이었다. 세계수 사태가 벌어지기 전에 육도가 신병을 확보해 둔 덕분에 무사히 광주에 자리를 잡고, 일자리까지 얻어서 잘살아가는 중이다. 그게 다 유현이 뒤에서 영향력을 발휘한 덕분이기는 했지만 그 사실을 저들이 알 일은 영원히 없을 것이다.

사실 달에서 돌아왔을 때, 유현은 세 사람이 잃어버린 과거를 알려주고 앞에 나설까 고민했던 적도 있었다. 이만큼 이상해진 세상에서라면 그것도 나쁘진 않을 것이다. 하지만 자신과 그들의 삶이 지나치게 어긋나 버렸다는 결론을 내리고는 가끔씩 그들이 살아가는 모습을 지켜보는 것만으로 만족하기로 했다.

가족들과 스쳐 간 유현은 광주 시립도서관으로 향했다. 도서관 안으로 들어가 보자 사람들의 시선을 한눈에 모으는 소녀가 보였다. 눈처럼 하얀 백발을 늘어뜨리고 한복 드레스를 입은 채 두꺼운 전문서적들을 읽고 있는 소녀는 바로 난슬이었다.

"아, 유현."

유현의 기척을 느낀 그녀는 책을 덮고 몸을 일으켰다. 그리고 읽던 책을 정리대에 놓아두고 유현을 따라서 밖으로 나왔다.

"가족들은 만났어?"

"응."

유현은 오늘 세 사람이 레스토랑에 갈 것을 알고 있었다. 어제 릴리아나가 아마 일이 벌어지고 나면 세 사람을 그곳에서 만날 수 있을 거라고 알려주었던 것이다. 유현은 그녀에게 예지의 부담을 지우기 싫어했지만 그녀는 가끔 유현을 위해 그런 소소한 예지를 해주곤 했다.

"근데 책은 다 봤어? 난 그냥 얼굴이나 보러 온 건데."

"누가 시켜서 보는 것도 아닌데, 뭘. 오늘은 이만 됐어."

난슬은 요즘 도서관에서 전문서적들을 탐독해서 다양한 분야의 지식을 기르고 있었다. 인류 문명의 상당수가 파괴된 지금, 지식을 공부하면 앞으로 써먹을 일이 무궁무진할 거라는 생각에서였다. 그 외에는 동시통역이나 결계에 전문적으로 관여하는 일을 하는 중이다.

두 사람은 팔짱을 끼고 도서관에서 나왔다. 무척이나 눈에 띄는 용모에 복장, 거기에 여전히 맨발로 다니는 그녀였지만 지나가는 사람들은 딱히 눈길을 주지 않는다. 그녀가 습관적으로 선술을 사용해 사람들의 이목을 흐리고 있었기 때문이다.

"이제 그만 다른 사람들처럼 차려입고 다니지 그래?"

"싫어. 신발 불편한걸."

난슬이 혀를 쏙 내밀었다. 선인으로서 천지소통을 하고 있는 그녀는 양말이나 신발처럼 발을 가리는 물건을 굉장히 거북스러워했다.

유현은 못 말린다는 듯 그녀의 머리를 한 번 쓰다듬어 주고는 버스정류장으로 향했다. 그러다 문득 이상한 느낌을 받으면서 하늘을 올려다보았다. 반년 전의 사건 이후로 하늘에는 낮에도 달이 투명하게 보이고 있었다. 환영처럼 일렁거리는 그 달은 은은한 황금빛을 발하며 세상이 달라졌다고 말해주는 것 같았다.

난슬이 말했다.

"아, 그렇지."

"응?"

"오늘 신우가 선희 씨랑 데이트한다고, 영화관에 간다고 그랬잖아."

"그랬지. 지금쯤은 뭐 슬슬 나와서 다른 데로 가지 않았을까?"

"우리도 영화관 가지 않을래?"

난슬이 눈을 빛내며 물었다. 그녀는 현대의 문화에 굉장히 관심이 많았는데, 깨어난 이래 지금까지 영화관에는 가본 적이 없었다. 그전에 일이 터졌고 세상이 엉망진창이 되어서 여유가 없었던 것이다. 하지만 이렇게 갈 수 있는 기회가 생겼다고 생각하니 눈이 반짝반짝 빛났다.

유현은 잠시 동안 그녀의 눈을 바라보다가 고개를 끄덕였다.

"좋아. 가자."

〈워메이지 완결〉

작가후기

이것으로 제 세 번째 장편소설이 끝났습니다. 첫 번째, 두 번째에도 그랬지만 장편을 완결한다는 것은 정말 가슴 뿌듯한 일입니다. 마지막이 다가오면 다가올수록 써도 써도 끝나지 않는 지옥에 빠진 것 같은 기분에 휩싸이다가, 그래도 끝이 보이긴 보이니까 어떻게든 끝내고야 말겠다는 의지를 마구 불태우다가, 마침내 결승점을 통과하고 나면 얼떨떨해지곤 합니다. 어라라? 끝났어? 진짜 끝난 거야?

그러다가 시간이 좀 지나면 실감나기 시작합니다. 어, 정말로 끝났구나, 하고요.

이번 이야기를 쓰면서 가장 많이 도움을 받은 것은 재미있게도 던킨도너츠였습니다. 어느 날, 집에서는 도저히 산만해서 집필이 안 된다는 것을 깨달은 저는 넷북을 들고 작업실로 쓸 만한 카페를 찾아 헤맸습니다. 그런데 집 근처에 있는 것이라고는 던킨도너츠뿐이었으니—최근에 하나 더 쓸 만한 카페를 찾긴 했습니다만—지난 반년간 던킨도너츠 2층에 신세를 지면서 죽어라 키보드를 두들겨 댔지요. 그동안 쌓인 포인트가 제법 많긴 한데, 커피 한두 잔씩 사먹고 나니 벌써 남은 게 없군요.

따로 사무실을 임대하는 것보다 훨씬 저렴하고 근사한 작업실이었습니다. 아마 앞으로도 계속 신세를 지게 될 것 같네요.

워메이지는 출간되기까지 우여곡절이 많았던 소설입니다. 원래 이렇게 대장편이 될 예정도 아니었고, 상하 두 권 정도 분량으로 이 연옥 세계관의 일부를 보여주는 여러 작품 중 하나가 될 예정이었는데 어찌어찌 하다 보니 세계를 전부 작살내는 재난영화스러운 스케일의 이야기가 되고 말았네요. 여태까지 소설을 쓰면서 현대를 배경으로 액션판타지를 쓴다면 이런 것을 해보고 싶다, 했던 것을 이 작품 내에서 거의 다 써본 것 같습니다.

생각한 이야기들을 줄줄이 쏟아내면서 이게 받아들여질까 고민하기도 했지만, 뒤로 갈수록 독자 분들의 반응이 좋아져서 힘을 얻었습니다.

마지막까지 함께해 주신 여러분, 모두 감사드립니다. 이 이야기를 읽는 동안 즐거우셨다면, 그리고 끝이 마음에 드셨다면 저는 더할 나위 없이 기쁠 것 같습니다.

그럼 저는 또 멀지 않은 미래에 새로운 작품을 들고 찾아뵙도록 하겠습니다. 그때까지 모두 건강하시길.

2009년 12월

김재한.

the Mask of Leon

가면의 레온

눈매 퓨전 판타지 소설

중원을 공포로 떨게 만든 희대의 악마, 혈마존.
그의 영혼이 기억을 잃은 채 차원 이동을 한다.

한 소년과 몸이 바뀐 후 깨어난 혈마존.
기억은 지워지고 싸가지없는 본성만 남았다!
욱할 때마다 튀어나오는 살벌한 말투와 그의 독자 무공.

'아, 나는 왜 이렇게 성격이 더러운가?
어째서 이리도 잔인한 기술을 알고 있는 것인가? 착하게 살고 싶다.'

살인광이었던 그가 전혀 어울리지 않는 대신관이 되기로 결심한다.
하지만 그 본성이 어디 가나…….

"이런 빌어 처먹을 놈들, 신전에서 봉사 활동 안 할래?"

정봉준 新무협 판타지 소설

『철산전기』의 작가 정봉준!!!
팔선문을 통해 또 다른 유쾌함을 선사한다!!

뛰어난 자질을 갖춘 팔선문의 대제자 유검호,
그의 치명적인 단점은 게으름과 의지박약!

천하제일마두의 기행에 재수없이 동참하게 된 의지박약아.
갖은 고생 끝에 가까스로 고향으로 돌아오다.

"무림? 그딴 건 개나 주라 그래. 나만 안 건드리면 돼!"

시간을 가르는 그의 행보에 무림이 뒤집어진다!!!

유행이 아닌 자유추구 -
www.chungeoram.com
Book Publishing CHUNGEORAM

War Mage

김재한 퓨전 판타지 소설

사람들이 인식하는 상식의 세계 이면,
짙은 어둠이 드리워진 그곳에 사는 괴물들이 있다.

문명이 드리운 그림자 속에서, 전투기계들과
인간의 사념으로부터 태어난 마물들이 격돌한다.
마법과 주술이 난무하는 초현실적인 전장,
소년은 그곳에 서는 대가로 인생을 잃었다.
운명의 노예가 되어 가족과 인성을 잃어버린 소년, 진유현.

총염(銃炎)과 검광(劍光)이 뒤얽히는
어둠의 거리에서, 운명의 족쇄를 끊고 나온
소년의 눈이 살의를 발한다.

유행이 아닌 자유추구 -
www.chungeoram.com
Book Publishing CHUNGEORAM